クリスティー文庫
53

謎のクィン氏

アガサ・クリスティー

嵯峨静江訳

早川書房

5521

THE MYSTERIOUS MR QUIN
by
Agatha Christie

Translated by
Shizue Saga
Published 2004 in Japan by
HAYAKAWA PUBLISHING, INC.
This book is published in Japan by
arrangement with
AGATHA CHRISTIE LIMITED,
A CHORION GROUP COMPANY
through TUTTLE-MORI AGENCY, INC., TOKYO.

見えないハーリクィンに

目次

謎のクィン氏

クィン氏登場

The Coming of Mr Quin

大晦日の夜。

ロイストン荘に招待された年配の客たちが、大広間に集まっていた。若い客たちが寝てしまったのが、サタースウェイト氏には嬉しかった。彼は大勢で騒ぐ若者たちが苦手だった。彼らはつまらないし、無遠慮で、こまやかな気遣いがない。年をとるにつれ、彼はますますこまやかな気遣いというものに惹かれていた。

サタースウェイト氏は、すこし背中が丸まった、六十二歳のしなびた男で、じっと探るような目つきは、どことなくいたずら好きな小妖精を連想させた。彼は他人の生活になみなみならぬ関心を抱いていた。これまで彼は、面前でくりひろげられる、さまざまな人生ドラマを、間近に見物してきた。だが最近は、年をとったせいか、見物するドラマに対し、しだいに見る目が厳しくなった。今の彼は、もうありきたりな芝居には満足できなくなっていた。

彼は、そういうことを嗅ぎつける天性の嗅覚を持っていた。ドラマが起きそうになると、本能的にそれを察知する。軍馬のように、その臭いを嗅ぎ分ける。今日の午後、ロイストン荘に着いたときから、この不思議な第六感が、彼に異常を告げていた。なにか面白いことが起きている、もしくは起こりかけていた。

パーティに招かれた客は、さほど多くはなかった。主人は、温和で気さくなトム・イーヴシャムで、彼の妻は真面目で、政治に関心が強く、結婚前の名前をレディ・ローラ・キーンといった。六、七人いた若い客たちの名前は、サタースウェイト氏は聞いたそばから忘れてしまった。ほかには、軍人で、旅行家で、狩猟好きのリチャード・コンウェイ卿と、ポータル夫妻がいた。

サタースウェイト氏は、ポータル夫妻に興味を持った。

アレックス・ポータルに会ったのは、これが初めてだったが、彼のことはよく知っていたし、父親や祖父とは知り合いだった。アレックス・ポータルは、まさしく一族の典型だった。年齢は四十ちかくで、他のポータル家の人々と同じように、金髪で、青い目をしていて、スポーツ好きで、勝負事に強く、とっさの機転が利かない。ごくありきたりの、善良で健全なイギリス人だった。

だが彼の妻は違っていた。彼女はオーストラリア人だった。ポータルは二年前にオーストラリアに出かけ、そこで彼女と出会って結婚し、彼女をともなってイギリスに帰ってきた。彼女は結婚前にイギリスに来たことはなかった。それでも、サタースウェイト氏がこれまでに会った、どのオーストラリア女性ともまるで異なっていた。

彼はそれとなく彼女を観察した。興味をそそられる女性だ——じつに興味深い。ものの静かだが、それでいて生気にあふれている。そう、生き生きとして、生気に満ちあふれている！　顔だちはさほど整ってはいない——いわゆる美人というのではないが、なぜか男の視線を引きつけずにはおかない、不思議な魅力がある。サタースウェイト氏の男性としての一面が、そうしたことを感じ取ったが、同時に、女性的な感性が（彼には女性的な面が多分にあった）べつの疑問を抱いた。なぜミセス・ポータルは髪を染めたのだろう？

ほかの男なら、彼女が髪を染めているのに気づかなかっただろうが、サタースウェイト氏にはわかった。彼はそういうことによく気がついた。だが、彼は首をひねった。黒髪を金髪に染める女性は多いが、金髪を黒く染める女性には、今まで出会ったことがなかった。

彼女のなにもかもが、彼の好奇心をそそった。奇妙な直感で、彼は確信した——彼女はとても幸福か、とても不幸かのどちらかだった。けれど、どちらなのかが、いくら考えても彼にはわからなかった。そのうえ彼女は夫に奇妙な影響をおよぼしていた。

「アレックスは彼女を熱愛している」と、サタースウェイト氏は胸の内でつぶやいた。「だが、ときおり彼は——そうだ、彼女を怖がっている！　じつに面白い。こんな面白いことはめったにない」

ポータルは飲み過ぎていた。それはたしかだった。しかも彼女が見ていないときに、彼は奇妙な目つきで妻を見つめていた。

「神経質になっている」と、サタースウェイト氏は思った。「あの男はすっかり神経質になっている。彼女もそうと知っていながら、なにもしようとしない」

彼はこの夫婦にますます興味を抱いた。彼には見当もつかないなにかが起こりつつあった。

この問題について考えこんでいた彼は、大きな柱時計の荘重なチャイムの音で、はっとわれに返った。

「十二時だ」と、イーヴシャムが言った。「年が明けた。新年おめでとう——みなさん。もっともあの時計は五分進んでいるんだが。子供たちも待っていて、新年を迎えればよかったのに」

「あの子たちが本当に寝てしまったなんて、とても信じられないわ」と、彼の妻がおだやかに言った。「きっとわたしたちのベッドのなかに、ヘアブラシかなにかを入れているにちがいないわ。そういうことをして、喜んでいるのよ。まったく、なにが面白いのかしら。わたしが子供の頃には、そんないたずらはけっして許されなかったでしょうに」

「時代が変われば、習慣も変わるということさ」コンウェイが微笑みながら言った。

彼は長身で、いかにも軍人らしい顔つきの男だった。彼もイーヴシャムも似たようなタイプだった——真っ正直で、思いやりがあり、知ったかぶりをしない。

「わたしが若い頃は、みんなで手をつないで輪になって、《懐かしき日々》（《ほたるの光》）を歌ったものだわ」と、レディ・ローラはつづけた。「〝懐かしき日々、古き友を思う〟——本当に心にしみる歌詞ね」

イーヴシャムがそわそわと身じろぎをした。

「おい、よせよ、ローラ」彼が小声で言った。「こんなところで」

彼はみんながすわっている大広間を大またで横切り、余分の明かりをつけた。

「まあ、わたしったら」レディ・ローラは声をひそめた。「気の毒なケープルさんのことを思い出させてしまったのね。ねえ、あなた、暖炉の火が熱すぎません？」

エリナ・ポータルがそっけない身ぶりをした。

「ありがとう。椅子をすこし後ろにやります」

なんと魅力的な声だろう——響きが耳にいつまでも残るような、低いささやき声だ、とサタースウェイト氏は思った。今、彼女の顔は陰になっている。じつに残念だ。

陰になった場所から、彼女がまた口をひらいた。

「ケープル——さん？」

「ええ。この家の元の持ち主よ。銃で自殺したんです——あら！　ごめんなさい、トム、あなたが嫌なら、この話はしないわ。トムにはひどいショックだったの、だってそのときここにいたんですもの。あなたもいらしたんでしょう、リチャード卿？」

「いましたよ、レディ・ローラ」

部屋のすみにある古い大時計が、喘息のようにゼイゼイあえいでから、十二時を打った。

「新年おめでとう」イーヴシャムがおざなりな口調で言った。

レディ・ローラは編み物をゆっくりとかたづけた。

「さあ、新年を迎えましたね」そうあらためて言うと、彼女はポータル夫人のほうを見た。「あなたのご感想は？」

エリナ・ポータルはさっと立ち上がった。

「もう寝ないと」と、彼女は快活に言った。

「ひどい顔色だ」そう思いながら、サタースウェイト氏も立ち上がり、燭台を用意した。

「いつもはあんなに青白くないのに」

彼はろうそくに火をつけ、おどけて古めかしい会釈をしながら、燭台を彼女に手渡した。彼女は礼を言ってそれを受け取り、階段をゆっくり上がっていった。

ふいに、サタースウェイト氏は奇妙な衝動に駆られた。彼女のあとを追いかけ、励ましてやりたかった。なぜか彼女の身に危険が迫っているような気がしてならなかった。やがてその衝動が静まると、彼は自分を恥じた。わたしまで神経過敏になっているようだ。

階段を上がるとき、彼女は夫を見なかったが、今、肩越しにふりかえり、食い入るように鋭い目つきでじっと夫を見つめた。その表情が、サタースウェイト氏の心を揺さぶった。

気がつくと、彼はしどろもどろになって女主人におやすみの挨拶をしていた。

「幸せな新年になってほしいと、心から願っているんですけど」と、レディ・ローラは言っていた。「でも政治情勢は予断を許さないようですね」

「ええ、まったく」サタースウェイト氏は熱心にうなずいた。「まったくそのとおりです」

「できることなら」レディ・ローラはすこしも態度を変えずにつづけた。「髪の黒い男性に、最初に敷居をまたいでもらいたいわ。あの迷信をご存知でしょう、サタースウェイトさん？　まあ、ご存知ないの？　元日に、黒髪の男性が最初に訪ねてくると、その家に幸運が舞い込むんですって。ああ、ベッドのなかに気持ちの悪いものが入っていなければいいけれど。あの子たちは信用がならないから。本当に腕白なんですもの」

不吉な予感に首を振りながら、レディ・ローラは威厳に満ちた足どりで階段を上がっていった。

女性たちがいなくなると、大きな暖炉で燃えさかる薪のまわりに、椅子が引き寄せられた。

「まあ一杯」ウィスキーのデカンターを持ち上げながら、イーヴシャムが愛想よく言った。

酒がいきわたると、今まで持ち出せなかったことに、話が戻った。

「きみはデリク・ケープルを知っていたんだろう、サタースウェイト？」と、コンウェイがたずねた。

「ああ、すこしだけだが」

「きみは、ポータル？」

「いや、会ったこともない」

その激しい口調と、防御的な響きに、サタースウェイト氏は驚いて顔を上げた。

「ローラがあの話を持ち出すのに、うんざりしてるんだ」と、イーヴシャムがゆっくり言った。「悲劇のあと、大きな工場の経営者がこの家を買い取ったんだが、一年後にそいつはここを引き払った——住み心地がよくないとかいって。この家には幽霊が出るという、とんでもない噂がたっていたので、新たな買い手はつかなかった。わたしはローラの勧めでウェスト・キドルビーから立候補したが、そうなるとこのあたりに住んでいないとまずいのだが、なかなか適当な家が見つからなかった。そんなとき、このロイストン荘が安く売りに出ていたので、それで——結局、買うことにしたんだ。幽霊話はつまらない噂にすぎないが、それでも、友人が銃で自殺した家に、今、自分が住んでいることを思い出させられるのは、あまり気分のいいもんじゃない。デリクのやつ、なんで自殺なんか——なぜ彼がみずから命を絶ったのか、理由は永遠にわからないだろうな」

「これという理由もなく自殺をする人間は、どこにでもいるものだ」アレックス・ポータルが重い口調で言った。

彼は立ち上がると、空《から》になったグラスにウィスキーをなみなみと注いだ。

「彼の様子はどう見ても普通じゃない」と、サタースウェイト氏は心の内でつぶやいた。

「ぜったいにおかしい。いったいなにがあったんだろう」

「おい、風の音がすごいな。荒れる夜になりそうだ」と、コンウェイが言った。

「幽霊が出るにはもってこいの夜だな」と言って、ポータルが声をあげて笑った。「今夜は地獄の悪魔たちがいっせいに出てきそうだ」

「レディ・ローラの話だと、いちばん邪悪な悪魔でも幸運をもたらしてくれるらしい」

コンウェイは笑って言った。「それにしても、すさまじい風だな」

風はふたたびかん高い悲鳴のような音をたてて吹き荒れた。その勢いが静まったとき、鋲が打ちつけられた大きなドアを、何者かが三度強くノックした。

だれもがはっとした。

「こんな夜遅くに、いったいだれだ？」と、イーヴシャムが叫んだ。

彼らはたがいに顔を見合わせた。

「わたしが行こう」と、イーヴシャムが言った。「召使いたちはもう寝てしまったから」

彼はドアのところに行き、重いかんぬきをはずすのにすこし手間どってから、ドアを勢いよく開けた。氷のように冷たい風が、一気に広間に吹きこんできた。

すらりとした長身の男が一人、戸口に立っていた。奥から眺めていたサタースウェイト氏の目には、ドアの真上のステンドグラスの奇妙な効果で、その男がまるで虹の七色を身にまとっているように見えた。だが、その男が進み出ると、ドライヴ用の服を着た、やせて髪の黒い男だということがわかった。

「こんな夜分に、いきなりお邪魔して申し訳ありません」その見知らぬ男は、おだやかな声で言った。「じつは車が故障してしまいまして。たいしたことはないので、運転手が直していますが、あと三十分ぐらいはかかりそうなんです。外はもう凍えそうに寒くて——」

彼がそこで言いよどんだので、イーヴシャムはあわてて話を合わせた。

「それはさぞつらいでしょう。さあ入って一杯やってください。車のことで、なにか手伝うことはないんですね？」

「ええ、ご心配なく。運転手ひとりで間に合います。自己紹介が遅れましたが、わたしはクィン——ハーリ・クィンといいます」

「まあ、すわってください、クィンさん」と、イーヴシャムが言った。「こちらはリチャード・コンウェイ卿、サタースウェイト氏。わたしはイーヴシャムです」

クィン氏は彼らに挨拶し、イーヴシャムが出した椅子に腰をおろした。彼がすわると、暖炉の火の光が、彼の顔に影をつくり、そのせいで顔がまるで仮面のように見えた。

イーヴシャムはさらに二本の薪を火にくべた。

「一杯どうです？」

「ありがとう」

イーヴシャムは彼にグラスをさしだしながら、たずねた。

「クィンさん、このあたりをよくご存知なんですか？」

「何年か前に、立ち寄ったことがあります」

「ほう」

「当時、この家はケープルというひとのものでした」

「ええ、そのとおりです」イーヴシャムはうなずいた。「気の毒なデリク・ケープル。彼をご存知でしたか？」

「ええ、知っていました」

するとイーヴシャムの態度が、わずかに変わった。それはイギリス人の気性をよく知らないと、まったく気づかぬほどかすかな変化だった。それまでは、初対面の相手への遠慮があったが、今はそれがなくなった。クィン氏はデリク・ケープルと知り合いだった。つまり彼は友人の友人であり、それだけで彼は信用のおける人物として認められたのだった。

「まったく痛ましいできごとでしたね、あれは」彼は打ち解けた口調で言った。「今、ちょうどその話をしていたんです。じつは、この家を買うのは気がすすまなかったんですよ。でもほかに適当な家がなかったものですから。彼が自殺した夜、わたしもコンウェイもこの家にいたんです。あれ以来、いつかかならず彼の幽霊が出てくるんじゃないかと思ってるんですよ」

「まあ、たしかに不可解な事件ではありますね」クィン氏は意味ありげにそう言うと、重要なきっかけの台詞を言った役者のように、わざと言葉を切った。

「不可解なんてものじゃない」コンウェイが勢いこんで言った。「あの事件の真相はぜったいに解けませんよ――永遠にね」

「さあ、それはどうでしょうね」クィン氏は言葉をにごした。「それで、リチャード卿？」

「とにかく驚いて、わが目を疑いましたよ。なにしろ彼は男盛りで、陽気で快活で、心配事などなに一つなかったんですから。当夜は、五、六人の友人が泊まっていました。

食事のときの彼は上機嫌で、将来の計画をあれこれ語っていたんです。それなのに、食事のテーブルを離れると、そのまま二階の部屋に行き、引き出しから銃を取り出して、自殺をしてしまった。理由はだれにもわからなかった。この先も、だれにも理由はわからないでしょう」

「その結論はやや性急なのではないですか、リチャード卿?」と言って、クィン氏は微笑んだ。

コンウェイは彼をじっと見つめた。

「どういう意味ですか? わたしにはわかりませんが」

「ずっと解けなかったからといって、かならずしも解決できない問題とはかぎりませんよ」

「なにをばかなことを。当時、なにも手がかりがなかったのなら、十年後の今になって、新しいことがわかるわけがないじゃないですか」

クィン氏はおだやかに首を振った。

「そうは思いませんね。歴史がそれを証明しています。同時代の歴史家よりも、後世の歴史家のほうが、かえって真実の歴史を書けるものです。要は、正しい物の見方、釣合いのとれた物の見方ができるかどうかです。何事においても、まず相関性を考えないと」

　アレックス・ポータルが、苦しげに顔をひきつらせて身を乗り出した。

「そのとおりです、クィンさん」と、彼は叫んだ。「あなたの言うとおりだ。時間で問題は解決しません――違った形でまた問題が蒸し返されるだけです」

　イーヴシャムは鷹揚《おうよう》に微笑んでいた。

「すると、クィンさん、今夜、デリク・ケープルが死んだ状況について、査問会議のようなものを開けば、当時と同様に真実をつかめるというのですね？」

「当時以上にですよ、イーヴシャムさん。個人的な誤差がだいぶなくなっていますから、自分の解釈を加えずに、事実を事実として思い出せるでしょう」

　イーヴシャムは疑わしげに眉をひそめた。

「真実を探るためには、まずは出発点が必要です」クィン氏はおだやかな口調でつづけた。「たいていは仮説が出発点になります。どなたかきっと仮説をお持ちでしょう。あなたはどうです、リチャード卿？」

　コンウェイは顔をしかめて考えこんだ。

「うむ、それはまあ」彼は言い訳するように言った。「当然、だれもが思いましたよ――この事件には、女がかかわっているにちがいないと。こういう場合、原因はたいがい女か金でしょう。でも金が原因とは考えられない。そっちのほうはなんの問題もありませんでしたから。だとしたら——ほかに考えようがないじゃないですか」

サタースウェイト氏ははっとした。自分も意見を言おうと身を乗り出したとき、彼は二階の廊下の手すりのそばでうずくまっている女の姿に気づいた。その姿は、彼がすわっている位置からしか見えず、彼女はあきらかに階下の会話に耳をそばだてていた。彼女がじっと動かないので、彼は自分が見たものをとても信じられなかった。

だが彼女が着ているドレスの柄に見覚えがあった——古風な趣きのある、サテン地に模様が浮き出た織物。エリナ・ポータルだ。

すると突然、今夜のできごとがすべて、一つの型におさまるように思えた——クィン氏の到来は、けっして偶然ではなく、出番が来た役者が舞台に上がったようなものだった。今夜、ロイストン荘の大広間では、一幕の芝居が演じられていた。役者の一人が死んでいても、芝居の迫力はすこしも損なわれていない。それどころか、デリク・ケープルはたしかにこの芝居に出演している。サタースウェイト氏はそう確信した。

さらにまた、突然、彼はひらめいた。これはクィン氏のしわざだ。彼がこの芝居を演出し、役者たちに出番の合図を出しているのだ。彼がこの謎の中心にいて、糸を引き、人形を操っている。彼はなにもかも知っている——二階の手すりのそばでうずくまっている女がいることとさえも。そう、彼はすべて承知していた。

椅子に深々とすわり、見物人の役割に徹したサタースウェイト氏は、目の前でくりひろげられる芝居に見入った。なめらかな手つきで、クィン氏は糸を引き、人形を動かしていた。

「女ですか――」彼は考え深げにつぶやいた。「夕食のときに、女の話は出なかったんですね？」

「いや、もちろん出ましたよ」イーヴシャムは叫んだ。「彼は婚約を発表したんです。だからこそ、彼の死が不可解でならないんです。彼は嬉しくてたまらない様子でした。まだ正式な発表はできないが、長い独身生活についにピリオドを打つ決心をしたと言ってましたよ」

「もちろん、相手がだれかは、だいたい見当がつきましたがね」と、コンウェイが言った。「マージョリー・ディルクですよ。すてきな女性です」

本来なら、そこでクィン氏がなにか言うべきだったが、彼はなにも言わなかった。彼の沈黙は、妙に挑発的な印象をあたえた。まるでコンウェイの考えに不満があるかのようだった。そこでコンウェイはむきになって言った。

「ほかにだれが考えられるというんだ？　ええ、イーヴシャム？」

「さあねえ」トム・イーヴシャムはゆっくり言った。「あのとき彼は、正確にはなんと言ったのかな？　とうとう長い独身生活にピリオドを打つことにしたとか——彼女の許しが出るまでは、相手の女性の名前は言えない——まだ正式な発表をする段階じゃないんだとか。それから、自分は本当に幸せ者だ、と言っていたな。来年の今頃は、自分が結婚して幸せになっていることを、きみたち二人の親友に知っておいてほしいんだとも。それでてっきり、わたしたちは相手がマージョリーだと思いこんだんだ。二人は仲がよくて、よくいっしょに出かけていたから」

「ただ、そうだとしたら——」と言いかけて、コンウェイはやめた。

「なんだい、なにが言いたいんだ、リチャード？」

「いや、もしも相手がマージョリーだとしたら、すぐに婚約を発表できないというのは、ちょっと変じゃないか。なぜ秘密にしておかなくちゃいけないんだ？　まるで相手が結婚している女みたいに聞こえるじゃないか——夫が死んだばかりか、あるいは離婚しかけている女とか」

「なるほど」イーヴシャムはうなずいた。「もしそうだとしたら、すぐに婚約を発表するわけにはいかないな。それに今になって思い返してみると、彼とマージョリーはもうあまり会っていなかったようだ。二人がつき合っていたのは、その前の年だった。二人の仲が冷めてしまったんだなと思ったのを覚えているよ」

「妙ですね」と、クィン氏がつぶやいた。

「そうなんです――まるで二人のあいだに、だれかが割りこんできたかのようでした」

「べつの女がね」コンウェイがぽつりと言った。

「そういえば」と、イーヴシャムが言った。「あの晩のデリクは、異様なほど浮かれていたな。なんだか幸福に酔っているみたいだった。それに――うまく説明できないんだが――妙に挑戦的だった」

「まるで運命に逆らっている男のようにね」アレックス・ポータルが沈んだ声で言った。

今の言葉は、デリク・ケープルのことを言っているのか――それともポータル自身のことを言っているのだろうか？　サタースウェイト氏は彼を見つめ、後者の見解に落ちついた。うん、あれはアレックス・ポータル自身のことにちがいない――運命に逆らっている男。

酒のせいで妄想がふくらんでいたポータルは、イーヴシャムのあのひとことで、自身の秘めた苦悩を思い起こし、突然、あんな台詞を吐いたのだろう。

サタースウェイト氏は二階を見上げた。彼女はまだあそこにいる。息をひそめ、じっと話に聞き入っていて――微動だにしない――まるで死んだ女のように。

「そのとおりだ」と、コンウェイが言った。「たしかにあのときのケーブルは興奮していた――興奮を抑えきれない様子だった。妙なたとえだが、大金を賭けて、とほうもない大穴を当ててしまった男みたいだったよ」

「やろうと決めたことに対して、勇気を奮い起こしていたんじゃないかな？」と、ポータルが言った。

　連想に突き動かされたのか、彼は立ち上がり、グラスにまた酒を注いだ。

「いいや、そんなんじゃなかった」イーヴシャムがきっぱりと言った。「とてもそんなふうには見えなかった。コンウェイの言うとおりだ。大穴を当てて、自分の幸運が信じられずにいる男、というたとえがぴったりだった」

　コンウェイが落胆の身ぶりをした。

「それなのに」と、彼は言った。「十分後には――」

　彼らは黙りこんだ。イーヴシャムがテーブルをドンとたたいた。

「その十分間に、なにかが起きたにちがいない！」と、彼は叫んだ。「だが、いったいなにが起きたんだ？　もう一度じっくり思い出してみよう。あのとき、われわれは話をしていた。その最中に、急にケーブルが立ち上がり、部屋を出ていった――」

「なぜでしょう？」と、クィン氏が言った。

唐突な質問に、イーヴシャムは面食らった。

「えっ、なんですって？」

「〝なぜ？〟と言っただけです」と、クィン氏は答えた。

イーヴシャムは思い出そうとして顔をしかめた。

「あのときは、たいしたことだとは思わなかったが——そうだ！　郵便が来たんだ。ほら、ドアのベルが鳴って、みんな大喜びしたじゃないか。三日間も雪に閉じこめられていたから。あれは何年ぶりという大吹雪だった。道路はすべて不通で、新聞も手紙も来なかった。ようやく交通が復旧したらしいと、様子を見にいったケープルは、新聞や手紙の束をかかえて部屋に戻ってきた。彼はなにかニュースはないかと新聞を開いてから、手紙を持って二階に上がった。三分後、われわれは銃声を聞いた……わからない——まったくわけがわからない」

「説明ならつくとも」と、ポータルが言った。「手紙になにか思いがけないことが書いてあったんだ。そうに決まってる」

「ばかな！　そんなあきらかなことを、われわれが見逃すはずがないだろう。そのことは、検死官にも最初に質問されたよ。しかしケープルは手紙を一通も開けていなかった。手紙の束は、未開封のままサイドテーブルに置いてあったんだ」

ポータルはがっかりした顔をした。

「一通も開けなかったというのは確かなのか？　読んでから、燃やしてしまったのかもしれないじゃないか」

「確かだとも。きみがそう考えるのはもっともだが、手紙は一通も開封されていなかった。燃やされてもいないし、破り捨てられてもいない。部屋に火の気はなかった」

ポータルは首を振った。

「まるで謎だな」

「あのときのことは、今思い出してもぞっとするよ」イーヴシャムが低い声で言った。「銃声を聞いたコンウェイとわたしは、二階の部屋に行き、彼の変わり果てた姿を目にした――言葉にならないくらいのショックだった」

「電話で警察を呼ぶしかなかったでしょうね」と、クィン氏が言った。

「当時、この家には電話がありませんでした。わたしが引っ越してきてから、電話をつけたんですよ。でも都合よく、そのときたまたまこの村の巡査がキッチンに居合わせたんです。飼い犬が一匹――老いぼれ犬のローヴァーを覚えているだろう、コンウェイ？――前の日に、迷子になってしまって。通りがかりの荷馬車屋が、雪の吹き溜まりに埋まっていたその犬を見つけて、警察署に連れていったんです。それがケープルの犬で、彼がとりわけ可愛がっていたものだとわかって、その巡査が連れてきてくれたんです。銃声が鳴る一分前に来たので、おかげで、こちらから呼びにいく手間がはぶけました」

「まったく、あれはひどい吹雪だった」と、コンウェイが当時をふりかえりながら言った。「ちょうど今頃の時節じゃなかったかな？　一月初めの」

「二月だったと思うよ。たしか、あのあとすぐに、われわれは海外に出かけたんだ」

「いいや、たしかに一月だった。わたしの猟犬のネッドが——ネッドを覚えているだろう？——一月の末に脚を悪くしたんだが、あれはこの事件の直後だった」

「だとしたら、一月の下旬だったにちがいない。おかしなものだ——何年もたってしまうと、日付をなかなか思い出せない」

「いちばん難しいことの一つですよ」と、クィン氏がくだけた調子で言った。「なにか大事件でも目安にしないと——たとえば、王様の暗殺とか、世間を騒がす殺人事件の裁判とか」

「おお、そうだ」コンウェイが大声で言った。「あれはアプルトン事件の直前だった」

「直後じゃなかったかい？」

「いやいや、覚えてないかな——ケープルはアプルトン家の人たちと知り合いだった——彼はあの前の年の春に、あの老人の家に滞在したんだ——老人が亡くなる一週間前だ。

いつだったか、彼はあの老人のことを話していたよ――あんなしみったれの、気難しいじいさんはいないとか、アプルトン夫人のように若くて美しい女性が、あんな男に縛られているのは気の毒だとか。そのときは、彼女に老人を殺害した嫌疑はかけられていなかったんだ」

「そう、きみの言うとおりだ。遺体発掘の申請が許可されたという新聞記事を、読んだ覚えがある。たしか、あの同じ日だった――その記事を目にしても、頭のなかは二階で息絶えて横たわっているデリクのことでいっぱいだった」

「よくあることですが、考えてみればとても奇妙な現象ですね、それは」と、クィン氏が言った。「極度のストレスを受けると、その瞬間、ひとはごくささいな事柄に意識が集中し、ずっとあとになっても、そのことをはっきり思い出すんです。おそらく、その瞬間に受けた精神的ストレスによって、その事柄が記憶に刻みこまれるのでしょうね。それは、たとえば壁紙の模様とか、まるで無関係な、取るに足らないことなんですが、でもそれがけっして忘れられないんです」

「あなたがそんなことを言うとは、じつに妙だな、クィンさん」と、コンウェイが言った。「今、あなたが話していたとき、ふっと、デリク・ケープルの部屋に戻ったような気がしたんですよ――あのとき、部屋に入ると、死んだデリクが床に横たわっていて―

――窓の外にそびえている大木と、雪に覆われた地面に落ちる木の影が、はっきりと見えました。あのときの月の光、雪、木の影――ああ、今でもまざまざと思い出しますよ。絵に描けるくらい、鮮明に覚えています。でもあのときは、そういうものを見ていたという自覚がまったくなかったんです」

「彼の部屋は、ポーチの上にある大きな部屋でしたね？」と、クィン氏がたずねた。

「そうです。そしてあの木はブナの大木で、車道のかどにそびえていました」

クィン氏は満足げにうなずいた。サタースウェイト氏はぞくぞくするほど興奮した。クィン氏が発する言葉、その口調や言いまわしは、すべて周到に練られたものだ。彼はなにかをもくろんでいる――それがなにかは、サタースウェイト氏にはわからなかったが、だれがこの場を仕切っているかは明白だった。

会話がすこし途切れてから、イーヴシャムがさっきの話題に戻った。

「あのアプルトン事件だが、今でもよく覚えているよ。世間で大騒ぎになったからな。結局、彼女は無罪になったんだろう？　美人だったな、金髪の――見事な金髪だった」

見てはいけないと思いつつ、サタースウェイト氏は二階でうずくまる女の姿を目で追った。彼女が一撃を受けたかのように身をすくめたのは、彼の見間違いだろうか？　片手がそっとテーブル・クロスのほうに伸び――そこで止まった。

ガラスが割れる音がした。ウィスキーを注ごうとしたアレックス・ポータルが、手をすべらせてデカンターを落としたのだった。

「いやあ——すまない。つい手がすべって」

イーヴシャムが制した。

「いいんだ、気にしないでくれ。でも、不思議だな——今のガラスが割れる音で思い出した。そのアプルトン夫人も、たしか同じことをしたんだよな？　例のポートワインのデカンターを割ったんじゃなかったかな？」

「そうだ。アプルトン老人は毎晩、一杯だけポートワインを飲んでいた。老人が死んだ翌日、彼女がデカンターをとりだし、わざと割るところを、召使いの一人が目撃した。当然、そのことが召使いのあいだで噂になった。あの老人と結婚した彼女がとても不幸だったことは、だれもが知っていたからな。噂はどんどん大きくなり、ついに、数カ月後、老人の親類の一人が遺体発掘許可を申請したんだ。すると案の定、老人は毒殺されていた。砒素、だったかな？」

「いや——ストリキニーネだったと思うよ。まあ、それはどっちでもいい。とにかく毒殺だったんだ。犯人はどうみても一人しか考えられない。アプルトン夫人は裁判にかけられた。彼女が無罪になったのは、潔白が証明されたからではなく、むしろ有罪にするだけの証拠が足りなかったからにすぎない。ただ運がよかったんだ。あの老人を殺したのは彼女しか考えられない。あのあと、彼女はどうなったのかな？」

「カナダに行ったはずだ。それともオーストラリアだったかな？　むこうに叔父さんかだれかがいて、住まいを提供してくれたんだ。あの状況では、そうするしかなかっただろうな」

サタースウェイト氏は、グラスをつかんでいるアレックス・ポータルの右手に注目した。その手はグラスを固く握りしめていた。

「気をつけないと、グラスを割ってしまうぞ」と、サタースウェイト氏は思った。「さあ、ますます面白くなってきたぞ。これからこの話はどう展開していくんだろう？」

イーヴシャムが立ち上がり、グラスに酒を注いだ。

「ところで、デリク・ケープルが自殺した理由は、あいかわらず解明されないままだな」と、彼は言った。「クィンさん、査問会議は成功しませんでしたね」

すると、クィン氏は笑いだした……

それは嘲るような耳障りな笑い声だったが、それでいてどこか悲しげだった。その声に、だれもがぎょっとした。

「失礼ですが」と、彼は言った。「まだあなたは過去に生きているようですね、イーヴシャムさん。あなたはまだご自分の先入観にまどわされています。でもわたしには——通りすがりの部外者のわたしには——事実だけが見えるんです！」

「事実ですって？」

「そう——事実ですよ」

「どういう意味ですか？」と、イーヴシャムが言った。

「わたしには一連の事実がはっきり見えます。あなたたちは自分たちが語った事実の重大さに気づいていません。さあ、もう一度、十年前のあの日に返って、事実をありのままに見てみましょう——思いこみや感傷を捨てて」

クィン氏は立ち上がっていた。彼はとても長身に見えた。背後で、暖炉の火が気まぐれに踊っていた。彼は思わず引きこまれるような低い声で話しだした。

「あなたたちは夕食のテーブルについている。デリク・ケープルが婚約を発表する。そのときは、あなたたちは相手がマージョリー・ディルクだと考えた。だが今は、あまり確信が持てない。彼は運命に打ち勝った男のように、興奮してはしゃいでいた——あなたがたの言葉を借りるならば、とほうもない大穴を当てた男みたいに。やがてドアのベルが鳴ります。彼は出ていって、三日も遅れて届けられた郵便物を受け取ってくる。彼は手紙を開けませんが、あなたたちが言うところによれば、新聞を開いて、記事に目を通しています。十年前のことですから、その日の新聞にどんな記事が載っていたかはわかりません——遠い国の地震とか、国内の政治危機でしょうか？ われわれがその新聞の内容について知っているのは、ある小さな記事が載っていたということだけです——三日前に、内務省がアプルトン氏の遺体発掘の許可をあたえたという記事がね」

「なんですって？」

クィン氏はさらにつづけた。

「デリク・ケープルは自分の部屋に上がり、そこで窓からなにかを見る。リチャード・コンウェイ卿の話では、窓にカーテンは引かれていなくて、さらにその窓は車道に面していた。彼はなにを見たのでしょう？ 自殺しなければならないほどの、いったいなにを見たというのでしょう？」

「どういうことです？ 彼はなにを見たんですか？」

「おそらく」と、クィン氏は言った。「彼は巡査を見たのでしょう。犬を連れてきた巡査です。ですがデリク・ケープルはそのことを知らなかった——彼が見たのはただ——一人の警官でした」

長い沈黙が流れた——まるでその言葉が意味することを全員が理解するまでに、しばしの時間がかかるかのように。

「まさか！」ついにイーヴシャムがつぶやいた。「彼がアプルトンを？　でもアプルトンが死んだとき、彼はその場にいなかったんですよ。あの老人は妻と二人きりで——」

「しかし一週間前には、そこにいたかもしれませんよ。ストリキニーネは塩酸塩の状態になっていないかぎり、あまり溶解しやすいものではありません。ポートワインに入れられたストリキニーネは、大部分が最後の一杯といっしょに飲まれたんでしょう——たぶん、彼が立ち去った一週間後に」

ポータルがさっと身を乗り出した。彼の声はしわがれ、目は血走っていた。「なぜ彼女はそのワインのデカンターを割ったんです？」彼は叫んだ。「なぜ割ったんです？　わけを教えてください！」

その夜、初めて、クィン氏はサタースウェイト氏に話しかけた。

「サタースウェイトさん、あなたは人生経験が豊富な方です。あなたならその理由がわかるでしょう」

サタースウェイト氏は声がすこし震えた。ようやく彼の出番がまわってきた。これからこの芝居で最も重要な台詞を言わねばならない。今の彼は、スポットライトを浴びた役者だった——もう見物人ではない。

「思うに」彼は遠慮がちに話しはじめた。「彼女はデリク・ケープルが好きだった。だが彼女は貞淑な女性だった――だから彼を遠ざけたんです。でも夫が死んだとき、彼女はその真相に気づいてしまった。そこで、愛する男を救うために、彼にとって不利な証拠を隠滅しようとしたんです。のちに、その疑念は根拠のないものだと彼に説得され、彼女は結婚に同意したのでしょう。だがそれでもまだ、彼女はためらっていた――女というのは、ずいぶん勘が鋭いんですね」

サタースウェイト氏は自分の台詞を言い終えた。

突然、糸を引くように長い吐息が、どこからか聞こえた。

「なんだ？」イーヴシャムが驚いて叫んだ。「今のはなんの音だろう？」

サタースウェイト氏には、それが二階の廊下にいるエリナ・ポータルのため息だとわかっていたが、風雅を好む彼は、あえてなにも言わなかった。

クィン氏は微笑んでいた。

「さて、そろそろわたしの車の修理も終わったころでしょう。おもてなしに感謝します、イーヴシャムさん。これで、すこしはご友人のためになったのならいいですが」

彼らはあっけにとられて、ただぽかんと彼を見つめた。

「この事件を、そうした面から考えてみたことはなかったんですか？　彼はその女性を愛していたんですよ。彼女のために殺人を犯すほどね。やがて、天罰が下った――そう彼は思い違いをして、みずから命を絶ってしまった。ただ意図しなかったとはいえ、そのために彼は彼女を窮地に追いこんでしまったのです」

「彼女は無罪になったじゃないですか」と、イーヴシャムがつぶやいた。

「それは彼女の有罪を立証できなかったからにすぎません。おそらく——これはわたしの想像ですが——彼女は今でもそのことで苦しんでいるんじゃないでしょうか」

ポータルが椅子にすわりこみ、両手に顔をうずめていた。

クィンはサタースウェイトをふりかえった。

「さようなら、サタースウェイトさん。あなたは芝居好きなんですね」

驚きながらも、サタースウェイト氏はうなずいた。

「では道化芝居をお勧めしますよ。今ではもうすたれかかっていますが、それでも一見の価値はあります。あの象徴性を理解するのは難しいですが——しかし、たとえ時代が変わっても、不滅のものはつねに不滅です。ではみなさん、おやすみなさい」

そう言うと、彼は闇のなかに去っていった。来たときと同じように、ステンドグラスの光を浴びた彼は、道化師のまだら服を着ているように見えた……

サタースウェイト氏は二階に上がった。空気が冷たかったので、彼は窓を閉めにいった。車道を歩み去るクィン氏の姿が見えた。わきのドアから女性が出てきて、彼のあとを追いかけた。しばらく二人で話をしてから、彼女は家のほうにひきかえした。彼女が窓の下を通ったとき、サタースウェイト氏は彼女の表情が生き生きとしているのに気づいた。今の彼女は幸福な夢に酔っているかのようだった。

「エリナ!」

アレックス・ポータルが彼女の前にいた。

「エリナ、許してくれ――許してくれ。おまえは本当のことを話してくれたのに――それなのに、おれはおまえを信じきれなかった……」

サタースウェイト氏は他人のことに強い関心があったが、同時に紳士でもあった。これ以上は詮索すべきでないと考え、窓を閉めた。

だが、彼はわざとゆっくり窓を閉めた。

彼女の声が聞こえた――たとえようもなく美しい声だった。

「いいのよ――わかっているわ。さぞ苦しかったでしょうね。かつてのわたしも同じだったわ。愛していながら――信じたり、疑ったり――疑念を振り払ったあとから、また疑念がふつふつと湧いてきたり……あなたの気持ちは痛いほどわかるわ、アレックス……でもね、そんなあなたを見ているのは、もっとつらいことだった。あなたがわたしを疑っていて、わたしを怖がっているのはわかっていたわ……そのためにわたしたちの愛は壊れてしまったのよ。今夜、あのひとが——通りすがりのあのひとが現われなかったら……彼がわたしを救ってくれたわ。もうこれ以上は耐えられない限界にきていたの。今夜——今夜、本当は自殺するつもりだったの……アレックス……ああ、アレックス……」

窓ガラスに映る影

The Shadow on the Glass

1

「ねえ、これを聞いて」と、レディ・シンシア・ドレージが言った。

彼女は手にしていた新聞を、声に出して読んだ。

「アンカートン夫妻は、今週グリーンウェイズ荘にて、パーティを開催する。レディ・シンシア・ドレージ、リチャード・スコット夫妻、殊勲章保持者のポーター少佐、スタヴァトン夫人、アレンソン大尉、サタースウェイト氏などが招待されている」

「これで」新聞を放りながら、レディ・シンシアがつづけた。「わたしたちがこれからどんな目にあうかわかったでしょう。まったくあのひとたちのせいで、このパーティはだいなしだわ！」

彼女の話し相手で、招待客リストの最後に名前が載っていたサタースウェイト氏は、いぶかしげに彼女を見た。彼が成金連中の家に姿を見せるのは、そこの家の料理が格別においしい場合か、もしくはそこで人生のドラマが演じられようとしている場合のどちらかだと言われていた。サタースウェイト氏は、人間たちがくりひろげる悲喜劇に、なみはずれた興味をいだいていた。

化粧が濃くてきつい顔をした、中年女のレディ・シンシアが、わざと目立つようにひざの上にのせていた、最新流行のデザインのパラソルで、彼をぴしゃりとたたいた。

「とぼけないで。なにもかもわかっているくせに。それどころか、あなたのことだから、これから起きる騒ぎをわざわざ見物しに来たんでしょう！」

サタースウェイト氏は必死に否定した。彼には彼女の言う意味が、さっぱりわからなかった。

「リチャード・スコットのことよ。彼の噂を聞いたことがないとでもいうの？」

「いや、聞いてはいますよ。大物射ちのハンターなんでしょう？」

「そのとおり――歌にもあるような〝大きな大きな熊や虎〟を仕留めてきたの。でも今じゃ、彼自身が大きな獲物になってしまったみたい――アンカートン夫妻が彼を捕まえようと躍起になってるわ――それとあの新妻を！　可愛らしい娘よ――本当に可愛らしい娘――まだ二十歳で、とても初心《うぶ》だけど、彼のほうはどう見ても四十五にはなってるわ」

「スコット夫人は魅力的な女性のようですね」と、サタースウェイト氏はおだやかに言った。

「ええ、かわいそうに」

「どうしてかわいそうなんです？」

レディ・シンシアはとがめるような目つきで彼をちらりと見てから、彼女らしいもってまわった言い方で、問題の核心に迫った。

「ポーターさんは問題ないわ――退屈なひとだけど――日焼けしていて寡黙な、アフリカに出かけていくハンターたちの一人よ。いつもリチャード・スコットにくっついて歩いているわ――生涯の友とかといって。だとしたら、あの二人はきっと例の旅行にもいっしょに行ったにちがいないわ――」

「例の旅行というと？」

「あの旅行。スタヴァトン夫人の旅行よ。ねえ、こんどはスタヴァトン夫人の名前を知らないとでも言うの？」

「いや、話には聞いていますよ」サタースウェイト氏はしぶしぶ認めた。

そして彼はレディ・シンシアと顔を見合わせた。

「まったくアンカートン夫妻のやりそうなことだわ」と、レディ・シンシアは嘆いた。

「あの夫婦はとんでもない常識はずれよ——社交界ではね。よりによってあの二人をいっしょに招待するなんて！　もちろんあの夫婦は、スタヴァトン夫人がハンターで旅行家だとか、著書を出したこととかを聞いていたんでしょう。アンカートンみたいな人たちは、どんな落とし穴があるかということに、気づきもしないのよ！　この一年間、わたしがあの夫婦にあれこれ教えてあげていたのだけれど、そのためにどれほど苦労したか。もう危なっかしくて、かたときも目が離せないんだから。〝そんなことをしちゃだめ！　こういうことはすべきでないわ！〟って、ずっと言いつづけなくちゃならなかったの。でも今はもう、それも終わったわ。べつに喧嘩をしたわけではないのよ——とんでもない！　喧嘩なんかしないわ。ただほかのひとに役目を替わってもらっただけ。いつも言っていることだけど、俗悪には我慢できるけれど、野卑には耐えられないの！」

このやや謎めいた言葉のあと、レディ・シンシアはしばらく黙りこみ、アンカートン夫妻が彼女自身に示した野卑さを思い返していた。

「もしもわたしがまだあの夫婦の面倒をみていたなら」やがて彼女は言葉をつづけた。「きっぱりこう言ったと思うわ——〝スタヴァトン夫人とリチャード・スコット夫妻を、いっしょに招待してはだめ。あの夫人とリチャードさんとは以前——〟」

彼女は意味ありげに言葉を切った。

「あの二人は以前？」と、サタースウェイト氏はたずねた。

「まあ、あきれた！　有名な話なのに。奥地へのあの旅行よ！　彼女も彼女だわ――この招待を受けるなんて、なんてあつかましいのかしら」

「ひょっとしたら、相手の夫妻が来ることを知らなかったのかもしれませんよ」と、サタースウェイト氏は言ってみた。

「知っていたに決まっているわ。あの女なら、そのくらいのことは平気でするわ」

「というと――？」

「彼女は、いわゆる危険な女――なにをしでかすかわからない女よ。この週末は、リチャード・スコットはたいへんな目にあいそうね」

「でも彼の奥さんはなにも知らないんですか？」

「でしょうね。でもいずれ親切な友だちが、彼女に余計なことを教えるにちがいないわ。あら、ジミー・アレンソンが来たわ。好青年よ。去年の冬、エジプトで、彼がいてくれて本当に助かったわ――死にそうに退屈だったんですもの。こんにちは、ジミー、早くこっちにいらっしゃいよ」

アレンソン大尉は言われたとおりにやって来て、彼女のそばの芝生に腰をおろした。

彼は三十歳のハンサムな青年で、白い歯とつりこまれるような微笑の持ち主だった。

「ぼくに声をかけてくれるひとがいて嬉しいな」と、彼は言った。「スコット夫妻は二人だけでいちゃついているし、ポーターは《フィールド》誌を読みふけっているので、除け者のぼくは、あやうくアンカートン夫人の相手をさせられるところでしたよ」

彼が笑うと、レディ・シンシアもいっしょに笑った。だが招かれた家で主人夫婦を笑い者にするなど考えられない、やや古風なサタースウェイト氏だけは、笑おうとはしなかった。

「かわいそうなジミー」と、レディ・シンシアが言った。

「〝理由の詮索などいらぬ、ただ逃げるにしかず〟ですよ。夫人からこの家の幽霊話を聞かされそうになったので、逃げてきたんです」

「アンカートン家の幽霊ですって」と、レディ・シンシアが言った。「面白そうじゃないの」

「アンカートン家の幽霊じゃありません」と、サタースウェイト氏が言った。「グリーンウェイズ荘の幽霊です。アンカートン夫妻は、家といっしょに幽霊も買ってしまったんですよ」

「そうだったわね」と、レディ・シンシアが言った。「今、思い出したわ。でもその幽霊って、鎖を引きずって歩かないんでしょ？　ただ窓に映るだけでしょう」

ジミー・アレンソンが驚いて顔を上げた。

「窓にですか？」

だがサタースウェイト氏はすぐには返事をしなかった。彼はジミーの頭越しに、家のほうからやって来る三人の姿を眺めていた——ほっそりした娘をあいだにはさんで、二人の男が歩いていた。一見、男たちはよく似ていた——どちらも長身で、髪が黒く、日焼けした顔と、鋭い目つきをしていた。だがよく見ると、まったく違っていた。ハンターで探険家のリチャード・スコットは、明るく溌剌《はつらつ》とした人柄で、その態度は人をひきつける魅力にあふれていた。一方、彼の友人でハンター仲間のジョン・ポーターは、がっしりした体格で、無表情な顔と、思慮深そうな灰色の目をしていた。彼はつねに友人の引きたて役に甘んじている、おとなしい男だった。

そしてこの二人のあいだにはさまれて、三カ月前まではモイラ・オコンネルだった、モイラ・スコットが歩いていた。ほっそりした体型で、大きな茶色の目は愁いを含み、小さな顔を縁取る赤みがかった金髪が、まるで聖人の後光のように輝いていた。

「あの娘を傷つけてはならない」と、サタースウェイト氏は胸の内でつぶやいた。「あんな娘が傷つくようなことは、ぜったいにあってはならない」

レディ・シンシアは、最新流行のパラソルを振って、やって来た三人を迎えた。

「まあすわって、静かに聞いて」と、彼女は言った。「今、サタースウェイトさんが幽霊の話をしているところなの」

「わたし、幽霊の話って大好きだわ」と、モイラ・スコットが言って、芝生の上にすわった。

「グリーンウェイズ荘の幽霊ですか？」と、リチャード・スコットがたずねた。

「ええ。ご存知ですか？」

スコットがうなずいた。

「昔はよくここに泊まっていました」と、彼は説明した。「エリオット家が売ってしまう前のことですが。たしか、見つめている王党員、でしたね？」

「見つめている王党員」彼の妻が小声でくりかえした。「すてきな響きだわ。なんだか面白そう。話の続きを聞かせてください」

しかし、サタースウェイト氏は面白くないからと言って、なかなか話そうとしなかった。

「だめですよ、サタースウェイトさん」リチャード・スコットがからかうように言った。「そんなふうに渋ると、かえって逆効果ですよ」

まわりにはやしたてられて、サタースウェイト氏はしかたなく話しだした。

「本当にたいして面白い話ではないんですよ」と、彼は言い訳するように言った。「エリオット家の先祖で、王党員だったひとにまつわる話が、そもそもの発端だったようです。言い伝えによると、その男の妻に、議会党員の恋人がいたんです。この恋人が、二階の部屋で、その夫を殺し、彼の妻と逃げたんですが、途中で家をふりかえると、窓から二人を見つめている、死んだ夫の顔が見えたというんです。ですがこの幽霊が出るのは、その部屋の窓の一枚のガラスにかぎってのことなんです。そのガラスには、妙なしみがついていて、近くから見ると、ほとんどわからないんですが、遠くからだと、たしかに外を見ている男の顔に見えるんですよ」

「それはどの窓かしら？」家を見上げながら、スコット夫人がたずねた。

「ここからは見えません」と、サタースウェイト氏は言った。「ちょうど家の反対側ですから。ですが何年か前に——たしか四十年前だと思いますが——内側から板張りにされました」

「なぜそんなことをしたのかしら？　だってその幽霊は歩きまわったりしないんでしょう？」

「もちろんですとも」サタースウェイト氏は断言した。「おそらく、しだいに迷信を気にするようになったんでしょう」

このあと、彼はさりげなく話題を変えた。するとジミー・アレンソンがエジプトの砂占いの話をしだした。

「たいていはインチキですよ。過去のことは漠然と話すけれど、未来についてはなにも明言しないんです」

「わたしはてっきりその逆だと思ってたが」と、ジョン・ポーターが言った。

「この国では、未来を占うのは違法らしいね」と、リチャード・スコットが言った。

「モイラがジプシーに運勢を占ってもらおうとしたら、その女は占ってもしかたがないとか言って、金を彼女に返したんだ」

「きっと恐ろしい将来が見えたので、それをわたしに告げたくなかったんだわ」と、モイラが言った。

「取り越し苦労ですよ、ミセス・スコット」と、アレンソンが明るく言った。「あなたに不幸がふりかかるはずはありません」

「どうかな」サタースウェイト氏は思案した。「それはどうかな……」

そのとき、彼はさっと顔を上げた。家のほうから二人の女性がやって来る。一人は黒髪のずんぐりした女性で、ヒスイ色のドレスがまるで似合っていない。もう一人はクリーム色がかった白い服を着た、すらりとした女性だった。最初の女性は、この家の女主人であるアンカートン夫人で、二番目が、彼がその名をたびたび耳にしながら、まだ一度も会ったことがない女性だった。

「スタヴァトン夫人をご紹介しますわ」と、アンカートン夫人がじつに満足そうに言った。「みなさん、お話がはずんでいるみたいね」

「この人たちったら、さっきから怖い話ばっかりするのよ」と、レディ・シンシアはぼやいたが、サタースウェイト氏は聞いていなかった。彼はスタヴァトン夫人を観察していた。

とてもくつろいで、落ち着いている。彼女は自然な調子で言った。「まあ！　リチャード、お久しぶりね。結婚式に出られなくてごめんなさい。こちらがあなたの奥さん？ご主人の友だちがみんな日焼けしたごつい男ばかりで、もううんざりでしょう」それに対し、モイラははにかみながらも、そつなく受け答えした。年増の女は値踏みするように彼女を一瞥してから、もう一人の友人にさりげなく視線を移した。

「こんにちは、ジョン！」同じように気さくな口調だが、微妙な違いがある——こちらには暖かみがこもっていた。

それから、あの突然の微笑。彼女が一変した。レディ・シンシアが言ったとおりだった。危険な女！　見事な金髪、深みのある青い目——典型的な魔性の女の髪や目の色ではない——ふだんはやつれたように見える顔だ。もの憂げな、ゆっくりしたしゃべり方をして、突然目がくらむような笑顔を見せる女。

アイリス・スタヴァトンは腰をおろした。すると自然に彼女がグループの中心になった。いつも自然とそうなってしまう、という感じだった。

ポーター少佐に散歩に誘われ、サタースウェイト氏は物思いから覚めた。彼はそれほど散歩が好きではなかったが、誘いに応じた。二人はぶらぶらと芝生を歩きだした。

「さっきの幽霊話は、なかなか面白かったですね」と、少佐が言った。

「その窓をお見せしましょう」

サタースウェイト氏は、少佐を家の西側に案内した。そこには、小さな幾何学式庭園があり、〝秘密の庭〟と呼ばれていた。というのも、そこはヒイラギの高い生け垣に囲まれていて、出入り口さえもが、尖ったヒイラギの葉が茂る高い生け垣にはさまれた、ジグザグ道になっていた。

ひとたび庭内に入ると、そこは左右対称に配置された花壇、板石が敷かれた通路、精巧な彫刻がほどこされた石造りの低い椅子といった、昔懐かしい魅力に満ちていた。庭の中央まで来ると、サタースウェイト氏はふりかえり、家のほうを指差した。グリーンウェイズ荘は東西に長く延びていた。このせまい西側の壁には、二階の窓一つしかなく、それもほとんど蔦《つた》で覆われている。窓ガラスは汚れていて、内側から板張りされているのがかろうじて見えるだけだった。

「あそこです」と、サタースウェイト氏が言った。

ポーターは首を伸ばすようにして見上げた。

「うむ、窓ガラスの一枚に、しみのようなものが見えるだけですね」

「近すぎるんですよ」と、サタースウェイト氏は言った。「森のなかの、もっと高いところに空き地があるので、そこからならもっとはっきり見えます」

彼は先に立って秘密の庭を出ると、すぐさま左に曲がり、そのまま森に入っていった。連れに早く面白いものを見せようと心がはやっていた彼は、当の相手がうわの空でいることにほとんど気づかなかった。

「この窓が板張りされたので、当然、べつの窓がつくられました」と、彼は説明した。「新しい窓は南向きで、われわれがさっきすわっていた芝生を見渡せるんです。どうやらスコット夫妻は問題のあの部屋に泊まっているようなので、あの話をしたくなかったんですよ。自分が幽霊が出る部屋に寝ていると知ったら、きっとスコット夫人はいい気持ちがしなかったでしょうからね」

「ああ、なるほど」と、ポーターは言った。

サタースウェイト氏は彼の様子をうかがい、相手がなにも聞いていないことに気づいた。

「じつに興味深い」ポーターはステッキで丈の高いジキタリスをたたき、眉をひそめた。「彼女は来るべきじゃなかった。来てはいけなかったんだ」

ひとがこんなふうにサタースウェイト氏に話しかけるのは、たいして珍しいことではない。彼は取るに足らぬ、まるで目立たぬ人間だと思われていて、だれもが彼の存在を意識せずに、思ったことを口にした。

「そうとも」ポーターはうなずいた。「彼女はここに来ちゃいけなかったんだ」

それがスコット夫人のことではないと、サタースウェイト氏は直感した。

「そうでしょうか？」

不吉な予感がするかのように、ポーターは首を振った。

「わたしはあの旅行にいっしょに行ったんです」と、だしぬけに彼は言った。「スコットとわたしとアイリスの三人で行ったんです。彼女は素晴らしい女性《ひと》です——それに射撃の名人だ」彼はしばらく口をつぐんだ。「どうして彼らはあの女性を招待したんですか？」唐突に、彼は質問した。

サタースウェイト氏は肩をすくめた。

「なにも知らないからでしょう」と、彼は答えた。

「厄介なことになりますよ」と、ポーターが言った。「われわれは待機して――できるだけのことをしないと」

「しかしスタヴァトン夫人はきっと――」

「わたしはスコットのことを言ってるんです」彼は口ごもった。「そのう――スコット夫人のことを考えなくては」

サタースウェイト氏はずっと夫人のことを考えていたが、ポーターが今まで彼女のことをすっかり忘れていたので、あえてなにも言わないでいた。

「スコットさんと奥さんとの出会いは？」

「去年の冬に、カイロで。あっという間でしたよ。なにしろ出会って三週間後に婚約して、六週間後には結婚してしまったんですから」

「とても魅力的な女性のようですね」

「ええ、それはもう。スコットも彼女に夢中です――だからといって、事情は変わりませんよ」そしてふたたびポーター少佐は、彼にとってはただ一人の人物をさす代名詞を使い、ひとりごとをくりかえした。「くそっ、彼女は来るべきじゃなかったのに……」

ちょうどそのとき二人は、家からすこし離れた、草の茂る小高い丘の上に出た。サタースウェイト氏は芝居がかったしぐさで、腕をさっと伸ばした。

「ご覧なさい」

あたりはどんどん暗くなりかけていたが、例の窓はまだはっきり見えた。そして一枚の窓ガラスに、羽飾りがついた王党員の帽子をかぶった男の顔らしきものが、たしかに映っていた。

「奇妙だな」と、ポーターがつぶやいた。「本当に奇妙だ。あの窓ガラスが割れたりしたら、どうなるんだろう？」

サタースウェイト氏は微笑んだ。

「そこがこの話の肝心な点なんですよ。あの窓ガラスは、わたしが知っているだけでも十一回は取り替えられているんです。実際にはもっと多いかもしれません。いちばん最近は十二年前に、当時の家主がこの言い伝えを打ち破ろうとして、あの窓ガラスを取り替えさせました。ところが結果はいつも同じなんです。あのしみは、また出てくるんです——すぐにではないけれど、一、二カ月たつと、また浮き出ているんですよ」

するとポーターは初めて、本当に興味を示した。彼はふいに身震いした。

「それはおかしい。説明がつかない。あの部屋をなかから板張りにした、本当の理由はなんです？」

「あの部屋は縁起が悪いと、だれもが考えるようになったんです。あそこに泊まったイーヴシャム夫妻が、直後に離婚をしました。それからスタンリーが奥さんとあの部屋に泊まったあと、コーラス・ガールと駆け落ちしたんです」

ポーターが眉を上げた。

「なるほど。危険なわけだ――命ではなく、道徳的に」

「こんどは」サタースウェイト氏は思った。「スコット夫妻があそこに泊まっている……さて、どうなるのだろう……」

彼らは黙って家にひきかえした。それぞれ考え事をしながら、柔らかい芝生の上を音もたてずに歩いていた二人は、思いがけず盗み聞きをすることになってしまった。

ヒイラギの生け垣のかどをまわりかけたとき、秘密の庭の奥のほうから、アイリス・スタヴァトンのとげとげしい声が聞こえてきた。

「こんなことをして……きっと後悔するわよ！」

スコットが低い声でぼそぼそと答えたので、言葉までは聞き取れなかったが、それからまた女の声がした――その言葉を、のちに彼らは思い出すことになるのだった。

「嫉妬は、ひとを悪魔に変えるわ――いいえ、悪魔そのものよ！　嫉妬に狂うと、ひとは凶悪な人殺しさえしかねない。気をつけるのね、リチャード、くれぐれも気をつけなさい！」

そう言うと、彼女は秘密の庭から二人の前方に出てきて、彼らに気づくことなく、まるでなにかに追われているかのように足早に、家のかどを曲がって行ってしまった。

サタースウェイト氏は、レディ・シンシアが言った言葉を思い返した。危険な女。このとき初めて、彼は悲劇を予感した——避けようもなく、ひたひたと忍び寄る悲劇を。

だが、その晩、彼は自分が不安に駆られたことを恥じた。すべてが順調で快適だった。スタヴァトン夫人は心からくつろいでいる様子で、モイラ・スコットはあいかわらず初々しく、可愛らしかった。二人はとても気が合うようだった。リチャード・スコットも陽気に騒いでいた。

いちばん深刻そうな顔をしていたのは、ずんぐり太ったアンカートン夫人だった。彼女はサタースウェイト氏にくどくどとぼやいた。

「ばかげてると言われても、気味が悪くてしかたないんです。じつは、ネッドに内緒で、ガラス屋を呼んだんです」

「ガラス屋を？」

「あの窓に新しいガラスをはめさせるためですよ。べつに割れたわけではないし、ネッドはあれを自慢にしてます――家に風格が加わるとか言って。でも、わたしはぜったいに嫌。妙な言い伝えなんかない、ごく普通の新しい窓ガラスを入れようと思うんです」

「忘れたんですか？」と、サタースウェイト氏は言った。「それともご存知ないんですか？　あのしみはまた出てくるんですよ」

「そうらしいですね」と、アンカートン夫人は言った。「でも、もし本当にそうだとしたら、自然の法則に反しています！」

サタースウェイト氏は眉を上げたが、なにも応えなかった。

「それに、もしまたしみが出てきたって、それがどうだっていうんです？」アンカートン夫人は憤然として言った。「ネッドとわたしは、必要とあれば毎月でも――いえ、たとえ毎週でも、新しい窓ガラスが買えないほど貧しくはありません」

サタースウェイト氏はなにも言い返さなかった。金の力の前に、あまりにも多くのものが崩れ去るのを見てきた彼には、王党員の幽霊ですらそう簡単に勝てるとは思えなかった。とはいえ、彼はアンカートン夫人があきらかに不安がっていることに、興味をそそられた。彼女でさえ、この場の緊張から逃れられずにいるのだ――ただそれを、彼女は古臭い幽霊話のせいにして、彼女が招いた客同士の人間的な衝突のせいだとは思っていなかった。

サタースウェイト氏は、この状況の解明に役立つ会話の断片を、またしても耳にすることになった。彼が部屋に引き上げようと広い階段を上がっていくと、ジョン・ポーターとスタヴァトン夫人が、大広間のアルコーヴにいっしょにすわっていた。彼女の美しい話し声には、かすかに苛立ちが混じっていた。

「スコット夫妻がここに来るなんて、ちっとも知らなかったのよ。もしも知っていたら、来なかったでしょうけれど、でもねえ、ジョン、ここに来てしまったからには、いまさら逃げ出すわけにはいかないわ――」

サタースウェイト氏はそのまま階段を上がっていったので、それ以上の話は聞かなかった。彼は思案した――「どうかな――どこまでが本当なんだろう？　彼女は知っていたのかな？　さあて――これからどうなるんだろう？」

彼は首を振った。

翌朝、明るい日差しを浴びながら、彼は前の晩はすこし芝居がかった想像をしすぎたかもしれないという気がした。一時的な緊張――そうにちがいない――あの状況ではしかたがない――だがそれだけのことだ。みんな落ち着いたんだ。なにかとんでもない破局が迫っていると考えたのは、神経が高ぶっていたか、もしくは肝臓が弱っているせいだろう。そうだ、肝臓のせいにちがいない。あと二週間もしたら、カルロヴィ・ヴァリ保養地ででもゆっくり静養しよう。

その日の夕方、ちょうど日が暮れかけたころ、彼は自分から散歩をしようと言いだした。あの空き地に行って、アンカートン夫人が本当に新しい窓ガラスを入れさせたかどうか、確かめにいこうと、彼はポーター少佐を誘った。自分自身には、彼はこう言い聞かせた——「すこし運動をしないと」

二人の男は森をゆっくり歩いていった。ポーターはあいかわらず無口だった。

「昨日は、われわれはすこし勝手な想像をしすぎたみたいですね」サタースウェイト氏は一人でしゃべりまくった。「そのう——もめごとが起きるのではないかと危惧して。結局、ひとは自分の感情を押し殺して、理性ある態度をとらなくては」

「まあね」と、ポーターは言った。一、二分してから、彼はつけ加えた——「文明人の場合は」

「というと?」

「文明の圏外で長く暮らしていると、理性が後退する場合があるんです。いわば、先祖返りですよ」

彼らは草の茂った丘に出た。サタースウェイト氏はすこし荒い息をしていた。彼は上り坂が苦手だった。

窓のほうを眺めると、例の顔はまだそこにあって、前よりもっと本物そっくりに見えた。

「どうやらアンカートン夫人は思い直したようですね」

ポーターはちらりと窓を一瞥しただけだった。

「たぶんアンカートンがやめさせたんでしょう」と、彼は無関心そうに言った。「あの男は、他人の家の幽霊を平気で自慢するし、大金を払って手に入れた家の幽霊を、追い出してしまうのはもったいない、と考える男ですよ」

彼は一、二分黙ったまま、家ではなく、周囲に生い茂っている藪に目を凝らした。

「考えてみたことはないですか」と、彼は言った。「文明というのは危険なものだと?」

「危険ですって?」あまりに意外なひとことに、サタースウェイト氏は衝撃を受けた。

「ええ。安全弁がありませんからね」

彼はいきなり向きを変え、サタースウェイト氏とともに来た道をひきかえした。

「今、あなたが言ったことが、よく理解できないんですが」サタースウェイト氏は小走りになってポーターを追いかけた。「理性を持った人間ならば——」

するとポーターが笑った。短い、相手をまごつかせるような笑いだった。それから彼は、かたわらにいる、きちんとした身なりの小柄な紳士を見つめた。

「わたしがくだらないでまかせを言っていると思ってるんですね、サタースウェイトさん？　しかし世の中には、嵐が来るのがわかる人間がいるんですよ。嵐が来る前から、空気でわかるんです。それに災厄を予知する人間だっているんです。もうじき災厄が起きますよ、サタースウェイトさん、大きな災厄が。もういつ起きてもおかしくない。ひょっとしたら――」

ふいに、彼はサタースウェイト氏の腕をつかんで立ち止まった。そしてその息詰まる沈黙のなかで――二発の銃声と悲鳴が聞こえた――女の悲鳴だった。

「ああ！」ポーターが叫んだ。「ついに起きたんだ」

彼は小道を駆け降り、サタースウェイト氏は必死にあとを追いかけた。一分後には、秘密の庭の生け垣近くの芝生に出た。それと同時に、リチャード・スコットとアンカートン氏が、家の反対側のかどから現われた。秘密の庭への入り口の前で、四人は鉢合わせした。

「なかから――なかから聞こえましたよ」アンカートン氏がぶよぶよした手で指差した。

「行ってみよう」ポーターが先頭に立って、庭のなかに入っていった。ヒイラギの生け垣の最後のかどをまわった彼は、はたと立ち止まった。サタースウェイト氏は彼の肩越しにのぞいた。リチャード・スコットが大きな叫び声をあげた。

秘密の庭に、三人の人物がいた。二人は、石の椅子のそばの芝生に横たわっていた――男と女だった。もう一人はスタヴァトン夫人だった。彼女は生け垣のそばで、二人のすぐ近くに立っていて、恐怖にひきつった表情を浮かべ、右手になにかを持っていた。

「アイリス」ポーターが叫んだ。「アイリス。どうしたんだ！　なにを持ってるんだい？」

たずねられた彼女は、自分の手を見た――いぶかるように、まるで関心なさそうに。

「銃だわ」彼女は不思議そうに言った。それから――とてつもなく長い時間がたったように思えたが、実際にはほんの数秒しかたっていなかった――「わたし――これを拾ったの」

アンカートンとスコットが芝生でひざまずいているところに、サタースウェイト氏は進み出た。

「医者だ」と、スコットがつぶやいていた。「すぐに医者を呼ばないと」

だが、もう手遅れだった。砂占いが未来のことを言わないと文句を言っていたジミー・アレンソンと、ジプシーに金を返されたモイラ・スコットが、息絶えて横たわっていた。

遺体をざっと調べたのは、リチャード・スコットだった。彼は鉄のような神経でこの危機に対処した。はじめに悲痛な叫びをあげた彼は、ふたたび冷静さを取り戻していた。彼は妻のからだをそっとまた地面に降ろした。

「後ろから撃たれている」彼は簡潔に言った。「銃弾がからだを貫通している」

それから彼はジミー・アレンソンの遺体を調べた。彼は胸を撃たれ、銃弾は体内に留まっていた。

ジョン・ポーターが彼らのほうにやって来た。

「なにも触れてはいけません」彼は厳しい口調で言った。「警察が来るまで、このままの状態にしておかないと」

「警察だって」と、リチャード・スコットが言った。ヒイラギの生け垣のそばに立っている女を、彼は恐ろしい形相でにらみつけた。彼女のほうに彼が足を踏み出すと、同時にジョン・ポーターが彼の前に立ちふさがった。一瞬、二人の男はつかみかからんばかりににらみ合った。

ポーターが静かに首を振った。

「いいや、リチャード」と、彼は言った。「状況はそう見える――だが、きみは間違ってるよ」

リチャード・スコットは乾いた唇をなめ、ようやく言葉を発した。

「じゃあ、なぜ——彼女はあれを持ってるんだ？」

するとアイリス・スタヴァトンが、さっきと同じ気の抜けた声でくりかえした。「わたし——これを拾ったの」

「警察を」アンカートンが立ち上がりながら言った。「警察を呼ばなくては——すぐに。電話をかけてくれませんか、スコットさん？　それから、だれかがここに残らないと」

サタースウェイト氏が、もの静かな紳士らしい態度で、その役目を引き受けると申し出た。アンカートン氏はいかにもほっとした様子で、その申し出を受けた。

「女性たちに」と、彼は言い訳した。「わたしはレディ・シンシアと妻に、このことを伝えなくてはならないので」

サタースウェイト氏は秘密の庭に残り、モイラ・スコットの遺体を見下ろした。

「かわいそうに」と、彼はつぶやいた。「かわいそうに……」

彼は〝悪事は末代までたたる〟という言葉を思い出した。この初々しい新妻の死に、リチャード・スコットは責任があるのではないか？　アイリス・スタヴァトンは絞首刑になるだろう。すくなくともそのことに対しては、リチャード・スコットに責任があるのではないだろうか？　人間が行なう悪事は——

そしてこの娘が、この罪のない娘が、その代償を払ったのだ。

彼は深い憐れみの目で、彼女を見下ろした。彼女の小さな顔は蒼白で、愁いをおび、唇にはかすかに笑みが残っている。乱れた金髪に、きゃしゃな耳。耳たぶに、ぽつんと血痕がついていた。いくぶん探偵気取りで、サタースウェイト氏は、彼女が倒れたときに、片方のイヤリングがとれてしまったのだろうと推理した。彼は首を伸ばして見た。うん、思ったとおりだ。もう片方の耳には、小さな真珠の粒が垂れ下がっていた。

かわいそうに、かわいそうに。

2

「さっそくですが」と、ウィンクフィールド警部が言った。

彼らは図書室に集まっていた。四十すぎの、頭の切れそうな感じの精力的な警部は、取り調べを終えかけていた。彼は招待客のほとんどに尋問し、事件に関する見解をほぼ固めていた。今、彼はポーター少佐とサタースウェイト氏から話を聞いていた。アンカートン氏は椅子に深々とすわり、向かい側の壁を突き出た目で凝視していた。

「わたしが理解しているところでは」と、警部が言った。「あなたたち二人は散歩をしていた。秘密の庭とかいうところの左側に通じる小道を歩いて、家にひきかえすところだった。それに間違いはありませんか？」

「間違いありません」

「あなたたちは二発の銃声と、女性の悲鳴を聞いたんですね？」

「そうです」

「それで全速力で走って森を出て、秘密の庭の入り口にむかったんですね。だれかがその庭から出ようとしたら、出口は一つしかありません。ヒイラギの生け垣を通り抜けることは不可能です。もしもだれかがあの庭から出て右に曲がったら、アンカートン氏とスコット氏と鉢合わせしたでしょう。もしも左に曲がっていたら、あなたたちと顔を合わせていた。そうですね？」

「そのとおりです」うなずいたポーター少佐の顔は青ざめていた。

「だとしたら、結論は出たようなものですね」と、警部が言った。「アンカートン夫妻とレディ・シンシアは芝生にすわっていました。スコット氏は、その芝生に面したビリヤード・ルームにいました。六時十分に、スタヴァトン夫人は家から出てきて、そこにすわっている人たちと言葉をかわしてから、家のかどをまわって秘密の庭のほうに行きました。その二分後に銃声がしたんです。スコット氏は家から飛び出して、アンカートン氏とともに秘密の庭に駆けつけました。同時にあなたと、えーと、サタースウェイト氏が、反対側からやって来たんです。スタヴァトン夫人は、銃を手にして、秘密の庭にいました。そしてその銃からは銃弾が二発発射されていました。わたしの見るところでは、夫人はまずスコット夫人がベンチにすわっているところを、背後から撃ったんでしょう。そして銃声に驚いて近づいてきたアレンソン大尉を、夫人は正面から撃ったんです。彼女とリチャード・スコット氏とは、そのう――過去に関係があったと考えられ――」

「嘘っぱちだ」しぼり出すようなかすれた声で、ポーターが言った。警部はなにも言わず、ただ首を振った。

「夫人自身はなんと言っているんですか?」サタースウェイト氏がたずねた。

「すこし一人になりたくて、秘密の庭に行ったと言っています。最後の生け垣を曲がろうとしたときに、銃声を聞いた。かどをまわると、足もとに銃が落ちていたので、それを拾い上げた。だれともすれ違わなかったし、庭には二人の犠牲者以外はだれもいなかった、というのです」警部は意味ありげに言葉を切った。「これが夫人の供述です。わたしは警告したんですが、それでも彼女はこのとおりに供述書を書くと言い張っていました」

「彼女がそう言ったのなら」と言ったポーター少佐の顔は、蒼白なままだった。「本当のことを言ってるんです。わたしはアイリス・スタヴァトンの人柄をよく知っています」

「まあまあ」と、警部が言った。「その件はまたいずれゆっくり検討しましょう。わたしにはまずしなくてはならないことがあるので」

するといきなり、ポーターはサタースウェイト氏に向き直った。

「ねえ！　助けてくれませんか？　なんとかしてくれませんか？」

サタースウェイト氏は嬉しくてたまらなかった。だれからも頼りにされたことのない自分が、ジョン・ポーターのような男に懇願されたのだ。

うろたえつつ、彼が丁寧に詫びようとしたとき、執事のトムスンが、名刺をのせたトレーを手にして入ってきた。そして言い訳するように咳払いをしながら、それを主人のところに持っていった。アンカートン氏は会話には加わらず、からだを丸くして椅子にすわっていた。

「たぶんお会いできないでしょうと、この紳士に申し上げたのですが」と、トムスンが言った。「お約束があって、しかも至急の用件だとおっしゃるので」

アンカートンは名刺を手にとった。

「ハーリ・クィン氏」と、彼は名前を読んだ。「覚えてる。絵のことで会うはずだった。約束はしたが、こんな事情だから――」

だがサタースウェイト氏が急に身を乗り出してきた。

「今、ハーリ・クィン氏、とおっしゃいましたね?」と、彼は叫んだ。「なんという偶然でしょう。驚くべき偶然だ。ポーター少佐、あなたを助けられるかもしれませんよ。このクィン氏というのは、わたしの友人――というか、知り合いで、とても素晴らしいひとなんです」

「よくいる素人探偵の一人というわけですか」と、警部がこばかにしたように言った。

「いいえ」と、サタースウェイト氏は言った。「彼はそんなひとではありません。ただ、不思議な力を――神秘的なまでの力を持っていて、われわれが自分自身の目で見、耳で聞いたものを、はっきりと示してくれるんです。とにかく事件のあらましをあのひとに話して、彼がなんと言うか聞いてみましょう」

アンカートン氏が警部をちらりと見ると、警部はふんと鼻を鳴らし、天井を見上げた。そこで彼はトムスンに軽くうなずき、トムスンはいったん部屋を出て、長身ですらりとした人物を案内して戻ってきた。

「アンカートンさんですか？」その客は彼と握手をした。「こんなときにお邪魔をしてすみません。あの絵の話は、べつの日にしなくてはなりませんね。おや、サタースウェイトさん。あいかわらずドラマがお好きなんですね？」

サタースウェイト氏に話しかけたとき、この客の口もとにうっすらと笑みが浮かんだ。

「クィンさん」サタースウェイト氏は力をこめて言った。「今、ここでドラマが起きているんです。今がドラマの真っ最中なんです。わたしと友人のポーター少佐は、ぜひともあなたの考えをお聞きしたいんです」

クィン氏は腰をおろした。赤いシェードのランプが、彼のコートのチェック柄を赤い光で染め、陰になった彼の顔は、まるで仮面をつけているように見えた。

サタースウェイト氏はこの悲劇の要点を簡潔に語った。それから、彼は息を殺して神託の言葉を待った。

しかし、クィン氏はただ首を振っただけだった。

「悲しい話です」と、彼は言った。「悲しくておぞましい悲劇です。動機がない点が、興味をそそりますね」

アンカートンが彼をじっと見た。

「あなたはわかっていない」と、彼は言った。「スタヴァトン夫人はリチャード・スコットを脅しているのを、立ち聞きされているんですよ。彼女はスコットの奥さんに嫉妬していたんです。嫉妬というのは――」

「ええ」クィン氏はうなずいた。「嫉妬は悪魔に魅入られることと同じです。でもあなたは誤解しています。わたしはスコット夫人ではなく、アレンソン大尉が殺されたことを言っているのです」

「そのとおりだ」と叫んで、ポーターが前に飛び出した。「そこにミスがあるんだ。もしもアイリスがスコット夫人を撃とうとたくらんでいたのなら、どこかでスコット夫人だけを狙っただろう。われわれは見当違いをしているんだ。それにべつの解釈だって成り立つと思う。秘密の庭に入っていったのは、あの三人だけだ。それは間違いない。だがこの悲劇を違った角度からとらえてみよう。もしもジミー・アレンソンがまずスコット夫人を撃って、それから自分を撃ったとしたら――これはあり得ることだろう？　彼は倒れたときに銃を投げ出す――それをスタヴァトン夫人が見つけて拾う。どうだろう、この解釈は？」

警部が首を振った。

「だめですよ、ポーター少佐。アレンソン大尉がそんな近くから自分を撃ったとしたら、服が焦げていたでしょう」

「腕を伸ばして撃ったのかもしれない」

「なぜそんなことをするんです？　意味をなしませんよ。それに、動機がありません」

「突然、頭がおかしくなったのかもしれない」と、ポーターはつぶやいたが、あまり自信はなさそうだった。彼はまた黙りこんでしまったが、急にからだを起こし、挑みかかるように言った。「クィンさん、あなたの考えは？」

クィン氏は首を振った。

「わたしは魔法使いではありません。犯罪学者ですらないのです。しかし一つだけ言っておきましょう――わたしは印象というものに重きをおいています。どんな危機においても、はっきり心に刻みこまれる一瞬があります。ほかのすべてが消え去っても、一つだけいつまでも心に残る情景があるものです。サタースウェイトさんは、ここにいる人たちのなかで、おそらくいちばん偏見なしにものを見ていた方でしょう。サタースウェイトさん、思い返してみて、いちばん強い印象を受けたときのことを話してくれませんか？　銃声を聞いたときでしたか？　初めて遺体を見たときですか？　スタヴァトン夫人が銃を持っているのを見たときですか？　さあ、心をまっさらにして、正直に話してください」

サタースウェイト氏は、うろ覚えの教えを暗誦しようとする小学生みたいに、クィン氏の顔をじっと見つめた。

「いや」彼はゆっくり言った。「そのどれでもありません。わたしがけっして忘れないだろうと思うのは、一人であの庭に残り——すこしあとのことですが——スコット夫人の遺体を見下ろしたときのことです。彼女は横向きに倒れていました。髪の毛が乱れていて、小さな耳に血が一滴ついていました」

そう言ったとたん、彼は自分がものすごく重大なことを言ったと感じた。

「耳に血がついていたって？　そうだ、覚えている」と、アンカートンがゆっくりと言った。

「倒れたときに、イヤリングがちぎれて取れたにちがいありません」と、サタースウェイト氏は説明した。

だが自分で言いながら、それはありそうもないように思えた。

「左を下にして倒れていたんだから」と、ポーターが言った。「そっちの耳でしょうね？」

「いや」サタースウェイト氏はためらわずに言った。「右の耳でしたよ」

警部が咳払いした。

「これを芝生で見つけたんですがね」と、彼はもったいぶって言った。彼は細い金の輪をつまみ上げた。

「変ですよ」と、ポーターが叫んだ。「それは倒れただけでちぎれてしまうような物じゃありません。むしろ銃弾で吹き飛んだみたいですね」

「そうなんです」サタースウェイト氏は叫んだ。「きっと銃弾が当たったにちがいありません」

「発射されたのは二発だけです」と、警部が言った。「一発が夫人の耳をかすめて、背中にも当たるなどということはありえません。それにもしも一発目がイヤリングを吹き飛ばし、二発目が夫人を殺したとしたら、アレンソン大尉も同時に殺すことはできなかったでしょう——もしも大尉が夫人のすぐ目の前にいて、たがいに向かい合っていたのでなければ。ああ、いや！　それは違う、その、つまり——」

「つまり、夫人が大尉の腕に抱かれていたのでなければ、と言いたかったのでしょう」クィン氏は謎めいた微笑を口もとに浮かべた。「だとしたら、そう考えればいいじゃないですか」

だれもがたがいに顔を見合わせた。彼らは意表をつかれた——まさかアレンソンとスコット夫人が——アンカートン氏が全員の気持ちを口に出して言った。

「でも、二人はほとんど面識がなかったんですよ」

「それはどうでしょうね」サタースウェイト氏は考えこむように言った。「われわれが思っている以上に、二人は親しかったのかもしれません。レディ・シンシアの話では、去年の冬、エジプトで退屈しきっていたのを助けてくれたのはアレンソンだったそうですし、それにあなたの」──彼はポーターをふりかえった──「あなたの話によると、リチャード・スコットが夫人と出会ったのは、去年の冬、カイロで、ということでしたね。だとすると、あの二人はむこうでかなり親しくなったのかも……」

「あまりいっしょのところは見かけなかったが」と、アンカートンが言った。

「そうです──むしろたがいに避け合っていたんですよ。今になって考えてみると、不自然なくらいでした」

思いがけない結論に驚いて、全員がクィン氏を見た。

クィン氏が立ち上がった。

「どうです」と、彼は言った。「サタースウェイトさんの印象から、これだけのことがわかりました」彼はアンカートンをふりかえった。「つぎはあなたの番です」

「えっ？　どういうことかわかりませんが」

「わたしがこの部屋に入ってきたとき、あなたはじっと考えこんでいましたね。なにをそう考えこんでいたのか、話してくれませんか？　それがこの悲劇と無関係であってもかまいません。たとえそれが〝迷信かつぎ〟のようなものであっても」――アンカートン氏がびくっとした――「話してください」

「話してもかまいませんが」と、アンカートンが言った。「この事件とは関係ないし、それにたぶん笑われるのがおちでしょう。わたしは家内があの幽霊部屋の窓ガラスを取り替えたりしなければよかったのに、と思っていたんです。あんなことをしたために、こんな不幸を招いたような気がしてならないんですよ」

彼には、向かいにすわっている二人の男が、なぜそんなに驚いた顔で自分を見つめているのか、まるで理由がわからなかった。

「でも、奥さんはまだあのガラスを取り替えてはいませんよ」ようやくサタースウェイト氏が言った。

「いや、取り替えましたよ。今朝いちばんにガラス屋が来たんです」

「そうか！」と、ポーターが言った。「わかりかけてきたぞ。あの部屋の壁は板張りでしたね。壁紙はありませんね？」

「ええ、でもそれがどういう――」

しかし、ポーターはすでに部屋を飛び出していた。ほかの男たちもあとにつづいた。彼は二階のスコット夫妻の寝室に駆けこんだ。そこはきれいな部屋で、クリーム色の腰板が張ってあり、南向きの窓が二つあった。ポーターは西側の壁の羽目板を両手でまさぐった。

「どこかにバネがあるはずだ——あった！」カチッと音がして、羽目板の一部がはずれ、幽霊窓の汚れたガラスが現われた。ガラスの一枚は新品できれいだった。ポーターは身をかがめ、なにかを拾った。彼はそれを手のひらにのせてさしだした。ダチョウの羽の一部だった。彼がクィン氏を見つめると、クィン氏はうなずいた。

彼は帽子棚のところに行った。棚にはいくつかの帽子があった——亡くなった夫人の帽子だった。彼はカールした羽根がついている、ふちの広い帽子をとりだした——凝った細工のアスコット帽だった。

クィン氏はおだやかな、思索にふけるような声で話しはじめた。

「仮にこう考えてみましょう」と、クィン氏は言った。「生まれつき嫉妬心の強い男がいたとします。彼は以前にここに泊まったことがあって、羽目板の隠しバネのことを知っていました。ある日、ためしにそこを開けて、秘密の庭を見渡します。すると、盗み見されるとは夢にも思っていない、彼の妻とべつの男がいっしょにいるのを見てしまうのです。二人の関係は疑う余地がありません。彼は怒りで気が狂いそうになります。どうしてくれよう？　彼はあることを思いつきます。戸棚に行き、つばと羽根飾りがついた帽子をかぶるのです。夕闇が迫っていて、彼はガラスのしみの話を思い出します。窓を見上げるひとはだれでも、見つめている王党員が見えたと思うでしょう。こうして身を隠しながら、彼は二人を監視するのです。そして二人が抱き合った瞬間に、彼は銃を撃ちます。彼は射撃の名手です。二人が倒れるとき、彼はもう一度撃ちます――その銃弾がイヤリングを飛ばすのです。彼は窓から銃を秘密の庭に投げこみ、階下に駆け降り、ビリヤード・ルームから外に飛び出します」

ポーターは彼に一歩詰め寄った。

「だが彼はあのひとに嫌疑がかかるのを放っておいた！」と、彼は叫んだ。「あのひとが犯人だと疑われても、彼は放っておいた。なぜ、なぜですか？」

「その理由は明白です」と、クィン氏は言った。「これはあくまでもわたしの推測ですが、リチャード・スコットはかつてアイリス・スタヴァトンを愛していたのです。彼女を熱烈に愛していたので、のちに再会したときでさえ、またもや嫉妬の残り火が掻きたてられたのでしょう。おそらく一時は、アイリス・スタヴァトンもこのひとならと思ったのでしょう。そして彼女は彼ともう一人の男と狩猟旅行に出かけ、帰ってきたときには、心変わりしていたのです」

「心変わりですって」ポーターはとまどった。「それはつまり――」

「そうです」クィン氏はかすかに微笑んだ。「あなたのことですよ」彼はすこし間をおいてから言った。「わたしだったら――今すぐ彼女のところに行ってあげますね」

「ええ、そうします」と、ポーターは答えた。

彼はすぐさま部屋を出ていった。

〈鈴と道化服〉亭奇聞

At the 'Bells and Motley'

サタースウェイト氏は困っていた。まったくついてない一日だった。出かけるのが遅れたうえ、すでに二度もパンクし、ついには道を間違って、ソールズベリ平原の荒野の真ん中で、道に迷ってしまった。もう八時ちかくになるというのに、目的地のマージック荘にはまだ四十マイルもあり、さらに三度目のパンクをしてしまい、このぶんではいつ目的地にたどりつけるかわからなかった。

困り果てた様子の小柄なサタースウェイト氏は、村のガレージの前で行ったり来たりし、彼の運転手は、かすれた小声で修理工と話をしていた。

「早くても三十分だな」と、そのガレージのおやじが宣告した。

「それも、うまくいけばです」運転手のマスターズが言い添えた。「わたしなら、四十五分はみておきますね」

「この――村は、なんというのかな？」サタースウェイト氏は不機嫌そうにたずねた。他人の気持ちを思いやることができる彼は、〝へんぴなところ〟と言いかけたのを、ただの〝村〟と言い換えたのだった。

「カートリントン・マレットですよ」

そう言われても、サタースウェイト氏にはぴんとこなかったが、それでもその地名にかすかに聞き覚えがあった。さげすむような目で、彼はあたりを見まわした。カートリントン・マレットには通りが一つしかないらしく、一方の側にガレージと郵便局、反対側に怪しげな商店が三軒ならんでいた。しかし、道のずっとむこうに、風にきしんで揺れているものが目に入り、サタースウェイト氏はほんのちょっぴり元気づいた。

「宿屋があるようだな」と、彼は言った。

「〈鈴と道化服〉亭ですよ」と、ガレージの男が言った。「あそこに見えるでしょう」

「いかがでしょう、旦那様」と、マスターズが言った。「ためしに行ってみては。きっとなにか食事ができますよ――もちろん、いつものお食事のようにはいかないでしょうが」と言って、彼は申し訳なさそうにうつむいた。サタースウェイト氏は日頃、ヨーロッパの一流シェフの味に慣れており、法外な給料を出して料理の名人を雇っていた。

「車が直るまでに、あと四十五分はかかると思います。それにもう八時をまわっていますから、宿屋からジョージ・フォスターさまに電話をして、遅れることを連絡なさってはいかがでしょう」

「そうやってすべておまえの思いどおりにするつもりなんだろう、マスターズ」と、サタースウェイト氏はぴしゃりと言った。

事実、そのつもりでいるマスターズは、慇懃に黙っていた。

サタースウェイト氏は、運転手の話に耳を傾けまいと思いながら――それほど機嫌が悪かった――やはり気になって、きしみ声をあげている宿屋の看板のほうに目をやった。彼は小食で、美食家だったが、それでもさすがに空腹には勝てなかった。

「〈鈴と道化服〉亭か」彼は思案げにつぶやいた。「宿屋にしてはおかしな名前だな。今まで聞いたこともない」

「おかしな連中がやって来ますよ、あそこには」と、ガレージの男が言った。

男はタイヤの上にかがみこんでいたので、声がくぐもって聞き取りにくかった。

「おかしな連中？」と、サタースウェイト氏は聞き返した。「どういう意味だね？」

修理工は自分が言った言葉の意味を、よくわかっていないようだった。

「どこからか来て、また行ってしまうような連中ですよ」と、彼は曖昧に言った。

宿屋に来る客は、だれもが〝来て、また行ってしまう〟のが普通だ、とサタースウェイト氏は思った。男の説明にはいまひとつ納得がいかなかったが、それでも彼は好奇心をそそられた。とにかくどこかで四十五分間、時間をつぶさなくてはならないのだ。この際は、まあ〈鈴と道化服〉亭でもいいだろう。

いつものちょこちょことした足取りで、彼は道を歩いていった。遠くで雷の音がした。ガレージの男は顔を上げ、マスターズに話しかけた。

「嵐が来るな。そんな気がしてたんだ」

「まいったな」と、マスターズが言った。「あと四十マイルもあるのに」

「なあに」と、男は言った。「あわてることはないさ。嵐が過ぎるまで、車を出せとは言われないだろう。あんたのあの小柄な主人は、雷鳴や稲光のなかを車を飛ばしたがるようには見えないからな」

「あの店を気に入ってくれればいいが」と、運転手はつぶやいた。「あとでおれもあそこで飯を食おう」

「ビリー・ジョーンズならだいじょうぶ」と、ガレージの男は言った。「料理はけっこううまい」

ちょうどこのとき、〈鈴と道化服〉亭の主人で、大柄でいかつい体格をした五十歳の男、ウィリアム・ジョーンズ氏が、サタースウェイト氏に愛想笑いをしていた。

「うまいステーキがありますよ——それにポテトのフライも。チーズも上物をそろえてあります。さあ、こちらの食堂にどうぞ。今は、釣り客が帰ったところで空《す》いてるんです。しばらくしたら、狩りの客でまた店が混んでくるでしょう。今のところ、お客は一人だけ、クィンというひとが——」

サタースウェイト氏の足がとまった。

「クィン？」彼の目が輝いた。「今、クィンと言ったね？」

「ええ。お知り合いですか？」

「ああ。うん、そうとも」興奮したサタースウェイト氏は、クィンという名の人間がほかにもいるとは考えなかった。彼は信じて疑わなかった。これはガレージの修理工が言った言葉とも奇妙に一致した。〝どこからか来て、また行ってしまう連中……〟とは、まさしくクィン氏そのものだった。考えてみれば、宿屋の名前も彼にぴったりだ。

「いやはや」サタースウェイト氏は言った。「不思議なことがあるものだ。こんなところで会えるなんて！　ハーリ・クィン氏なんだね？」

「そうです。さあ、こちらへ。あの方ですよ」

長身で髪の黒いクィン氏が、微笑みながらテーブルから立ち上がり、あの聞き慣れた声で言った。

「やあ、サタースウェイトさん。意外な場所で、またお会いしましたね！」

サタースウェイト氏は心をこめて握手した。

「お目にかかれて本当に嬉しいですよ。車が故障してよかった。ここに長くご滞在ですか？」

「いえ、ひと晩だけです」

「いやあ、まったくなんてついているんだろう」

サタースウェイト氏はいそいそと友人の向かい側にすわり、笑顔を浮かべている相手の浅黒い顔を、期待をこめて見つめた。

相手はおだやかに首を振った。

「いやいや、わたしはけっして手品師ではありませんよ」

「そんな、それはないでしょう」サタースウェイト氏は面食らった。「でもそう言われると——そのとおりかもしれませんね。たしかにわたしにとっては、あなたは手品師そのものだ」

「でも」と、クィン氏が言った。「実際に手品をするのはわたしではなく、あなたなんですよ」

「たとえそうだとしても」サタースウェイト氏の言葉に熱がこもった。「あなたがいなければできないんです。わたしには――なんというか――ひらめきがないんですよ」

クィン氏は微笑をたたえたまま、静かに首を振った。

「それはすこし大げさですよ。わたしはただきっかけをつくるだけです」

そのとき、宿の主人がパンとバターを持ってきた。彼がそれをテーブルに置いたとき、稲妻が光り、頭上で雷鳴がとどろいた。

「ひどい晩ですね」

「こんな晩に――」と、サタースウェイト氏は言いかけてやめた。

「妙ですねえ」主人はその問いかけに気づかずに言った。「今、ちょうどそう言おうとしたんですよ。ハーウェル大尉が花嫁を連れて帰ってきたのは、ちょうどこんな晩でした。その翌日から、彼は行方不明になってしまったんです」

「そうだ！」突然、サタースウェイト氏が叫んだ。「思い出したぞ！」

彼はすでに大事な手がかりをつかんでいた。カートリントン・マレットという地名になぜ聞き覚えがあるのか、今ようやくその理由がわかった。三カ月前、彼はリチャード・ハーウェル大尉の謎に満ちた失踪事件に関する記事に、すべて詳細に目を通していた。イギリスじゅうの新聞読者の例に漏れず、彼はこの失踪事件にとまどい、他のイギリス人と同様に、自分なりの推理をした。

「そうか」と、彼はつぶやいた。「あの事件が起きたのは、カートリントン・マレットだったんだ」

「去年の冬、大尉は狩猟のためにこの宿に泊まったんです」と、主人が言った。「わたしは彼をよく知ってました。さわやかな好青年で、心配事があるようには見えませんでしたよ。彼は殺された――そうわたしは思ってます。彼とミス・ル・クートーがいっしょに馬で帰ってくるのを何度も見ましたし、村の連中もあの二人はいっしょになるだろうと言ってましてね――結局、そのとおりになったんです。彼女はカナダから来た外国人でしたが、とても美しいお嬢さんで、評判もよかったです。きっとあの事件にはなにか隠された謎がありますよ。われわれには真相はわかりませんが。奥さんはすっかり元気をなくして――とうとう家を売り払って外国に行ってしまったんです。たぶん村のみんなにじろじろ見られたり、ひそひそ噂されたりするのに、耐えられなかったんでしょうね。なにも悪いことをしていないのに、気の毒にねえ。これにはきっと忌まわしい謎があるにちがいありませんよ」

彼は首を振り、それから急に自分の用事を思い出し、急いで部屋から出ていった。

「忌まわしい謎」と、クィン氏がぽつりと言った。

サタースウェイト氏の耳には、彼の声は挑発的に響いた。

「スコットランド・ヤードが解けなかった謎を、われわれに解けるというんですか？」

と、彼は聞きただした。

相手は独特の身ぶりをした。

「もちろんです。時間がたっています。三ヵ月。そうなると事情が変わってきます」

「それはあなた独特の変わった考え方ですね」サタースウェイト氏はゆっくり言った。

「事件が起きた当初よりも、時間がたったほうが、物事の本質が見えてくるというのは」

「時間がたてばたつほど、物事をより客観的にとらえることができます。そうすると、本当の事実関係が見えてくるんですよ」

しばらく沈黙がつづいた。

「今となってはもう」サタースウェイト氏がためらいがちに言った。「事実を正確に思い出せるかどうか」

「きっと思い出せますよ」クィン氏はおだやかに言った。

その言葉に、サタースウェイト氏は励まされた。ふだんの彼の役回りは、つねに聞き役であり、傍観者だった。それがクィン氏といるときだけは、立場が逆転した。彼といっしょにいるときだけは、クィン氏が聞き役にまわり、サタースウェイト氏が脚光を浴びた。

「一年あまり前に」と、彼は話しはじめた。「アシュリ荘がミス・エリナ・ル・クートーの手に渡りました。そこは美しい家でしたが、何年も住み手がないまま放置されていたので、これ以上にいい所有者はなかったでしょう。ミス・ル・クートーはフランス系のカナダ人で、フランス革命から逃げてきた移住者の血を引いていて、値段のつけようがないほど貴重なフランスの宝物や骨董品を相続していました。また彼女自身も優れた鑑識眼の持ち主で、そういったものを収集していました。ですからあの悲劇のあと、彼女がアシュリ荘と、所有していた収集品を売りに出したとき、アメリカの大富豪、サイラス・G・ブラドバーン氏が、屋敷ごとすべてを六万ポンドという破格値で買い取ったんです」

サタースウェイト氏はそこでひと呼吸おいた。

「こんな話をするのは」彼は弁解がましく言った。「これが事件と関係があるからではなく――厳密に言えば、関係はないんです――雰囲気を、ハーウェル夫人の雰囲気をつたえるためです」

クィン氏はうなずいた。

「雰囲気はつねに重要です」と、彼は重々しく言った。

「では、彼女の描写をつづけましょう。年齢は二十三、黒髪の美人で、教養があり、洗練された女性でした。そのうえ裕福でした――その点を忘れてはなりません。両親はなく、シンクレア夫人という由緒ある家柄の女性が付き添い役として同居していました。それでもエリナ・ル・クートーは自分の財産を自由にすることができました。財産目当ての連中というのはどこにでもいるもので、何人もの貧しい若者たちが、狩猟場や舞踏会場などで、つねに彼女につきまとっていました。理想的な結婚相手といわれるレッカン卿が結婚を申し込んだという噂ですが、彼女は心を動かしませんでした。そんな彼女の前に、リチャード・ハーウェル大尉が現われたのです。

ハーウェル大尉は狩猟のために地元の宿屋に泊まっていました。彼は猟犬を連れて狩りをする、ハンサムで元気な青年でした。昔からよく言うでしょう――〝求愛にためらいは禁物〟って。結果的に、そのとおりになったんです。二カ月後に、リチャード・ハーウェルとエリナ・ル・クートーは婚約しました。

それから三カ月たって、二人は結婚しました。夫婦は海外に二週間の新婚旅行に出かけたあと、アシュリ荘に帰ってきました。この宿屋の主人がさっき言っていたように、二人が帰ってきたのは、ちょうどこんな嵐の晩でした。それが禍《わざわい》の前兆だったのかどうかはわかりませんが、翌朝早くに——七時半ごろ、ハーウェル大尉が庭を歩いているのを、庭師のジョン・マシアスが目撃しました。彼は帽子をかぶらずに、口笛を吹いて歩いていたそうです——いかにも幸せそうな様子が目に浮かぶようですよ。ところがそのとき以来、リチャード・ハーウェル大尉の姿を見かけた者はだれもいないのです」

サタースウェイト氏は話の山場を意識して、そこでしばし間をおいた。クィン氏の賞賛の眼差しにうながされ、彼は先をつづけた。

「彼の失踪はあまりにも唐突で——説明がつきませんでした。取り乱した夫人が、ようやく翌日になって警察に通報しました。ですが結局、警察はこの謎を解くことができなかったんです」

「いくつかの説はあったんでしょうね？」と、クィン氏がたずねた。

「ああ！　仮説ですね。第一の仮説は、ハーウェル大尉は殺害されたというものです。でもそうだとすると、死体はどこにあるんでしょう？　誘拐も、まず考えられません。それに、どんな動機があったのでしょう？　わかっているかぎりでは、ハーウェル大尉に敵はいませんでした」

ふっと不安に駆られたかのように、彼は急に黙りこんだ。クィン氏が身を乗り出した。

「スティーヴン・グラント青年のことを考えているんですね」と、彼は静かに言った。

「ええ」サタースウェイト氏はうなずいた。「わたしの記憶が正しければ、彼はハーウェル大尉の馬の世話係で、ささいなことでクビになったんです。新婚夫婦が帰ってきた翌朝早くに、彼はアシュリ荘の近くで目撃され、そこにいたもっともな理由を説明できませんでした。そのため、ハーウェル大尉の失踪にかかわったとして拘留されたんですが、証拠不充分で釈放されました。たしかにあっさりクビにされたことで、彼は大尉を恨んでいたかもしれませんが、それだけでは殺人の動機としてはあまりにも貧弱です。まあ、警察もなにもしないわけにはいかなかったんでしょう。ですからさきほども言ったように、ハーウェル大尉には一人も敵はいなかったんです」

「わかっているかぎりではね」クィン氏が考えこむように言った。

サタースウェイト氏は大きくうなずいた。

「そこなんですよ。じつはハーウェル大尉については、なにもわかっていないんです。資料がとぼしくて、警察は彼の前歴を調べることができませんでした。リチャード・ハーウェルとは何者なのか？　いったいどこから来たのか？　まるで突然、どこからともなく現われたかのようなのです。彼は乗馬がうまく、裕福な身分でした。カートリントン・マレットの村人たちは、それ以上の詮索はしませんでした。ミス・ル・クートーには、両親も後見人もいなくて、彼女の婚約者の将来性や社会的地位を調べてくれるひとがいなかったんです。つまり、彼女は自分の財産を自由にすることができました。この点から、警察の見解ははっきりしていました。金持ちのお嬢さんと、金目当ての詐欺師という、おきまりの筋書きですよ！

「ところが事実は違っていました。たしかにミス・ル・クートーには両親も後見人もいませんでしたが、ロンドンの優秀な弁護士事務所に財産の管理をまかせていたのです。そこから得た証言は、この事件の謎をいっそう深めることになりました。エリナ・ル・クートーは、ある額の金をすぐさま未来の夫に譲渡しようとしたのに、彼は自分は裕福だからと言って、それを断わったというのです。ハーウェルが妻の金を受け取らなかったことは明白でした。彼女の財産にはまったく手がつけられていませんでした。

ですから、彼が普通の詐欺師でなかったことはたしかですが、だとしたら彼の狙いは素晴らしい美術品だったんでしょうか？　将来、エリナ・ハーウェルがほかの男と結婚したくなったときに、脅迫するつもりだったのでしょうか？　おそらくそんなところだろうと思っていました――今夜までは」

クィン氏が身を乗り出し、彼をうながした。

「今夜？」

「今夜は――そんな結論では納得できないんです。どうやって彼は忽然《こつぜん》と消えたのでしょう——村人たちが起きだしてくる早朝に？　帽子もかぶらず」

「その帽子のことはたしかなんですね——庭師が彼を見たんですか？」

「ええ——庭師のジョン・マシアスが。そこになにか問題があったんでしょうか？」

「警察は彼をほうってはおかないでしょうね」と、クィン氏は言った。

「厳しく取り調べましたよ。ですが彼の供述は一貫していました。彼の女房の証言も同様でした。彼は七時に家を出て、温室を見に行き、八時二十分前に戻っています。屋敷の召使いたちは、七時十五分ごろ、正面ドアが閉まる音を聞きました。したがって、それがハーウェル大尉が家を出た時刻です。ははん、あなたが考えていることは察しがつきますよ」

「ほう、そうですか？」と、クィン氏が言った。

「わかりますとも。マシアスには主人を殺害する時間があったと考えているんでしょう。でも、殺す動機はなんです？　それにもし殺害したのなら、どこに死体を隠したんですか？」

宿屋の主人がトレーを運んできた。

「お待たせしました」

彼は特大のステーキと、キツネ色をしたフライド・ポテトが山盛りになった皿を、テーブルに置いた。料理のおいしそうな匂いが、サタースウェイト氏の食欲をそそった。

彼は顔をほころばせた。

「これはうまそうだな」と、彼は言った。「今、ハーウェル大尉の失踪事件の話をしていたんだよ。その後、庭師のマシアスはどうなったのかな?」

「たしか、エセックスで仕事を見つけましたよ。このあたりに残っていたくなかったんでしょうね。変な目で見る連中がいましたから。わたしは彼が事件にかかわっているとは信じていませんが」

サタースウェイト氏はステーキを口に運んだ。クィン氏も料理に手をつけた。宿屋の主人はなおも話をしたい様子だった。サタースウェイト氏のほうも、彼からもっと話を聞きたかった。

「このマシアスという庭師は、どんな男だったのかね?」と、彼はたずねた。

「中年の男で、昔は丈夫だったんでしょうが、リューマチで足腰が不自由でした。具合が悪くなって寝こんでしまい、仕事を休むことが多かったですね。彼がクビにならなかったのは、ミス・エリナの寛大さのおかげですよ。もっとも亭主の働きの悪さを、女房のほうが補っていました。彼女は元々コックで、家事をなんでもこなしていました」

「その女房はどんな女だったんだい?」すかさずサタースウェイト氏はたずねた。

だが宿の主人の答えに、彼はがっかりした。

「野暮ったい中年女で、無愛想なうえに耳が遠かったですね。あの夫婦のことは、よく知らないんですよ。彼らがここに来てわずか一カ月後に、あの事件が起きたもんですから。なんでも昔は腕のいい庭師だったそうですよ。ミス・エリナはあの男の申し分のない推薦状を持っていました」

「ミス・エリナはガーデニングが好きだったんですか？」と、クィン氏がおだやかにたずねた。

「いいえ、そんなことはなかったですよ。このあたりには、庭師に高い給料を払っていながら、一日じゅう庭の草むしりをしている奥方がけっこういますがね。わたしに言わせれば、そんなことはばかげてますよ。ミス・ル・クートーは冬場に狩猟に来る以外は、あまりここにはいませんでした。ほかの季節には、ロンドンにいたり、外国の海岸に出かけたりしていたようです。なんでもそこでは、フランスの女性たちは服が汚れるといって、爪先すら水に濡らさないんだそうですねえ」

サタースウェイト氏は微笑んだ。

「そのう、ハーウェル大尉にはほかに親しい女性はいなかったのかな？」と、彼はたずねた。

最初の仮説は否定されたが、それでも彼はまだ自説にこだわっていた。ウィリアム・ジョーンズ氏は首を振った。

「いやいや、そういった噂はこれっぽっちもありませんでした。とにかく不可解としか言いようがありませんね」

「きみの推理は？　どう考えているんだい？」サタースウェイト氏はなおもねばった。

「わたしの考えですか？」

「ああ、そうだ」

「さあ、さっぱりわかりませんねえ。大尉はきっと殺されていると思いますが、犯人は見当もつきません。あとはチーズをお持ちしましょう」

彼は空《から》になった皿をかかえて出ていった。しばらくおさまっていた嵐が、また急に勢いを増してきた。稲光と、つづけざまの雷鳴に、サタースウェイト氏は飛び上がった。そしてまだ雷が鳴りやまぬうちに、一人の娘がチーズの皿を運んできた。

彼女は長身で髪が黒く、愛想はないが顔だちは整っていた。一目で彼の娘だとわかるほど、〈鈴と道化服〉亭の主人とよく似ていた。

「こんばんは、メアリー」と、クィン氏が言った。「ひどい嵐だね」

彼女はうなずいた。

「こんな嵐の晩は大嫌い」と、彼女はつぶやいた。

「雷が怖いのかい？」と、サタースウェイト氏が優しく言った。

「雷なんか怖くないわ。怖いものなんて、なにもないわ。でも嵐になると、みんなあの話をまたしはじめるんですもの――同じ話をオウムみたいにしつこく何度も。お父さんが口火を切るのよ――〝そういえば、こんな嵐の晩だった――あの気の毒なハーウェル大尉が……〟とかって」彼女はクィン氏をふりかえった。「あなたも聞いたでしょう。済んでしまったことを、いまさらくどくどと話してみたって、もうどうにもならないのに」

「物事は解決して初めて、済んだと言えるんだよ」と、クィン氏が言った。

「このことはもう解決がついてるじゃないですか？　彼はきっと自分から姿をくらましたんだわ。世の中には、ときどきそういうことをするひとがいるじゃありませんか」

「大尉がみずから行方をくらましたと思うんだね？」

「もちろんよ。スティーヴン・グラントみたいに善良なひとが彼を殺したと考えるよりは、よっぽど筋が通っているわ。なぜ彼が大尉を殺さなくてはならないの？　スティーヴンはちょっと飲み過ぎて、大尉に失礼なことを言って、クビにされてしまったけど、それがなんだというの？　あのあと、もっといい仕事についたのよ。そんなことをするとでも思うの?」

「警察は、彼が無実だと認めたのだろう?」と、サタースウェイト氏が言った。

「ふん、警察がなんだというの? スティーヴンが晩にバーに行くと、だれもが彼を妙な目で見るのよ。だれも彼が本当にハーウェルを殺したとは信じていないけれど、事実がはっきりしないので、なんとなく彼を遠ざけるの。冷ややかな目で見られて、除け者あつかいされる彼が気の毒でならないわ。なぜお父さんはスティーヴンとわたしの結婚を許してくれないのかしら? 〝ほかにもっといい相手がいるんじゃないか。スティーヴンじゃだめだとは言わないが、まあ——どうなのかな〟なんて言って」

彼女は憤然とした表情で、いったん口を閉ざした。

「ひどいわ。そんなのってあんまりだわ」彼女は怒りを爆発させた。「スティーヴンはハエ一匹殺せないようなひとなのに。きっと一生、ひょっとしたら人殺しかもしれないと疑われるんだわ。みんなが疑わしい目で見るもんだから、最近じゃだんだん人当たりが悪くなってきて。そうなるのも無理はないのに、彼がひとを避けるようになると、他人はよけいにやっぱりなにかあると勘ぐるようになるのよ」

彼女はまた黙りこんだ。まるで彼の表情が彼女をこれほど興奮させたかのように、その目はクィン氏の顔をひたと見据えていた。

「なにか打つ手はないんだろうか？」と、サタースウェイト氏が言った。

彼は深く心を痛めていた。だが状況は深刻だった。スティーヴン・グラントにかかった嫌疑が曖昧で不充分なものであるだけに、かえってその反証をあげるのは難しかった。

娘は彼のほうに向き直った。

「彼を救えるのは真実だけです」と、彼女は叫んだ。「もしもハーウェル大尉が見つかったら——彼が帰ってきてくれたら。事件の真相があきらかになれば——」

彼女は感極まって声をつまらせ、そのまま駆けるように部屋から出ていった。

「きれいな娘さんだ」と、サタースウェイト氏は言った。「なんとも気の毒な事件ですね。できることなら——力を貸してあげたいが」

心優しい彼は、娘に同情した。

「われわれはできるだけのことをしていますよ」と、クィン氏は言った。「あなたの車が直るまでには、まだ三十分も時間があります」

サタースウェイト氏は彼をまじまじと見つめた。

「まさか——あなたはわれわれが事件の真相にたどりつけると考えているんですか？ただこうして話し合うだけで？」

「あなたは人生経験が豊かだ」クィン氏が重々しく言った。「たいがいのひとより、多くのものを見ています」

「ただ他人の人生を見てきただけです」サタースウェイト氏は吐き出すように言った。

「しかしそれによって、あなたの物を見る目は研ぎ澄まされてきたのです。ほかのひとには見えないものも、あなたには見えるはずです」

「たしかに、それはそうです」サタースウェイト氏はうなずいた。「こう見えても、観察することにかけては自信があります」

彼は自慢げに胸を張った。ほろ苦い後悔が消え去った。

「わたしはこう見ているんです」しばらく考えてから、彼は口をひらいた。「物事の原因を突きとめるには、その結果を研究する必要があると」

「そのとおりです」と、クィン氏はいかにも感心したように言った。

「この事件の結果は、ミス・ル・クートー——つまり、ハーウェル夫人は、妻でありながら妻ではないということです。彼女は自由の身ではありません——また結婚することはできないんです。そしてわれわれの目から見れば、リチャード・ハーウェルは正体のわからない悪者です」

「まったくです」と、クィン氏は言った。「だれもがかならず気づくこと、見逃すはずのないことです。ハーウェル大尉が怪しい人物であることは明白ですね」

サタースウェイト氏は彼をいぶかしげに見つめた。クィン氏の言葉が、どことなく違った構図を彼に示しているような気がした。

「われわれは結果を検討しました」と、彼は言った。「あるいは成果と言ってもいいかもしれません。そこでつぎにわれわれは――」

クィン氏がさえぎった。

「物質面での結果には、まだ触れていませんよ」

「そうでしたね」しばらく考えてから、サタースウェイト氏は言った。「やるからには完璧を期さないと。では、この悲劇の結果をならべてみましょう――まずハーウェル夫人が妻であって妻ではなく、再婚ができないこと。つぎに、サイラス・ブラドバーン氏がアシュリ荘をその中身ごと、六万ポンドで買うことができた。さらにエセックスのある人物が、ジョン・マシアスを庭師として雇い入れることができたということです！それにもかかわらず、われわれは〝エセックスのある人物〟や、サイラス・ブラドバーン氏がハーウェル大尉の失踪をたくらんだのではないかと、疑ってもみないのです」

「あなたは皮肉屋ですね」と、クィン氏が言った。

サタースウェイト氏は彼を見返した。

「でもきっとあなたは認めて――」

「ええ、もちろんですとも」と、クィン氏は言った。「そんな考えはばかげています。で、つぎはどんなことを?」

「では事件の当日に戻って考えてみましょう。失踪が起きたのが、今朝のことだとしてみましょう」

「いやいや」クィン氏は微笑みながら言った。「すくなくとも想像のなかでは、われわれは時間を超越できるのですから、反対の考え方をしてみましょう。ハーウェル大尉の失踪が、百年前に起きたと想像してみるのです。二〇二五年の現在から、過去をふりかえりましょう」

「あなたは変わったひとだ」サタースウェイト氏はしみじみと言った。「あなたは過去を信じて、現在を信じようとしない。なぜです?」

「あなたはさっき〝雰囲気〟という言葉を口にしましたね。現在には雰囲気はありません」

「うむ、そうかもしれませんね」サタースウェイト氏は考え深げに言った。「うん、あなたの言うとおりだ。現在は――視野がせまくなりがちです」

「さすがですね。的確な指摘だ」と、クィン氏が言った。

サタースウェイト氏はおどけてお辞儀をした。

「お褒めにあずかって光栄です」

「それでは、事件が起きたのは今年ではなく——それでは難しすぎるでしょうから——去年、ということにしましょうか」と、相手はつづけた。「さあ、事件の要点をまとめてみてくれませんか。あなたは気の利いた表現ができる方ですから」

サタースウェイト氏はじっと考えこんだ。彼は自分の評価を落とすまいと懸命だった。

「百年前は、白粉《おしろい》とつけぼくろの時代でした」と、彼は言った。「一九二四年は、さしずめクロスワード・パズルと天窓強盗の時代とでもいいましょうか？」

「うまい」と、クィン氏は褒めた。「それは国際的にではなく、一国として見た場合、ということでしょうね？」

「じつは、クロスワード・パズルのことはよく知らないのですが」と、サタースウェイト氏は言った。「ですが大陸では天窓強盗が多発したようですね。フランスの城からつぎつぎと物が盗まれた、あの有名な盗難事件を覚えていますか？　あれは単独犯ではありえない、といわれていますね。城内に忍びこむ手際が、まるで離れ業のようなんです。軽業師の一座がかかわっていたという説がありました——クロンディニス一座です。わたしは一度、一座の公演を見たことがありますが——本当に見事なアクロバットでしたよ。母親と息子と娘の一座でしたが、彼らはある日、忽然と舞台から姿を消してしまいました。でもこれは本題からはずれた話ですね」

「そうでもありませんよ」と、クィン氏が言った。「英仏海峡をはさんだ向こう岸の話ですから」

「この宿の主人によれば、フランスの女性たちが爪先すら濡らさないところですね」と言って、サタースウェイト氏は笑った。

話がとぎれた。だが、そのことに意味があるように思えた。

「なぜあの男は姿を消したんだろう？」と、サタースウェイト氏は叫んだ。「なぜだろう？　ありえない、まるで手品みたいだ」

「そうです」と、クィン氏が言った。「まさしく手品そのものです。雰囲気ですよ、大事なのは。手品の本質はなんですか？」

「早業で、ひとの目を欺く」と、サタースウェイト氏はすぐさま引用した。

「それがすべてですよね？　ひとの目を欺くことが。ときには早業で、ときには――べつの手段で。やり方はたくさんあります――銃を撃つとか、赤いハンカチを振るとか――それらは重要そうに見えて、じつはそうではありません。そうしたなんの意味もない、派手な動きに気をとられて、肝心なことから目がそらされているのです」

サタースウェイト氏は、目を輝かせて身を乗り出した。

「その考え方が大事なんですね」

彼は熟考を重ねた。「銃の発砲。例の事件のなかで、銃の発砲に相当することはなんだろう？　ひとの目をそらす派手な動きとはなんだ？」

彼ははっと息を飲んだ。

「失踪事件だ」サタースウェイト氏はささやいた。「あの事件を除けば、あとにはなにも残らない」

「本当になにも残りませんか？　仮に、あの大事件を抜きにして、物事が同じように運んだとしたら？」

「つまり――ミス・ル・クートーがなんの理由もなく、アシュリ荘を売っていなくなるということですか？」

「そこですよ」

「でも、なんの問題もないじゃないですか。いくらか噂にはなったでしょうが――アシュリ荘にある美術品の価値について、だれもが関心を持ったでしょうが――待てよ。そうか！」

彼はすこし考えてから、一気にしゃべりだした。

「あなたの言うとおりです。ハーウェル大尉のことに、気をとられすぎていました。そのために、ミス・ル・クートーのことには目が行きませんでした。全員の関心が〝ハーウェル大尉とは何者だったんだ？　彼はどこから来たんだ？〞という点に集中していました。彼女は被害者なので、だれも彼女のことは詮索しません。彼女は本当にフランス系カナダ人だったのでしょうか？　あの素晴らしい家宝は、本当にあの女に遺されたものだったのでしょうか？　われわれは本筋からはずれていないと言った、あなたの言葉は正しかった――英仏海峡を渡っただけだったんです。あの家宝なるものは、本当はフランスの城から盗まれたものでした。ほとんどが貴重な美術品だったので、処分するのが難しかったのです。彼女はあの家を買います――おそらく、ただ同然の値段で。そこに落ち着いて、非の打ちどころのない英国女性を高給で雇い、自分の付き添い役にします。それから、あの男がやって来るのです。前もって筋書きはできていました。結婚、失踪、やがて世間から忘れ去られる！　失意の女性が、過ぎ去った幸福な日々を思い出させる品々を売り払おうとしても、だれも不思議には思いません。あのアメリカ人は目利きです。品物は本物で美しい。なかには値がつけられないほど貴重な美術品もあります。彼は買い取りたいと申し出て、女は承諾します。彼女は悲しみに暮れたまま、その村から去っていくのです。大芝居はまんまと成功しました。手品の早業と派手さに、世間の目はまどわされたんです」

サタースウェイト氏は勝利に顔をほてらせ、口をつぐんだ。

「あなたがいなかったら、とうてい真実を見抜けなかったでしょう」彼は急に謙虚になった。「あなたから、わたしはとても不思議な影響を受けるんです。ひとは本当の意味に気づかずに、ものを言っていることが多いのですね。あなたはその本当の意味を気づかせるこつを心得ている。ですが、わたしにはまだわからないことがあるんです。ハーウェルのように姿をくらますのは、とても難しいことだったはずです。なにしろイギリスじゅうの警察が彼を捜していたのですから」

「アシュリ荘に隠れているのが、いちばん簡単だったろうな」と、サタースウェイト氏は考えながらつぶやいた。「もしもそんなことができたならば」

「きっとアシュリ荘のすぐ近くにいた、と思いますね」と、クィン氏が言った。

彼の意味ありげな表情を、サタースウェイト氏は見逃さなかった。

「マシアスの小屋ですね？」と、彼は叫んだ。「でも警察はそこを捜索したはずですが」

「何度も捜索したでしょうね」と、クィン氏は言った。

「マシアス」サタースウェイト氏は眉をひそめた。

「それにマシアスの女房」と、クィン氏が言った。

サタースウェイト氏は彼を凝視した。

「もし、例の盗難が本当にクロンディニス一座の犯行だったとしたら」彼は想像をひろげていった。「一座は三人だった。若い二人がハーウェルとエリナ・ル・クートーだったとすると、母親がマシアスの女房だったのか？　しかし、そうなると……」

「マシアスはリューマチをわずらっていましたね？」と、クィン氏がなにげなく言った。

「そうだ！」と、サタースウェイト氏は叫んだ。「わかったぞ。しかしそんなことができるんだろうか？　いや、できるかもしれない。たしか、マシアスは事件のひと月前に来た。それからハーウェルとエリナは二週間、新婚旅行に出かけた。結婚前の二週間、二人はロンドンにいたと思われていた。器用な男なら、ハーウェルとマシアスの二役を演じられただろう。ハーウェルがカートリントン・マレットにいるあいだは、マシアスはリューマチで寝こんでいることにして、マシアスの女房が話をつくろっていたんだ。彼女の役割はとても重要だった。彼女がいなかったら、だれかが本当のことに気づいたかもしれませんからね。あなたの言うとおり、ハーウェルはマシアスの小屋に隠れていたんです。いや、彼がマシアスだったんです。ついに計画が成功し、アシュリ荘が売れると、彼ら夫婦はエセックスに仕事口が見つかったと言いふらしました。ジョン・マシアスとその妻、退場、というわけです——永遠にね」

食堂のドアをノックして、マスターズが入ってきた。「お車を戸口にまわしました」と、彼は言った。

サタースウェイト氏は立ち上がった。クィン氏も立ち上がり、窓際に行ってカーテンを引き開けた。月明かりが室内に射し込んだ。

「嵐がおさまったようですね」と、彼が言った。

サタースウェイト氏は手袋をはめていた。

「来週、警視総監と食事をすることになっています」と、彼はもったいぶって言った。「わたしの説を話してみましょう――彼の前で」

「事実かどうか、立証するのはたやすいことですよ」と、クィン氏は言った。「フランス警察が持っている盗難品リストと、アシュリ荘にある美術品とを照合してみれば――」

「そのとおりです」と、サタースウェイト氏は言った。「ブラドバーン氏にとっては災難でしょうが、しかし――まあ――」

「きっと彼にとってはたいした損ではありませんよ」と、クィン氏が言った。

サタースウェイト氏は片手をさしだした。

「さようなら」と、彼は言った。「こうして思いがけなくあなたに会えたことを、わたしがどれほど感謝しているか、言葉では言い表わせないほどです。たしか明日、ここを発《た》たれるんでしたね？」

「たぶん今夜のうちに発つでしょう。ここでのわたしの仕事は終わりました……わたしは来たと思うと、また行ってしまうんですよ」

サタースウェイト氏は、これと同じ言葉を、さっきこの村に来たときに聞いたのを思い出した。妙な偶然だ。

彼は運転手が待機している車にむかった。開いているバーのドアから、宿屋の主人の満悦しきった話し声が漏れてきた。

「秘められた謎ですよ」と、彼は言っていた。「秘められた謎があるんです」

だが、さっきの彼は〝秘められた〟という言葉を使わなかった。彼が使ったこの言葉は、まるで違った色合いをおびていた。ウィリアム・ジョーンズ氏は、話し相手に合わせて形容詞を使い分ける男だった。バーの客は、ロマンチックな形容詞が好みのようだった。

サタースウェイト氏は、すわり心地のよいリムジンのシートに寄りかかった。彼は勝利感に酔っていた。メアリーが店先に出てきて、きしんでいる看板の下に立つのが見えた。

「あの娘はなにも知らない」と、サタースウェイト氏はつぶやいた。「わたしがなにをしようとしているか、彼女はなにも知らないのだ！」

〈鈴と道化服〉亭の看板が風に揺れていた。

空のしるし

The Sign in the Sky

判事は、陪審員たちへの訓示を終えようとしていた。

「わたしからみなさんにお話ししたいことは以上です。ヴィヴィアン・バーナビーを殺害したかどで、被告人を有罪とするか否かを、あくまでも証拠に基づいて判断していただきたい。銃が発射された時刻に関しては、使用人たちの一致した証言があります。事件当日である九月十三日、金曜日の朝、ヴィヴィアン・バーナビーから被告人宛てに書かれた書簡の存在に関しては、被告人側もこれを否認していません。また被告人については、ディアリング・ヒル荘にいたことを当初は否認していたものの、警察に証拠を突きつけられて前言を撤回したという事実があります。その否認から、みなさん自身の結論を引き出していただきたい。本件には直接証拠はありません。したがって、犯行の動機、手段、機会、といった点から結論を導き出さねばなりません。弁護側の主張は——正体不明の何者かが、被告人が立ち去ったあとに音楽室に入り、奇妙にも被告人が置き忘れていった銃で、ヴィヴィアン・バーナビーを撃った、というものです。被告人が帰宅するのに三十分を要した理由の説明を、みなさんはすでに聴取しました。もしもみなさんが被告人の弁明を信用せず、九月十三日の金曜日に、被告人が本人の銃で殺意をもって至近距離からヴィヴィアン・バーナビーの頭部を撃ったと確信するならば、有罪の判決を下さねばなりません。反対に、なんらかの正当なる疑惑がある場合は、被告人を釈放しなくてはなりません。これからみなさんはいったん法廷を退席し、充分に審議して結論を出していただきたい」

陪審員たちが退席していたのは、ほんの三十分たらずだった。彼らが下した判決は、あらかじめだれもが予想したとおり——〝有罪〟だった。

判決を聞いたサタースウェイト氏は、眉間にしわを寄せて考えこみながら法廷を出た。こういった、たんなる殺人事件の裁判には、彼は興味がなかった。好みのやかましい彼にとっては、ありきたりな犯罪のつまらぬ詳細などどうでもよかった。だが、ワイルド事件だけはべつだった。マーティン・ワイルド青年は紳士であり——犠牲者である、ジョージ・バーナビー卿の若妻は、サタースウェイト氏の知り合いだった。

裁判のことを考えながら、彼はホルボーンを抜け、ソーホーの入り組んだ界隈に足を踏み入れた。この界隈の一画に、ひと握りの客だけが通う、小さなレストランがあり、サタースウェイト氏は常連の一人だった。そこは安くはなかった――それどころか、とほうもなく高かった。というのも、そこは美食に飽きた食通の舌を満足させる店だったからだ。静かで――ひっそりとした雰囲気を掻き乱すジャズの調べは流れていなかった――ほの暗く、ウェイターたちは薄暗がりのなかから銀の皿を持って現われ、その姿はまるで神聖な儀式に参列しているかのようだった。そのレストランの名前は〈アルレッキーノ〉といった。

物思いに耽りながら、サタースウェイト氏は〈アルレッキーノ〉に入っていき、店の奥のすみにある、いつものテーブルにむかった。店内がほの暗いために、すぐ近くまで行ってから、そのテーブルにすでに先客がいることにようやく気づいた。客は長身で、髪の黒い男性で、顔が陰になっていて、窓のステンドグラスのせいで、男性の地味な服が、さまざまな色が入り混じった衣装に見えた。

サタースウェイト氏がひきかえそうとしたとき、その男性客が身じろぎをしたので、彼は相手が知り合いであることに気づいた。

「これはこれは」サタースウェイト氏は古めかしい表現をよく使った。「クィンさんじゃないですか！」

彼はこれまでクィン氏と三度会っていたが、会うたびに不思議な体験をした。このクィン氏というのは一風変わった人物で、ひとがすでに知っていることに、まったく新たな光をあてるこつを心得ていた。

サタースウェイト氏は興奮して目を輝かせた。日頃、彼は何事においても自分が傍観者であることを認識していたが、クィン氏といっしょにいるときだけは、自分が役者になったような──それも主役になったような幻想をいだくことができた。「いやあ、本当に

「お会いできて嬉しいですよ」彼はしわくちゃの顔をほころばせた。

嬉しい。ごいっしょさせてもらえますか？」

「ええ、よろこんで」と、クィン氏は言った。「わたしも食事はまだなんです」

薄暗い店の奥から、ヘッド・ウェイターがうやうやしく出てきた。いかにも美食家らしく、サタースウェイト氏は料理の選択に没頭した。数分後、ヘッド・ウェイターが満足げな笑みを口のはしに浮かべながら引き下がると、かわって若いウェイターがテーブルのセッティングをはじめた。サタースウェイト氏はクィン氏に話しかけた。

「じつは、中央刑事裁判所に行ってきたんですよ。見ていてつらくなりました」

「彼は有罪になったんですね？」と、クィン氏が言った。

「ええ、陪審員たちはほんの三十分で判決を下しました」

クィン氏はうつむいた。

「やむをえませんね――あの証拠では」と、彼は言った。

「しかし」と言いかけて、サタースウェイト氏はやめた。

クィン氏がかわりに言った。

「しかし、被告に同情してしまう――そう言いたかったのでしょう？」

「そうなんです。マーティン・ワイルドは好青年で、彼が殺人を犯すとはとうてい信じられません。ただそうは言っても、最近は、見るからに感じのいい青年が、平然と殺人を犯す事件が多いですからねえ」

「多過ぎます」と、クィン氏は静かに言った。

「えっ、なんですって？」サタースウェイト氏は驚いて聞き返した。

「多過ぎますよ――マーティン・ワイルドにとっては。当初から、これは一連のそうした犯罪と同類だとみなされていました――べつの女と結婚するために、今までつき合っていた女を男が殺すという」

「ですが」サタースウェイト氏は疑わしげに言った。

「ああ！」クィン氏はすかさず言った。「わたしは証拠をすべてあたってみたわけではないんです」

それを聞いて、サタースウェイト氏はたちまち自信を取り戻した。急に元気になった彼は、ちょっと芝居がかったことをしてみたくなった。

「では、あなたにご説明しましょう。じつはバーナビー夫妻に会ったことがあるんです。この事件が起きた背景を知っています。ですから事件の舞台裏を、内幕を披露しますよ」

クィン氏は、例によって話をうながすような笑みをたたえて、身を乗り出した。

「そんなことができるのは、サタースウェイトさん、あなただけですよ」と、彼はささやいた。

サタースウェイト氏はテーブルを両手でつかんだ。彼はすっかりその気になった。今や彼は純粋な芸術家――それも言葉をあやつる芸術家だった。

手短に、要点をかいつまんで、彼はディアリング・ヒル荘での生活を描写した。ジョージ・バーナビー卿は、初老、肥満体、拝金趣味の男。こまかいことにやかましい男。毎週、金曜日の午後に、家じゅうの時計のぜんまいを巻き、火曜日の朝ごとに家計の支払いをし、毎晩、家の戸締まりを確認する男。用心深い男。

ジョージ卿のつぎは、レディ・バーナビーだった。彼女に対する筆致はいくらか穏やかだったが、描写はあくまでも正確だった。彼が会ったのは一度きりだったが、彼女から受けた印象は強烈で鮮明だった。生意気でふてぶてしく――痛々しいほど幼い。騙された娘――サタースウェイト氏の目にはそう映った。

「彼女は夫を憎んでいましたね。わけもわからず結婚してしまい、今は――」

彼女はやけになって――彼はそう表現した――必死にもがいていた。彼女には財産がなく、この年配の夫に養われていた。まるで追い詰められた獲物のようにあせるばかりで――自分の能力にまだ自信がなく、自分の本当の美しさにもまだ気づいていなかった。そのうえ彼女は強欲だった。サタースウェイト氏はそう断言した。ふてぶてしくて欲が深い彼女は、幸福をわしづかみしたがっていた。

「マーティン・ワイルドに会ったことはありません」と、サタースウェイト氏はつづけた。「ですが噂は聞いています。彼の家は一マイルと離れていなくて、農場を経営していました。彼女は農業に興味を持った――いえ、持ったふりをしたんです。わたしはそう思っています。おそらく彼が唯一の逃げ道だと考えたのでしょう――そして子供のように彼にむしゃぶりついた。そんなことをすれば、先は見えています。結末がどうなったかはわかっています――なぜなら例の手紙が法廷で読み上げられましたから。彼は彼女からの手紙をとっておいたのです――彼女のほうは彼の手紙をとっておきませんでしたが、彼女が書いた手紙の文面から、彼の気持ちが冷めかかっていたことがわかります。彼もそこまでは認めています。じつは、ほかに女がいたんです。彼女もディアリング・ヴェールの村に住んでいました。彼女の父親は村の医者でした。法廷で彼女を見かけたでしょう？　ああ、そうでした、あなたは裁判を傍聴していなかったんでしたね。では、その女の様子をお話ししましょう。美しい娘です——とても美しい。やさしくて。ただ——すこし無分別かもしれませんが。とても性格が穏やかそうで。そしてなによりも、人柄が誠実です」

彼があいづちを求めてクィン氏を見ると、クィン氏は感心した様子で鷹揚《おうよう》に微笑んだ。

サタースウェイト氏は話をつづけた。

「あの最後の手紙の内容をお聞きになったでしょう——いや、新聞でご覧になったでしょう。事件当日の九月十三日、金曜日の朝に書かれた手紙です。やけっぱちの恨みつらみと、漠然とした脅しの言葉が書きつらねてありました。そして最後に、その晩の六時にディアリング・ヒル荘に来てほしいと、マーティン・ワイルドに懇願しているんです。〝あなたが来たことをだれにも気づかれないように、わきのドアを開けておくわ。音楽室で待ってます〟。その手紙を、使いの者が彼に手渡しました」

サタースウェイト氏はしばらく口を閉ざした。

「逮捕された当初、マーティン・ワイルドはその晩は彼女の家には行っていないと言いました。銃を持って森に狩りに出かけたと主張しました。しかし警察が証拠を示すと、その供述はくずれました。わきのドアの木枠にも、音楽室のテーブルにあった二つのカクテル・グラスの片方にも、彼の指紋が残っていたのです。結局、彼はレディ・バーナビーに会いにいったことを認めました。ですが彼は、彼女と激しい言い合いをしたけれど、どうにか彼女をなだめたと主張しました。彼は持ってきた銃をドア近くの壁に立てかけたまま帰った、彼が家を出たときはレディ・バーナビーはぴんぴんしていた、そのとき時刻は六時十五分を一、二分過ぎていた、と証言しています。彼はまっすぐ帰宅したと言ってます。ですが目撃者の証言から、彼が農場に戻ったのが七時十五分前だったことがあきらかになりました。しかし、さきほど言ったように、農場までは一マイルもないので、三十分もかかるはずがありません。銃のことはすっかり忘れていたと、彼は言い張っていますが、それもにわかには信じがたい話です――ですが――」

「ですが？」と、クィン氏がたずねた。

「そのう」サタースウェイト氏は口ごもった。「ありえないことではないですよね。もちろんその主張は一笑に付されましたが、それは間違いだと思います。わたしは大勢の若者を知っていますが、こういう感情的な場面のあとでは、彼らはすっかりうろたえてしまいます――とりわけマーティン・ワイルドのように、無口で臆病な若者だと。ところが女のほうは、こういう言い合いをしたあとは、かえって気分がすっきりしてしまい、取り乱すことなどありません。感情をぶちまけることが安全弁の役目を果たし、彼女たちの神経を静めるんです。しかしマーティン・ワイルドは混乱して落ち込んでしまい、壁に立てかけておいた銃のことなどすっかり忘れて、そのまま家に帰ってしまったんでしょう」

しばらく黙りこんでから、彼はまた話をつづけた。

「でも、それはたいした問題じゃありません。なにしろあまりにも明白な事実があるからです。銃声がしたのは、六時二十分ちょうどでした。家じゅうの召使いがそれを聞いています――コック、キッチン・メイド、執事、ハウスメイド、レディ・バーナビー付きのメイドの全員が。彼らは音楽室に駆けつけました。夫人は椅子の腕にかがむようにして倒れていました。銃が至近距離から彼女の後頭部に発射されたために、散弾は散らばりませんでした。すくなくとも二発が頭部を貫通していました」

彼がまた押し黙ると、クィン氏がさりげなくたずねた。

「召使いたちは証言したんですね？」

サタースウェイト氏はうなずいた。

「ええ。執事だけがほんの一瞬先に着いたのですが、彼らの証言はすべて同じでした」

「では全員が証言したんですね」クィン氏は考えこむように言った。「例外はなかったんですね？」

「そういえば」と、サタースウェイト氏が言った。「ハウスメイドは検死審問にしか出廷しませんでした。その後、彼女はカナダに行ってしまったんです」

「そうですか」と、クィン氏は言った。

沈黙が流れ、こぢんまりしたレストランの空気が、どことなく落ち着かない感じになった。サタースウェイト氏は、なぜか急に自分が守勢にまわったような気がした。

「なぜ彼女がカナダに行ってはいけないんです？」と、唐突に彼は言った。

「なぜ行かなくてはならないんですかね？」と言って、クィン氏はかすかに肩をすくめた。

なぜだか、その質問がサタースウェイト氏を悩ませた。彼はその点を避け、本題に戻ろうとした。

「だれが銃を撃ったかは、疑う余地がないでしょう。実際、召使いたちはすこし取り乱したようです。適切な指示をできる人間が、だれもいませんでした。数分してから、やっとだれかが警察に通報することを思いついたんですが、電話をかけようとすると、故障していて通じなかったんです」

「うむ」と、クィン氏が言った。「電話が故障していたんですね」

「そうです」そう言ったとたん、サタースウェイト氏はなにかとてつもなく重要なことを言った気がした。「ひょっとすると、故意にだれかが故障させたのかもしれませんね」と、彼はゆっくり言った。「しかし、そのことはたいした問題ではありません。ほとんど即死でしたから」

クィン氏がなにも言わなかったので、サタースウェイト氏は自分の説明が不充分だと感じた。

「ワイルド青年以外に、疑わしい人物はまったくいなかったんです」と、彼はつづけた。「彼自身の説明によっても、彼がその家を出てからわずか三分後に、銃が発砲されたということになります。それに、ほかにだれが発砲できたでしょう？ ジョージ卿は数軒先の家でブリッジをしていました。彼がそこを出たのは六時半で、ちょうど門の前で、知らせを持ってきた召使いと鉢合わせしています。最後の三番勝負が終わったのが、きっかり六時半でした――それは間違いありません。それからジョージ卿の秘書のヘンリー・トムスンは、その日はロンドンにいて、銃が発射された瞬間には会議に出ていました。最後に、被告の恋人のシルヴィア・デールですが、彼女には申し分のない動機があるものの、こんな犯罪と関係があるとはとうてい思えません。彼女は六時二十八分の列車で発《た》つ友人を見送るために、ディアリング・ヴェールの駅にいたのです。ですから彼女が犯人ではありえません。残るのは召使いたちですが、彼らに殺人を犯すどんな動機があるというのでしょう？　しかも彼らはみんな、ほとんど同時に現場に到着したのです。こうしてみると、やはり犯人はマーティン・ワイルドしかありえません」

しかし彼の口調はどこか不満げだった。

二人は昼食をつづけた。クィン氏は口数が少なく、サタースウェイト氏も言うべきことは言ってしまった。だがこの沈黙は無駄ではなかった。相手がなにもしゃべらないために、サタースウェイト氏の不満はますます募っていった。

ついに彼は、ナイフとフォークを音をたてて下に置いた。

「もしもあの青年が本当は無実だとしたら」と、彼は言った。「彼は絞首刑になるんだ」

その事実に、彼はあらためて愕然とした。だがあいかわらずクィン氏は黙ったままだった。

「まさか――」と、サタースウェイト氏は言いかけてやめた。「なぜあの女がカナダに行ってはいけないんだ？」彼はつじつまの合わぬことを口にした。

クィン氏は首を振った。

「彼女がカナダのどこに行ったのかすら、わたしは知らないんだ」サタースウェイト氏はすねたように言った。

「突きとめられませんか?」と、相手がきいた。

「できると思いますよ。執事なら、きっと知っているでしょう。あるいは秘書のトムスンが」

彼はまた口をつぐんだ。ふたたび口をひらいたとき、彼は相手に訴えるような調子で言った。

「でもこれは、べつにわたしとはかかわりのないことですよね?」

「三週間後に、一人の青年が絞首刑にされることがですか?」

「いや、まあ——そういう言い方をされると困りますが。あなたの言いたいことはわかりますよ。生きるか死ぬかの問題ですからね。それに、あのかわいそうな娘のことも。わたしはけっして薄情ではないつもりですが——ですが——そんなことをしてどうなるというんです? まるで雲をつかむような話じゃないですか? たとえその女のカナダでの居場所がわかったとしても——そうなったら、わたしが自分でカナダまで行かなくちゃならないじゃないですか」

サタースウェイト氏はひどく狼狽したようだった。

「来週はリヴィエラに行くつもりだったのに」彼は残念そうに言った。

そして彼はクィン氏のほうをちらりと見たが、その目は〝勘弁してくださいよ〟と懇願していた。

「カナダにいらしたことはないんですね？」

「一度も」

「とても面白いところですよ」

サタースウェイト氏は、決めかねた表情で相手を見た。

「わたしが行くべきだと？」

クィン氏は椅子の背にもたれ、タバコに火をつけた。煙を吐きながら、彼は言葉を選んで話した。

「あなたは裕福な方でしょう、サタースウェイトさん。大金持ちではないにしても、費用を気にせずに趣味にふけることができるひとです。今まであなたは他人の人生ドラマを見物してきましたね。みずから一役買って出ようと思ったことはありませんか？　自分が他人の運命の決定者になる姿を想像したことはありませんか――ひとの生と死をその手に握って、舞台の中央に立つ自分の姿を？」

サタースウェイト氏は身を乗り出した。さっきまでの情熱がまたよみがえってきた。

「つまり——もしもわたしがカナダまで出かけていったら——」

クィン氏は微笑んだ。

「カナダ行きは、わたしではなく、あなたが言いだしたことですよ」と、彼ははぐらかすように言った。

「そんなことで騙されませんよ」と、サタースウェイト氏は真顔で言った。「あなたに会うといつも——」そこで彼は言葉を飲みこんだ。

「なんです？」

「あなたは謎めいたひとだ。きっとこれからも謎のままなのでしょうね。このまえ会ったときは——」

「ヨハネ祭の前夜でした」

まるでその言葉が、彼にはよく理解できない手がかりであるかのように、サタースウェイト氏ははっとした。

「ヨハネ祭の前夜でしたか？」当惑しながら、彼はたずねた。

「ええ。でもまあ、そんなことはどうでもいいですね。重要なことではありませんから」

「あなたがそう言うのなら」サタースウェイト氏は相手の言葉にしたがった。その漠然とした手がかりが、彼の指のあいだからすり抜けていくような気がした。「カナダから戻ったら」――彼はすこし気まずそうに口ごもった――「その――またあなたとお会いしたいんですが」

「残念ながら、さしあたって住所は決めていないんです」と、クィン氏は申し訳なさそうに言った。「でもこの店にはよく来るので、あなたもときどきここに来ていれば、きっと近いうちにまた会えるでしょう」

二人はなごやかに別れた。

サタースウェイト氏は興奮していた。彼は急いでクック旅行社に行き、船便を調べた。それからディアリング・ヒルに電話をかけた。執事がうやうやしい声で、電話口に出た。

「サタースウェイトと言いますが、そのう――弁護士事務所の者です。じつは最近までおたくでハウスメイドをしていた女性について、二、三、うかがいたいんですが」

「ルイーザのことでしょうか？　ルイーザ・バラードのことですか？」

「ええ、そうです」相手が女性の名前を言ってくれたので、サタースウェイト氏はほっとした。

「ルイーザはこの国にはおりません。半年前にカナダに行きました」

「むこうでの住所を教えてもらえませんか？」

執事は住所を知らなかった。たしか山のなかにある町で——スコットランド風の名前でしたが——そうそう！　バンフです。ほかのメイドたちは彼女からの便りを待っているんですが、彼女は手紙もよこさないし、住所も教えてこないんです。

サタースウェイト氏は礼を言って電話を切った。彼はひるまなかった。冒険心のほうが勝っていた。バンフに行こう。このルイーザ・バラードがそこにいるなら、なんとかして居所を突きとめてやる。

彼自身も驚いたことに、旅行はとても楽しかった。長い船旅をしたのは、ずいぶん久しぶりだった。リヴィエラ、ル・トーケとドーヴィル、スコットランドが、彼がいつも出かける場所だった。困難な使命を果たしにいくという気持ちが、旅をより魅力あるものにしていた。同じ船の乗客たちが、わたしの旅の目的を知ったら、きっとなんてバカなやつだと思うにちがいない！　けれど、彼らはクィン氏と知り合いではないのだ。

バンフに着くと、彼の目的はあっさり達せられた。ルイーザ・バラードは町の大きなホテルで働いていた。到着後十二時間で、彼は彼女と対面していた。

彼女は三十五歳ぐらいで、貧血ぎみに見えたが、身体つきはがっしりしていた。カールした褐色の髪と、正直そうな茶色の目の持ち主だった。すこし間抜けだが、信用できる人物だ、と彼は思った。

ディアリング・ヒル荘での悲劇について、もっとくわしい証言を得るために来たという彼の話を、彼女はすこしも疑わなかった。

「マーティン・ワイルドさんが有罪になったという記事を、新聞で読みました。悲しい事件ですね」

だが彼が犯人であることに、彼女は疑念を持っていない様子だった。

「立派な若い紳士が、道を踏みはずしたんですね。でも、亡くなったひとの悪口は言いたくないけれど、ワイルドさんがあんなことをしたのは、あの奥様のせいですよ。奥様は彼にずっとつきまとっていたんです。まあ、二人とも天罰を受けたんでしょう。子供の頃、わたしの部屋の壁に、〝神を欺くなかれ〟という聖書の一節が掛かってましたけど、本当にそのとおりです。あの晩になにかが起こるというのはわかってました——そしてそのとおりになったんです」

「それはどういうことかな？」と、サタースウェイト氏はたずねた。

「部屋で着替えをしているとき、ふっと窓の外を眺めたんです。そうしたら、汽車が走っていて、その汽車の白い煙が空に上がって、大きな手の形になったんです。夕焼け空に、巨大な白い手が浮かんでいました。なにかをつかもうとするかのように、指先が曲がっていました。それを見て、わたし、驚いてしまったんです。〝なんなの、これは？〟と、つぶやきました。〝きっとこれはなにかの前兆にちがいないわ〟――するとその瞬間に、あの銃声がしたんです。〝思ったとおりだわ〟そう声に出して、下に駆け降りると、ホールにいたキャリーたちといっしょに、音楽室に駆けつけたんです。そうしたら、そこで奥様が頭を撃ち抜かれて倒れていて――あたりに血が飛び散っていたんです。恐ろしい光景でした！　わたしはこうなる前兆を見たという話を、ジョージ卿に申し上げたんです。でも旦那様は真剣に取り合ってくださいませんでした。本当に不幸な日でした、あの日は。わたしは朝からずっとそんな気がしてたんです。金曜日で、しかも十三日ですもの――ああなることはわかっていたんです」

彼女はなおも話しつづけた。サタースウェイト氏は辛抱強く耳を傾けた。何度も話題を事件に引き戻し、しつこく彼女に質問した。だがついに彼は敗北を認めた。ルイーザ・バラードは知っていることをすべて話した。そして彼女の話はじつに単純で率直なものだった。

それでも彼は一つ重大な発見をした。今の彼女の仕事は、ジョージ卿の秘書であるトムスン氏がもちかけたものだった。給料がとても高額だったので、それに惹かれて彼女は申し出を受けた。ただしそれには、急いでイギリスを離れるという条件がついていた。

いっさいの手続きは、デンマン氏という人物が引き受けてくれた。彼はまた、イギリスにいる召使い仲間たちに便りを出さないように、と彼女に警告した。〝移民局ともめるかもしれないから〟という彼の説明を、彼女は真に受けた。

彼女がなにげなく言った給料の額があまりに高かったので、サタースウェイト氏は驚いた。しばらく迷ったあとで、彼はこのデンマン氏なる人物に会ってみることにした。

デンマン氏からは、彼が知っていることすべてを容易に聞き出すことができた。デンマン氏はロンドンでトムスンと知り合い、彼になにかと世話になった。九月にそのトムスンが手紙をよこし、ジョージ卿が個人的な理由でこの女を国外に出したがっていると言ってきた。この女に仕事を見つけてやってくれないだろうか？　給料を高くするために、まとまった金が送られてきた。

「よくある話ですよ」デンマン氏は平然とした様子で椅子の背にもたれた。「聞き分けのいい女のようですしね」

サタースウェイト氏には、これがありふれた話とは思えなかった。ルイーザ・バラードは、けっしてジョージ・バーナビー卿が捨てた愛人ではない。なんらかの理由で、どうしても彼女を国外に追いやる必要があったのだ。だがなぜだろう？　この一件の黒幕はだれだろう？　ジョージ卿自身がトムスンに指示したのだろうか？　それとも、トムスンが一人で画策し、雇い主の名前を引き合いに出したのだろうか？

こうした疑問をかかえながら、サタースウェイト氏は帰国した。彼は落胆していた。カナダまで行ったのに、収穫はなにもなかった。

帰った翌日、彼は沈んだ気分で〈アルレッキーノ〉にむかった。会いたい人物にすぐ会えるとは思っていなかったが、店に行ってみると、奥のテーブルに見慣れた姿があり、ハーリ・クィン氏が浅黒い顔に笑みをたたえていた。

「いやあ」バターの塊を取りながら、サタースウェイト氏が言った。「まったく雲をつかむような追跡に行かされましたよ」

クィン氏が眉を上げた。

「行かされたですって？」と、彼は反論した。「カナダ行きは、あなたが思いついたんですよ」

「だれの思いつきにせよ、不成功でしたね。ルイーザ・バラードからは、なんの手がかりも得られませんでしたよ」

サタースウェイト氏は例のハウスメイドとのやりとりの内容をつたえ、さらにデンマン氏から聞いた話を語った。クィン氏は黙って耳を傾けていた。

「ある意味で、わたしの考えは正しかったわけです」と、サタースウェイト氏はつづけた。「彼女は国外に追い払われたんです。でもその理由が、わたしにはわかりません」

「わかりませんか？」と、クィン氏が言った。その口調は、例によって挑発的だった。

サタースウェイト氏は顔を赤らめた。

「わたしがもっとうまくあの女を調べたらよかったのに、と思っているのでしょうね。でもわたしはあの女の話をくりかえし何度も聞いたんです。望んでいたものを得られなかったのは、わたしのせいではありませんよ」

「本当に、望んでいたものを得られなかったんですか？」と、クィン氏が言った。

サタースウェイト氏が驚いて顔を上げると、見覚えのある、あの悲しげな、からかうような眼差しで、クィン氏が彼を見つめていた。

彼はまごついて首を振った。

沈黙がつづいた。するとクィン氏が、がらりと態度を変えた。

「先日、あなたはこの事件の関係者たちを、見事に描写しましたね。簡潔な表現で、人物の特徴を鮮やかに浮き彫りにしていました。こんどはその場所についても、同じ手法で説明してくれませんか——その点については、まだ話を聞いていませんから」

サタースウェイト氏は得意になった。

「その場所？　ディアリング・ヒル荘のことですか？　まあ、近頃ではよく見かける、ありきたりの家ですよ。赤レンガで、出窓があって。外見はひどいものですが、内部はとても快適です。それほど大きな家ではありません。敷地は二エーカーぐらいでしょう。ゴルフ場の周囲の家は、どれも似たようなもので、金持ち向けに建てられています。家の内部はホテルのようで――寝室はホテルのスイート・ルームそっくりです。どの寝室にも浴槽と、湯と水の蛇口がついた洗面台があり、金ぴかの照明設備がやけにたくさんあります。なにもかもすごく快適ですが、あまり田舎の風情はないですね。じつは、ディアリング・ヴェールは、ロンドンからほんの十九マイルのところにあるんですよ」

クィン氏は熱心に聞いていた。

「汽車の便が悪いと聞きましたが」と、彼が言った。

「さあ、その点についてはわかりません」サタースウェイト氏は自分の話に熱中した。「去年の夏、そこに行ったんですが、ロンドンに出るには、とても便利でしたよ。むろん、汽車は一時間に一本しかありません。ウォータールー駅から毎時四十八分に出るんです――十時四十八分まで」

「それでディアリング・ヴェールまで、どのくらいかかります?」

「ちょうど四十分ぐらいですね。毎時二十八分に、ディアリング・ヴェールに着くんです」

「当然、覚えていなくてはならないことでしたが」と、クィン氏が悔しそうに言った。「ミス・デールは、あの晩の六時二十八分の汽車で発つひとを、駅に見送りに行ったんじゃありませんか？」

サタースウェイト氏はすぐには返事をしなかった。彼の心は、ずっと未解決だった問題に、瞬時に戻っていた。しばらくして、彼は言った。

「さっき、望みのものが手に入らなかったのは確かか、とわたしにたずねたとき、あなたがどういう意図でそう質問したのか、教えてくれませんか？」

彼の言い方はかなりややこしかったが、クィン氏はわからないふりをしなかった。

「わたしはただ、あなたの期待が大きすぎたんじゃないかと思っただけです。結局、あなたはルイーザ・バラードが意図的に国外に連れ出されたことを発見したわけです。だとしたら、かならず理由があるはずです。そしてその理由は、彼女があなたに語ったことのなかにあるにちがいないのです」

「それなら」サタースウェイト氏はむきになって言った。「彼女はなにを言ったんです？　もしも法廷で証言したとしても、あの女になにが言えたでしょう？」

「自分が見たことを言ったでしょうね」と、クィン氏は言った。

「なにを見たんです？」

「空に現われたしるしですよ」

サタースウェイト氏は相手をまじまじと見つめた。

「あのばかげた話を真に受けるんですか？　神の御手が見えたとかいう、あの迷信じみた話を？」

「もしかしたら」と、クィン氏は言った。「それは本当に神の御手だったのかもしれませんよ」

クィン氏の真面目な態度に、サタースウェイト氏はすっかり面食らってしまった。

「ばかばかしい」と、彼は言った。「彼女自身が、それは汽車の煙だったと言ったじゃないですか」

「上りでしょうか、それとも下りでしょうか？」と、クィン氏がつぶやいた。

「上りではありませんね。上りは毎時十分前に出ます。下りにちがいありません――六時二十八分の――いや、そんなはずはない。そのすぐあとで銃声がした、とあの女は言ったし、銃声がしたのは六時二十分だとわかっています。汽車が十分も早く出るはずはありません」

「ありえませんね、あの線では」と、クィン氏がうなずいた。

サタースウェイト氏は前方を見つめていた。

「ひょっとすると貨物列車だったのかも」と、彼はつぶやいた。「いや、そうだとしたら――」

「彼女をイギリスから追い出す必要はなかったでしょう。わたしも同意見です」と、クィン氏が言った。

サタースウェイト氏は魅せられたように彼を凝視した。

「六時二十八分の汽車」と、彼はゆっくり言った。「でも、もしそうなら、もしその時刻に銃が発砲されたのなら、なぜだれもがもっと早い時刻に銃声がしたと言ったんでしょう？」

「明白なことです」と、クィン氏が言った。「時計が間違っていたんですよ」

「全部の時計がですか？」サタースウェイト氏は疑わしそうに言った。「そんな偶然の一致がありうるでしょうかね」

「偶然の一致とは考えていません」と、相手は言った。「あの日は金曜日だったはずです」

「金曜日？」サタースウェイト氏が首をかしげた。

「毎週、金曜日の午後に、ジョージ卿が家じゅうの時計のねじを巻くと、あなたが言ったんですよ」と、クィン氏は弁解するように言った。

「彼は時計を十分遅らせたんだ」サタースウェイト氏は大発見に畏れをなし、小声でつぶやいた。「それからブリッジをやりに出かけた。あの朝、マーティン・ワイルドに宛てた妻の手紙を、彼は開けて読んだにちがいない——きっとそうです。彼は六時半にブリッジをやめて帰宅し、わきの戸口のそばにマーティンの銃が立てかけてあるのを見つけ、入っていって、後ろから妻を撃ったんです。それからまた外に出て、銃を藪のなかに放ったんです。銃はのちにそこで発見されました。そしてだれかが彼を呼びに走っていくと、彼はちょうど近所の家から出てきたばかりのふりをしたんです。しかし、電話は——電話のことはどうなるんでしょう？　ああ、そうか！　電話で警察に通報できないように、線を切っておいたんですね——通報の時刻が記録されたかもしれませんから。そうなると、ワイルドの話もつじつまが合います。彼が実際に家を出たのは、六時二十五分過ぎです。ゆっくり歩けば、七時十五分前に自宅に着くでしょう。なるほど、あとは例の迷信じみた空想をしゃべりまくるルイーザだけが危険だったのです。だれかが汽車の話の意味に気づくかもしれません。そうなったら——完璧なアリバイが崩れてしまいます」

「素晴らしい」と、クィン氏が称えた。

サタースウェイト氏は彼をふりかえり、嬉しそうに頬を紅潮させた。

「一つ問題なのは――これからどうしたらいいんでしょう？」

「シルヴィア・デールに話してみては？」と、クィン氏が言った。

サタースウェイト氏はためらいを見せた。

「しかし、前にも言ったように、彼女はすこし――そのう――無分別に思えるんですが」

「必要な手を打ってくれる、父親や兄弟がいますよ」

「それもそうですね」サタースウェイト氏は安堵した。

その日のうちに、彼はその娘と会い、彼女に一部始終を語った。彼女は熱心に話を聞いていて、まったく質問をせず、彼が話し終えると、すぐさま立ち上がった。

「タクシーを呼ばなくちゃ――すぐに」

「おや、どうするんだね？」

「ジョージ・バーナビー卿のところに行くのよ」

「だめだ。そんなことをしては。わたしにまかせて――」

彼女のかたわらで、彼はしゃべりつづけたが、まるで効果はなかった。シルヴィア・デールは自分がたてた計画に熱中していた。彼をタクシーに同乗させはしたが、彼の制止にはまったく耳を貸さなかった。彼をタクシーに残し、彼女はロンドンにあるジョージ卿のオフィスにむかった。

三十分後、彼女が出てきた。疲れ果てた様子で、美しい顔が萎れた花のようにやつれていた。サタースウェイト氏は心配そうに彼女を迎えた。

「勝ったわ」そうつぶやくと、彼女はシートの背にもたれ、目を軽く閉じた。

「なんだって？」彼は驚いてたずねた。「いったいなにをしたんだ？　なにを言ったんだい？」

彼女はすこしからだを起こした。

「ルイーザ・バラードが警察に言って、なにもかも話した、と彼に言ってやったのよ。警察が捜査をしたと、そして彼が六時半過ぎに自分の敷地に入っていき、それからまた出てくるのを見た目撃者がいると言ってやったわ。もうすべてバレてると言ったら、あの男——あっさり白状したわ。それでわたし、まだ逃げる時間はある、警察が逮捕しにくるまでに、まだ一時間はあるって言ったのよ。ヴィヴィアンを殺したという自白書に署名したら、なにもしないでおくけれど、署名しないのなら、建物じゅうに聞こえるように大声で本当のことをわめきたててやるって言ってやったわ。あの男ったら、あわてふためいて、なにがなんだかわからなくなってしまったみたい。わたしに言われるままに、自白書に署名したわ」

彼女はその書類を彼の手に押しつけた。

「これを持ってて——持っててちょうだい。あなたならマーティンを自由の身にするために、これをどうしたらいいか知ってるでしょう」

「本当に彼が署名したのか？」サタースウェイト氏は驚嘆の声をあげた。

「あの男はすこし無分別なのよ」と、シルヴィア・デールが言った。「わたしもそうだけど」と、彼女はみずから認めた。「だからこそ、分別のない人間がどうふるまうかがわかるのよ。わたしたちはついかっとなってしまうの。それで間違ったことをしてしまい、あとで後悔するんだわ」

彼女は身震いした。サタースウェイト氏は彼女の手を優しく撫でた。

「食事でもして、気を静めたほうがいい」と、彼は言った。「近くにわたしが気に入っている店がある——〈アルレッキーノ〉だ。行ったことがあるかい？」

彼女は首を振った。

サタースウェイト氏はタクシーを止め、この娘を例のレストランに案内した。彼は胸をときめかせながら、奥のテーブルにむかった。だがテーブルにはだれもいなかった。

シルヴィア・デールは、彼の落胆した表情に気づいた。

「どうしたの？」

「いや、なんでもない」と、サタースウェイト氏は言った。「ここで友人に会えるかと思ったんだが。まあいいさ。そのうちに、どこかでまた会えるだろう……」

クルピエの真情
The Soul of the Croupier

サタースウェイト氏は、モンテ・カルロのテラスでくつろいでいた。

毎年きまって、一月の第二日曜日に、彼はイギリスを発《た》ち、リヴィエラにむかった。彼の行動は、ツバメよりもはるかに規則的だった。四月にイギリスに戻り、五月、六月はロンドンですごし、アスコット競馬に欠かさず出かけた。七月に行なわれるイートン対ハーロウのクリケット試合が終わると、ロンドンを離れ、知人の田舎の邸宅を二、三訪ねてから、ドーヴィルかル・トーケに行く。九月と十月は狩猟に明け暮れ、そのあとはロンドンに戻って年を越す。彼は顔が広く、どこに行っても、彼を知らぬ者はいなかった。

今朝、彼は不機嫌だった。海の青さは目にしみるほど鮮やかで、庭園もあいかわらず美しかったが、人間にはがっかりした――服の着こなし方も知らない、安っぽい連中ばっかりだ。むろん、ギャンブラーたちはべつだった。モンテ・カルロに彼らが集まってくるのはいたしかたないことで、サタースウェイト氏もそれは大目に見ていた。彼らは必要な背景だというわけだ。だが当地の華《はな》であるべき、彼と同類の、社交界の名士たちの姿が見あたらなかった。

「為替相場のせいだ」と、サタースウェイト氏は嘆いた。「以前ならこんなところに来られなかったような連中が闊歩《かつぽ》している。だがまあ、わたしが年をとってきたんだろう……若い連中――元気な連中はみんな例のスイスの観光地に行っているんだ」

だが見かけなくなった人々はほかにもいた――立派な身なりの外国の男爵や子爵、大公や皇族たちの姿がどこにもなかった。彼が見かけたただ一人の皇族は、あまり有名でないホテルのエレヴェーター・ボーイをしていた。さらに、美しく着飾った貴婦人たちがいないのも淋しかった。まだちらほらとはいるものの、もはや往時の華やぎはなかった。

サタースウェイト氏は、人生という名のドラマの熱心な研究者だったが、派手に潤色された対象のほうが研究のしがいがあった。彼はひどく落胆した。価値観は変わっていくのに――自分は――老け込んで、そうした変化についていけなかった。

そのとき、ザーノヴァ伯爵夫人がやってくるのが見えた。

彼は長年、シーズンのたびにモンテ・カルロで伯爵夫人と顔を合わせていた。はじめて会ったときは、彼女はある大公といっしょだった。つぎにはオーストリアの男爵と連れだっていた。その後何年間かは、けばけばしい宝石を身につけた、かぎ鼻で顔色の悪いヘブライ系の男たちとつき合っていた。この一、二年は、まるで子供のように若い男たちといっしょにいることが多かった。

今も、彼女は若い男といっしょに歩いていた。たまたま彼を知っていたサタースウェイト氏は、顔をくもらせた。フランクリン・ラッジは典型的なアメリカ中西部の若者で、見聞したものを心に刻むことに貪欲で、がさつではあったが、愛嬌があり、生来の抜け目のなさと理想主義とが奇妙に入り混じっていた。彼は他のアメリカ人青年たちとともにモンテ・カルロに来ていたのだが、ほかの連中もみな似たようなタイプだった。旧世界を見たのはこれが初めてで、彼らはけなすときも褒めるときも、率直で遠慮がなかった。

総じて彼らは、ホテルに泊まっているイギリス人が嫌いで、イギリス人たちも彼らが嫌いだった。だが国際人《コスモポリタン》と自負しているサタースウェイト氏は、けっこう彼らが好きだった。彼らの無作法ぶりにはときおり身震いするものの、彼らの率直さや元気のよさが彼には好ましかった。

ザーノヴァ伯爵夫人は、フランクリン・ラッジ青年の相手には、まるで似つかわしくないように思えた。

二人が目の前まで来たとき、彼が礼儀正しく帽子をとって挨拶すると、伯爵夫人は優雅な会釈と微笑を返した。

彼女は長身で、抜群のスタイルだった。髪と目は黒く、まつげと眉は造物主の手になるいかなるものよりも黒く美しかった。

男が知ってはならぬほど女性の秘密にくわしいサタースウェイト氏は、一目で彼女の化粧のうまさに舌を巻いた。彼女の肌はしみ一つなく、なめらかで透きとおるように白かった。

目の下に入れた、ごくかすかなアイシャドーが、とても効果的だった。口紅は沈んだ赤でも派手な赤でもなく、柔らかいワイン色だった。黒と白のかなり大胆なデザインの服を着て、ピンクがかった赤い色のパラソルをさしていたが、これが肌の色をいっそう美しく引き立てていた。

フランクリン・ラッジはいかにも自慢げだった。

〝アホヅラをした若造が、騙されているとも知らないで……〟と、サタースウェイト氏は心の内でつぶやいた。〝だがまあ、わたしには関係のないことだし、どうせなにを言っても聞きやしないだろう。みんな痛い目にあって経験を積むんだ〟

しかし、やはりすこし心配だった。というのも一行のなかに、とても魅力的なアメリカ娘がいたからだ。きっと彼女は、フランクリン・ラッジがあの伯爵夫人と親しくするのを快く思わないだろう。

彼が反対の方向に行きかけたとき、その問題の娘が彼のほうにむかって小道を歩いてくるのが見えた。彼女は仕立てのいい〝スーツ〟に、白いモスリンのシャツ・ブラウスを着て、シンプルで趣味のいいウォーキング・シューズをはき、ガイド・ブックを手にしていた。パリに来ると、シバの女王のような格好になってしまうアメリカ人がいるが、エリザベス・マーティンは違っていた。彼女は大真面目に〝ヨーロッパ見学〟をしていた。文化や芸術に関心が深い彼女は、限られた予算でできるだけ多くのことを吸収しようとしていた。

サタースウェイト氏が彼女を教養豊かだと感じたかは疑わしい。彼の目には、彼女はただとても若いとしか映らなかった。

「おはようございます、サタースウェイトさん」と、エリザベスは言った。「このへんでフランクリンを――ラッジさんを見かけませんでしたか？」

「ほんの二、三分前に会いましたよ」

「お友だちの伯爵夫人といっしょだったんでしょう？」娘は語気鋭く言った。

「そのう——ええ、伯爵夫人といっしょでしたね」と、サタースウェイト氏は認めた。

「あの伯爵夫人ったら、わたしにはよそよそしいんです」と、娘はかん高い声で言った。

「フランクリンはあのひとに夢中なんです。いったいどこがいいのかしら」

「物腰が優雅なんでしょう」サタースウェイト氏は言葉を選んで言った。

「お知り合いなんですか？」

「ちょっとばかりね」

「わたし、フランクリンのことがすごく心配なんです」と、ミス・マーティンは言った。

「ふだんはとても分別がある彼が、あんな男をもてあそぶタイプの女性に惹かれるなんて。だれかが忠告しようとしても、話を聞くどころか、かえって怒りだすんです。ねえ、あのひとは——本当に伯爵夫人なんですか？」

「どうですかね」と、サタースウェイト氏は言った。「そうかもしれませんよ」

「それが本当の英国式受け答えというものなんですね」エリザベスは不機嫌そうに言った。「ここでは知りませんけど、わたしたちが住んでるサーゴン・スプリングスだったら、あの伯爵夫人はものすごくうさん臭く見えると思うわ」

サタースウェイト氏はそうかもしれないと思った。ここはサーゴン・スプリングスではなく、モナコ公国であって、ここでは伯爵夫人のほうがミス・マーティンよりもずっと町の雰囲気に溶け込んでいる——とは、あえて指摘しなかった。

彼がなにも答えなかったので、エリザベスはカジノのほうに歩いていった。サタースウェイト氏がひなたの椅子に腰をおろすと、まもなくフランクリン・ラッジがやって来て、かたわらにすわった。

ラッジは感激しきっていた。

「いやあ、楽しいなあ」彼は無邪気にはしゃいで言った。「ああ！　これが人生を知るってことなんですねえ——アメリカでの人生とはちょっと違いますが」

年上の男は、考え深げに彼を見つめた。

「人生はどこでもそう変わりませんよ」と、彼はやや疲れた口ぶりで言った。「違った衣をまとっている——それだけのことです」

フランクリン・ラッジは相手を見つめ返した。

「どういうことか、よく理解できないんですが」

「そうでしょうな」と、サタースウェイト氏は言った。「まだ若いあなたには、わかりっこないでしょう。おっと、失礼。年寄りはすぐに説教くさくなっていけませんね」

「かまいませんよ」ラッジは、アメリカ人特有のきれいな歯並びを見せて笑った。「でもね、カジノにはすこし失望しました。ギャンブルというのは、もっと違ったものだと思ってたんです――もっと熱気があるものだと。でも実際に見ると、なんだかつまらなさそうですね」

「ギャンブラーにとっては、賭けは死活問題ですが、見ていてさほど面白いものではありませんね」と、サタースウェイト氏は言った。「見るよりも、本で読むほうが、よほどはらはらしますよ」

若者は深くうなずいた。

「あなたは、社交界ではちょっとした大物なんでしょう?」彼のたずね方がおずおずとして率直だったので、怒るわけにもいかなかった。「そのう、公爵夫人や侯爵、伯爵夫人だとかをよくご存知なんでしょうね」

「かなりたくさん知っていますよ」と、サタースウェイト氏は言った。「それに、ユダヤ人、ポルトガル人、ギリシャ人、アルゼンチン人もね」

「ええっ?」

「要するに」と、サタースウェイト氏は言った。「それがイギリス人の社会だということですよ」

フランクリン・ラッジはしばらく考えこんでいた。

「ザーノヴァ伯爵夫人をご存知ですよね？」とうとう彼が言った。

「ちょっとばかりね」サタースウェイト氏はエリザベスに言ったのと同じ返答をした。

「あのひとは、いっしょにいて本当に楽しい女性です。ヨーロッパの貴族はすっかり落ちぶれてしまったと思ってましたが、男はだめでも、女性は違いますね。伯爵夫人のように素晴らしい女性と会えるなんて、嬉しいことじゃないですか。才気にあふれていて、魅力的で、知的で、何代にもわたる文化的背景があって。彼女こそ本物の貴族ですよ！」

「そうですか？」

「そうじゃないんですか？　あのひとの家柄をご存知なんでしょう？」

「いや」と、サタースウェイト氏は言った。「あのひとのことは、よくは知らないんですよ」

「あのひとはラジンスキー家の出なんです」と、フランクリン・ラッジが説明した。「ハンガリーでいちばん古い家柄の一つです。彼女はわれわれには想像もつかないような人生を送ってきたんです。彼女が身につけている大きな真珠のネックレスをご存知でしょう？」

サタースウェイト氏はうなずいた。

「あれはボスニアの王様からもらったものなんです。王様のために、彼女が秘密書類を国外に持ち出したんですよ」

「あの真珠がボスニアの王様からもらったものだ、というのは聞いていますが」と、サタースウェイト氏は言った。

じつは、それは周知の噂で、当の女性がかつて国王の愛人だったとも伝えられていた。

「ところが、話はそれだけじゃないんです」

サタースウェイト氏は拝聴した。そして話を聞けば聞くほど、彼はザーノヴァ伯爵夫人の豊かな想像力に感服した。彼女は、(エリザベス・マーティンが言ったような)いわゆる〝男をもてあそぶ女〟ではない。それに、この青年はけっこうしっかりしているし、潔癖で理想主義的なところがある。そうではなく、伯爵夫人は陰謀が渦巻く世界で、潔く身を処してきた。彼女には敵があり、中傷する人間もいた――当然のことながら!

話のはしばしから、このアメリカ人の若者は、古い制度での暮らしというものを感じ取っていた。そしてそうした旧弊のなかで、伯爵夫人は気高く孤高を保ち、摂政や君主たちの相談相手となり、憧れと崇拝の的《まと》となっていたのだった。

「これまであのひとは、あらゆる苦境と闘ってきたんですよ」青年は熱っぽい口調で、話を締めくくった。「でも意外なことに、彼女には親友と呼べる女の友だちがいないんです。女はだれも彼女の味方にはなってくれなかったんです」

「そうでしょうね」と、サタースウェイト氏は言った。

「ひどいとは思わないんですか？」ラッジは憤然として言った。「ひどいとは思いませんね。女性には女性の基準というものがありますから、男が口をはさんでも、どうにもなりませんよ」

「ぼくには納得がいかないな」ラッジは真顔で言った。「女同士の薄情は、いちばん許しがたいことですよ。エリザベス・マーティンをご存知でしょう？　彼女だって理屈ではぼくの意見に賛成なんです。ぼくたちはよく議論をするんです。彼女はまだほんの子供だけど、でも考えはしっかりしています。ところが、いざ実践となると――やっぱりそこらへんの女とまるで変わらないんです。伯爵夫人のことを、なにも知らないくせに悪く言って、ぼくが説明しようとしても、聞こうともしません。まったくとんでもないことですよ、サタースウェイトさん。ぼくは民主主義を信じています――でも――男同士の友情と、女同士の友情のない民主主義なんて考えられますか？」

彼は思いつめた表情で、口を閉ざした。サタースウェイト氏は、伯爵夫人とエリザベス・マーティンとが女同士の友情で結ばれる場面を想像しようとしたが、無理だった。

「ところが、伯爵夫人のほうでは」と、ラッジはつづけた。「エリザベスをとても褒めていて、魅力的な娘だと思っているんですよ。どういうことでしょうね、これは？」

「それは」サタースウェイト氏はそっけなく言った。「伯爵夫人がミス・マーティンよりもはるかに世故にたけているということでしょうね」

フランクリン・ラッジは、急に話題を変えた。

「あのひとがいくつか知っていますか？　ぼくに話してくれたんですよ。きどらない人柄ですね、彼女は。ぼくは二十九ぐらいだと思っていたんですけど、自分から三十五だと教えてくれました。とてもそんな歳には見えませんよねえ？」ひそかに夫人を四十代後半だろうとみていたサタースウェイト氏は、ただ眉をつり上げてみせただけだった。

「モンテ・カルロでは、聞いた話をすべて真に受けてはいけませんよ」と、彼はつぶやいた。

経験豊かな彼は、この若者と言い争っても無駄なことは承知していた。確かな証拠でもないかぎり、高潔な騎士気取りでいるフランクリン・ラッジが、他人のどんな言葉も信じるはずがなかった。

「ああ、伯爵夫人がみえましたよ」と言って、若者は立ち上がった。

彼女は身についた優雅な物腰で、二人のほうにやって来た。やがて三人はいっしょに腰をおろした。夫人はサタースウェイト氏には愛想がよかったが、どことなくよそよそしさが感じられた。彼女はへりくだって彼に意見を求め、彼をリヴィエラについての権威のようにあつかった。

すべては手際よくすすんだ。ものの数分とたたぬうちに、フランクリン・ラッジはすみやかに追い払われ、伯爵夫人はサタースウェイト氏と二人きりになった。

彼女はパラソルをたたみ、それで砂の上に模様を描きはじめた。

「あのアメリカ人の坊やに興味がおありのようね、サタースウェイトさん」

彼女は低い、猫なで声で言った。

「感じのいい青年ですね」と、サタースウェイト氏はあたりさわりのない返事をした。

「わたしに同情してくれているんです」と、伯爵夫人は物思いにふけりながら言った。

「あれこれと身の上話をしたものですから」

「そうですか」

「ほかのひとにはめったに話さないようなことまでね」と、彼女は夢見るようにつづけた。「わたしは波瀾に満ちた人生を送ってきたんです、サタースウェイトさん。驚くような体験談を話しても、きっと信じてくれるひとは少ないでしょう」

鋭いサタースウェイト氏には、彼女の言いたいことが察知できた。彼女がフランクリン・ラッジに話したことは、真実かもしれないのだ。とうてい信じがたい話ではあるが、けっしてありえないことではない……だれにも〝不可能だ〟とは断言できない。

彼が黙っていると、伯爵夫人は入り江のむこうをぼんやりと眺めつづけた。

すると突然、サタースウェイト氏は彼女から今までとは違う印象を受けた。今の彼女はもはや強欲な悪女ではなく、追い詰められて必死にあらがっている女にしか見えなかった。彼は横目でちらりと彼女を見た。パラソルをたたんでいるので、目尻の小じわがはっきり見える。こめかみには脈が浮いていた。

彼の直感はいよいよ深まり、確信にまでなった。彼女は追い詰められ、死にもの狂いになっている。たとえだれであろうが、自分とフランクリン・ラッジのあいだに立ちはだかろうとする者に対しては、容赦しないだろう。だがそれでも、彼にはまだ納得がいかなかった。彼女は金ならたくさん持っているはずだ。いつもきれいに着飾っているし、身につけている宝石も豪華だ。とても金に困っているとは思えない。だとしたら、恋だろうか？　あのくらいの歳の女が、若い男に恋焦がれるのは、珍しいことではない。原因は恋かもしれない。とにかく、なにかよほどの事情があるにちがいなかった。

こうして二人で差し向かいでいるのは、いわば彼女から決闘を申し込まれているのだ、と彼は理解した。彼女はわたしを最大の敵とみなしている。わたしをそそのかして、フランクリン・ラッジに彼女の悪口を言わせようとしているにちがいない。サタースウェイト氏は心の内で笑みを浮かべた。そんな手にのるほどわたしはうぶじゃない。こんなときは、黙っているほうが賢明なことを、彼はよく心得ていた。

その晩、彼はカジノ・ルームでルーレットをしている彼女を見かけた。

彼女は何度も賭けたが、賭け金は減っていくばかりだった。それでも常連の彼女は、損の大きさにうろたえることはなかった。一、二度、アン・プラン（単独の数字に賭ける）に賭け、つぎに赤に限度額いっぱいに賭け、さらに中央の三分の一に賭けてすこし儲けたが、つぎにまたそれをすってしまった。最後に、十八以下《マンク》に六回賭けたが、すべて失敗だった。するとと上品に肩をすくめ、彼女はテーブルを離れた。

グリーンの地に金糸を織り混ぜたドレス姿の彼女は、ひときわ人目を引いていた。かの有名なボスニアの真珠のネックレスが彼女の首を飾り、真珠の長いイヤリングが耳から垂れ下がっていた。

サタースウェイト氏のそばで、二人の男が彼女を値踏みしていた。

「あれが有名なザーノヴァだ」と、一人が言った。「見事なドレスじゃないか。ボスニア王家の真珠も、あの女にはよく似合ってる」

相手の、ユダヤ人風の小柄な男が、興味深げに彼女を目で追った。「じゃ、あれがボスニアの真珠なのか?」と、彼はたずねた。「実際《アン・ヴエリテ》、そいつは妙だな」

彼はかすかに含み笑いをした。

サタースウェイト氏はその先を聞き漏らした。というのも、そのときふりかえった彼は、旧友の顔を見つけて大喜びしたからだった。

「やあ、クィンさん」彼は相手の手を握りしめた。「こんなところであなたに会えるとは思いませんでしたよ」

クィン氏は微笑み、その浅黒く、魅力的な顔をほころばせた。

「意外ではないでしょう」と、彼は言った。「カーニヴァルの時期ですからね。この時期には、よくここに来るんですよ」

「そうですか。いやあ、これは嬉しいな。まだここにいらっしゃいますか? どうもホテルのなかは暑苦しくって」

「外のほうが気持ちがいいでしょう」と、相手も同意した。「庭を散歩しましょうか」

外の空気は冷たかったが、肌寒くはなかった。二人は深呼吸した。

「ああ、気持ちがいい」と、サタースウェイト氏は言った。

「ずっといいですよ」と、クィン氏はうなずいた。「それに自由に話もできるし。わたしに話したいことがたくさんあるんじゃないですか？」

「そうなんですよ」

サタースウェイト氏は、自分が感じた当惑について、熱心に語った。いつものように、彼は雰囲気をつたえる自分の能力をひけらかした。伯爵夫人、フランクリン青年、生真面目なエリザベス――これらの人物を、彼は言葉巧みに活写した。

「初めて会った頃に比べると、あなたもずいぶん変わりましたね」話を聞き終えたクィン氏が、微笑みながら言った。

「どんなふうにです？」

「あの頃のあなたは、人生というドラマを眺めることで満足していました。それが今は――みずからドラマに参加して、役を演じたがっている」

「そうですね」と、サタースウェイト氏は認めた。「でも今回は、どうしたらいいかわからないんです。まったく面食らってしまって。その、できたら――」彼は口ごもった。

「手助けしてもらえませんか？」

「よろこんで」と、クィン氏は言った。「われわれに打てる手を考えましょう」

するとサタースウェイト氏は、不思議と安堵感と信頼感に包まれた。

翌日、彼はフランクリン・ラッジとエリザベス・マーティンを、友人のハーリ・クィン氏に紹介した。三人の会話がはずんでいるのを見て、彼は満足した。伯爵夫人の話は出なかったが、昼食時に、彼は興味をそそられる知らせを耳にした。

「今晩、ミラベルがモンテに着くんですよ」と、彼は興奮してクィン氏に報告した。

「例のパリの人気女優ですか？」

「ええ。ご存知でしょうが——いや、知らぬひとなどいないでしょう——彼女はボスニア王が今、いちばんご執心の女性です。さぞたくさんの宝石を注ぎ込んでいるんでしょうね。なんでも彼女はパリでもっとも強欲で贅沢な女性だそうですよ」

「今夜、彼女とザーノヴァ伯爵夫人が顔を合わせる場面は、さぞ見物でしょうね」

「わたしも同じことを考えましたよ」

ミラベルは長身ですらりとした女性で、染めた金髪が見事だった。淡いモーヴ色の肌に、オレンジ色の口紅が、とびきりあか抜けている。飾りたてた極楽鳥のようなドレスを着て、あらわな背中に、宝石が幾重も垂れ下がっていた。左の足首には、大きなダイヤモンドをちりばめた、重たげなアンクレットが輝いていた。

彼女が姿を見せると、カジノじゅうがどよめいた。

「これに対抗するのは、いかに伯爵夫人といえども大変でしょうな」と、クィン氏はサタースウェイト氏の耳もとでささやいた。

サタースウェイト氏はうなずいた。彼は伯爵夫人がどうふるまうかに興味津々だった。

彼女は遅れてやって来た。なにげない様子で彼女が中央のルーレット台に近づくと、あたりに低いざわめきが起きた。

彼女は白いドレスを着ていた——初めて社交界に出る娘が着るような、シンプルな白い絹のドレスを着て、まばゆいほど白い首と腕には、まったく宝石をつけていなかった。

「こいつは気が利いてる」サタースウェイト氏は感心した。「相手と張り合わず、むしろ相手を利用して自分を引き立たせている」

彼はみずから歩み寄り、ルーレット台のそばに立った。ときおり賭けに参加した。何度かは勝ったものの、負けることのほうが多かった。

やがて、後半三分の一の目が続いて出はじめた。三十一と三十四が、何度も出た。賭け金がテーブルのはしに集まった。

微笑を浮かべ、サタースウェイト氏は今晩最後の賭けに挑み、五の目に限度額いっぱいの金を置いた。

すると伯爵夫人は身を乗り出し、六の目に限度額いっぱいの金を置いた。

「お賭けください《フェット・ヴォ・ジュ》」と、クルピエ（ルーレット係）がしわがれ声で言った。「締め切ります《リアン・ヌ・ヴァ・プリュ》。締め切り《プリュ・リアン》」

球がまわりだし、ころころと弾んだ。サタースウェイト氏は胸の内でつぶやいた――「これは、われわれにとってそれぞれ違うことを意味するのだ。希望と絶望のもがき、退屈、暇つぶし、生と死」

カチッ！

クルピエが身をかがめて覗いた。

「五《サンク》、赤《ルージュ》、十八以下《マンク》で奇数《アンペア》の勝ち」

サタースウェイト氏は勝った！

クルピエがほかの賭け金を掻き集め、サタースウェイト氏の賞金を前に押し出した。彼はそれを受け取ろうと手を出した。伯爵夫人も同じことをした。クルピエは二人を見比べた。

「ご婦人に《ア・マダム》」と、彼はぶっきらぼうに言った。

伯爵夫人は賞金を受け取った。サタースウェイト氏は手を引っ込めた。彼はあくまでも紳士的にふるまった。伯爵夫人は彼をまともに見つめ、彼も見つめ返した。テーブルを囲んでいた客の何人かが、クルピエに間違っていると指摘したが、クルピエはじれったそうに首を振った。彼が下した決定は、けっしてくつがえらない。彼はまた耳障りな声を張り上げた――

「お賭けください《フェット・ヴォ・ジュ》、みなさん《メッシュー・エ・メダム》」

サタースウェイト氏はクィン氏のところに戻った。うわべは平静を装っていたものの、彼は内心ひどく腹を立てていた。クィン氏は同情しながら話を聞いた。

「それは気の毒でしたね」と、彼は言った。「しかし、ときにはそういうこともありますよ。ところで、あとでフランクリン・ラッジと会うことになっています。ちょっとした夜食パーティをひらこうと思ってるんです」

三人は真夜中に会い、クィン氏が計画を説明した。

「いわゆる〝掻き集め〟パーティなんです」と、彼は説明した。「集合場所を決めておいてから、それぞれが出かけていき、最初に出会ったひとをかならず連れてこなくてはいけないんです」

フランクリン・ラッジはこの思いつきを面白がった。

「でも、相手が来るのを嫌がったらどうするんです？」

「全力を尽くして説得するんですよ」

「わかりました。それで集合場所は？」

「ちょっとボヘミア風のカフェで——そこなら見慣れぬ客を連れていっても平気ですからね。〈ル・カヴォ〉という店です」

彼が店の場所を説明し、三人は別れた。サタースウェイト氏は運よくエリザベス・マーティンと会い、よろこんで彼女を連れていった。二人が〈ル・カヴォ〉に着き、地下蔵のようなところに降りていくと、そこには夜食のテーブルが用意され、昔風にキャンドルがともされていた。

「われわれが一番のようですね」と、サタースウェイト氏は言った。「ああ、フランクリンが来ましたよ――」

彼は途中で絶句した。フランクリンは伯爵夫人を連れていた。気まずい空気が流れた。エリザベスはそっけない態度をとったが、伯爵夫人は世慣れているだけに、はしたない真似はしなかった。

最後にやって来たのはクィン氏だった。彼が連れてきたのは、小柄で髪が黒く、きちんとした身なりの男だった。サタースウェイト氏はその顔に見覚えがあった。やがて彼は思い出した。それはさっきカジノでとんでもない間違いをしでかした、あのクルピエだった。

「みなさんにご紹介しましょう。こちらはムッシュー・ピエール・ヴォーシェです」と、クィン氏は言った。

ヴォーシェ氏は困惑している様子だった。クィン氏は全員をそつなく紹介した。夜食が運ばれてきた――豪華な料理だった。ワインが出た――極上のワインだった。テーブルを囲むうちに、ぎこちない雰囲気がいくらかほぐれた。伯爵夫人もエリザベスも口数が少なかった。フランクリン・ラッジは饒舌だった。彼がしゃべるのはユーモアのある話ではなく、真面目な話ばかりだった。クィン氏は静かにせっせとみなにワインを勧めた。

「これは実話なんですが、成功した男の話をしましょう」と、フランクリン・ラッジがもったいぶって言った。

禁酒の国から来たにしては、彼は思う存分シャンペンを味わっていた。

彼の話はくどくて長かった。しかも、多くの実話がそうであるように、作り話よりずっとつまらなかった。

彼が話し終えると、向かいにすわっていたピエール・ヴォーシェが目を覚ましたようだった。彼もシャンペンをかなり飲んでいた。彼はテーブルに身を乗り出した。

「では、わたしも一つ話をしましょう」と、彼はだみ声で言った。「ですが、わたしのは成功しなかった男の話なんです。成功どころか、転落した男の話です。そしてこれも、やはり実話なんですよ」

「ぜひ聞かせてください」と、サタースウェイト氏は礼儀正しく言った。

ピエール・ヴォーシェは椅子にもたれ、天井を見上げた。

「話の発端はパリです。そこで一人の男が、宝石の細工師をしていました。若くて快活で仕事熱心で、将来を嘱望されていました。すでに結婚することが決まっていました――花嫁はまあまあの顔だちで、多額の持参金つきでした。ところが、そんなある朝、彼は一人の娘を見かけたんです。見るからに貧相な小娘でした。美人かといえば、まあ、そうでしょうが、とにかく飢えて痩せこけていました。それでもこの若者にとっては、彼女は抗しがたいほど魅惑的でした。娘はまともな働き口を探している――そう彼に言っていました。本当かどうかはわかりませんが」

薄暗がりから、だしぬけに伯爵夫人の声がした。

「嘘ではないかもしれないでしょう？　そんなひとはたくさんいるわ」

「ともかく、その若者は娘を信じました。そして彼女と結婚しました――バカなことをしたものです！　彼の家族は怒って、それきり口もきかなくなりました。彼は家族の気持ちを踏みにじったんです。彼は結婚し――娘をジャンヌと呼びましょうか――これは善行だと彼女に言いました。彼女は自分に対して感謝すべきだ、と彼は思っていました。彼女のために多くのものを犠牲にしたのだから」

「その娘さんもかわいそうに、なんて素晴らしい人生の門出かしら」と、伯爵夫人は皮肉たっぷりに言った。

「彼はその娘を愛していましたが、初めから彼女は彼を激怒させました。彼女は気分屋で、かんしゃくを起こすんです。彼に冷たくしたかと思うと、情熱的になったり。そしてついに彼は真実に気づきました。彼女は彼をまったく愛していなかった。ただ生きていくために、彼と結婚したにすぎなかったんです。その事実に彼は打ちのめされますが、それでもうわべはなにごともないふりをしようとしました。しかもあいかわらず、彼女が自分に感謝して従順になるべきだと感じていました。二人は喧嘩をしました。彼女は彼をなじりました――彼のすることがいちいち彼女の気にさわったんです。

つぎはどうなるかは、もうおわかりでしょう？　決まりきった結末です。彼女は彼のもとを去りました。二年間、彼は一人暮らしで、彼女からはなんの便りもないまま、自分の店をつづけていました。彼の友は酒《アブサン》だけでした。商売のほうもあまりうまくいきませんでした。

ところが、ある日、彼が店に行くと、そこに彼女がいるじゃありませんか。彼女は見違えるほどきれいな格好をしていました。両手にはいくつも指輪をはめていました。彼はその場に立ち尽くし、彼女を見つめました。鼓動が高鳴っていました――息苦しいほどに！　彼はうろたえ、どうしていいかわかりませんでした。彼女を殴ってやりたい、この腕で抱きしめたい、床に投げ倒して踏みつけてやりたい、彼女の足もとにひれ伏したい。しかし、思いとは逆に、彼はそのどれもしませんでした。ピンセットを手にとり、仕事にかかりました。〃いらっしゃいませ。どんなご用でしょうか？〃と、慇懃《いんぎん》にたずねました。

これにはむこうが驚いたようです。相手がそんな態度をとるとは、予期していなかったのでしょう。〃ピエール、わたし戻ってきたのよ〃と、彼女が言うと、彼はピンセットを置いて彼女を見つめました。〃許してほしいのか？　ここに戻ってきたいのか？　心から悪かったと思っているのか？〃〃わたしに戻ってきてほしいの？〃と、彼女はささやきました。おお、その声の優しい響きといったら！

それが彼女の罠だということはわかっていました。本当は、彼女を抱きしめたかった。けれど彼はそう簡単に騙されるほど間抜けではありませんでした。彼は無関心なふりをしました。

おれは信心深い男だ。教会が命じることをするつもりだ——内心では、彼はこう思っていました——この女の高慢の鼻をへし折ってやる。この女をはいつくばらせてやる！

しかしジャンヌは——そう彼女を呼んでおきましょう——ふんと見下したような顔で笑ったんです。意地悪な笑い方でした。〃あんたをからかってみただけよ、ピエール。

どう、きれいな服でしょう。それにこの指輪やブレスレットも。あんたに見せびらかしに来たのよ。あんたにわたしを抱きしめさせて、そうしたら――そうしたら、あんたの顔に唾を吐いて、だいっ嫌いだって言ってやるつもりだったのよ！〃

そう言うなり、彼女は店から出ていきました。信じられますか？　女がこれほど意地悪になれるなんて――ただわたしを苦しめるためだけに戻ってくるなんて」

「いいえ」と、伯爵夫人が言った。「わたしは信じませんね。それに男性だって、よほどのバカでないかぎり、そんなことは信じないでしょうよ。でも男はみんな、見る目のないバカばかりだから」

ピエール・ヴォーシェは彼女にはかまわず、話をつづけた。

「こうして、その若者はしだいに転落していきました。アブサンに溺れ、やがて店は人手に渡りました。彼は世間から見捨てられ、社会のくずとなってしまいました。やがて戦争が起きました。戦争のおかげで、彼は立ち直ることができたんです。軍隊の規律のなかで、彼は自分を取り戻していきました。寒さと苦痛と死の恐怖に耐え、彼は生き延びました。そして戦争が終わったとき、彼はふたたびまともな人間に戻っていました。

生まれ変わった彼は、南仏にやって来ました。毒ガスで肺をやられていたので、南仏で働いたほうがいいと言われたのです。その後のことははぶきましょう。結局、彼はクルピエになりました。そして――ある晩、カジノで、彼はふたたび彼女を見かけたのです――彼の人生を狂わせたあの女を。彼女のほうは気づいていませんでしたが、彼のほうはすぐに気づきました。彼女はいかにも裕福そうでしたが、クルピエの目をごまかすことはできません。ある晩、彼女はついに最後の有り金を賭けました。どうしてわかるのかときかないでください――ただなんとなく感じでわかるんです。みなさんには信じてもらえないかもしれませんが。彼女はまだ豪華なドレスを着ていました――だったらそれを質に入れたらいいじゃないか、と言うひともいるでしょう。でもそんなことをすると――たちまち信用が失くなってしまうんです。それなら宝石は？　それもだめです。わたしも若い頃は宝石屋でしたからね。本物の宝石はとっくの昔に手放していました。王様からもらった真珠も、一粒ずつ売っていき、イミテーションに替わっています。そのあいだにも、人間は飯を食って、ホテルの勘定を支払わなくてはなりません。でも金持ちの男たちは――もう長年、この女を見てきています。嘘だろう！　あの女、本当は五十を過ぎてるぜ。どうせ金を出すなら、もっと若い女がいい――というところでしょう」

伯爵夫人がもたれている窓際の席から、身震いするような長い吐息が漏れた。

「そして、ついにその瞬間が来ました。二晩、わたしは彼女の様子を見張っていました。

彼女はずっと負けつづけ、これが最後の勝負でした。彼女は一つの目に有り金全部を賭けました。かたわらでは、一人の英国紳士が、となりの目に、やはり限度額いっぱいまで賭けていました。球がころがり……決定的瞬間が来て、彼女は負けました……彼女と目が合いました。そのとき、わたしはどうしたか？　カジノでの職を失いかねない真似をしたのです。勝った英国紳士の賞金をくすねたんです。〝ア・マダム〟と言って、賞金を彼女に渡したんです」

「ああ！」伯爵夫人はグラスを床に払いのけ、立ち上がって身を乗り出した。「なぜなの？」彼女は叫んだ。「教えて、なぜあんなことをしたの？」

長い沈黙が、はてしなく続くかと思われるほど長い沈黙が流れた。そのあいだずっと、二人はテーブルをはさんで見つめ合っていた……まるで決闘のようだった。

やがてピエール・ヴォーシェは、かすかに卑屈な笑みを浮かべ、両手を上げた。

「マダム、憐れみからですよ……」

「おお！」

彼女はまた椅子にすわりこんだ。

「わかったわ」

彼女は冷静さを取り戻して微笑んだ。

「とても面白いお話でしたわ、ムッシュー・ヴォーシェ。タバコに火をおつけしましょう」

彼女は器用にこよりを巻き、キャンドルの火をつけて、彼のほうにさしだした。彼は身をかがめ、口にくわえたタバコに火をつけた。

すると彼女はふいに立ち上がった。

「わたしはこれで失礼します。いえ――送ってくださらなくていいわ」

そのまま彼女はそそくさと立ち去ってしまった。サタースウェイト氏があわてて彼女を追いかけようとしたとき、フランス人の男が驚きの叫びをあげた。

「なんてことをするんだ！」

彼は、伯爵夫人がテーブルに捨てたこよりの燃え残りを見つめていた。彼はその紙切れをひろげた。

「いやはや《モン・デュー》」と、彼はつぶやいた。「五万フラン札ですよ。これは今夜の彼女の賞金だ。有り金のすべてなのに。それでわたしのタバコに火をつけるとは！　憐れみなど受けぬということでしょうね。なんて気位の高い女だ。昔からそういう女でしたよ。あんな女はほかにいやしない――見上げたものだ」

彼は椅子から立ち上がるなり、外に飛び出していった。サタースウェイト氏とクィン氏も立ち上がった。ウェイターがフランクリン・ラッジに近寄った。

「お勘定をお願いします《ラ・ノート・ムッシュー》」と、彼は事務的に言った。

クィン氏がすばやくその勘定書きを手にとった。

「なんだか淋しい気分だな、エリザベス」と、フランクリン・ラッジが言った。「外国人のやることはめちゃくちゃだ。さっぱり理解できないね。いったいどうなってるんだい？」

彼は向かいの彼女を見た。「まったく、きみのように百パーセントまるごとアメリカ人を見るとほっとするよ」彼の声は、泣きべそをかいている幼い子供のようだった。

「外国人というのは、本当に変わってるな」

二人はクィン氏に礼を言い、いっしょに夜の暗闇に消えていった。クィン氏はつり銭を受け取り、テーブル越しにサタースウェイト氏に微笑みかけた。サタースウェイト氏は満足した表情で帰り仕度をしていた。

「やれやれ。大成功でしたね。これであの恋人たちもうまくいくでしょう」

「どっちのほうです？」と、クィン氏がたずねた。

「えっ！」サタースウェイト氏はぽかんとした。「おお、なるほど。そう言われれば、たしかにそうですね。ラテン民族ならば、そういうことも――」

彼は首をかしげた。

クィン氏は微笑んだ。背後のステンドグラスから射し込む明かりが、ほんの一瞬、色鮮やかな光の衣で彼を包んだ。

海から来た男
The Man from the Sea

サタースウェイト氏は老けこんだ気分だった。多くのひとから見れば、彼はたしかに老人だったので、それはべつに驚くほどのことではないかもしれない。不謹慎な若者たちが、いっしょに踊っている娘にこう言った——「サタースウェイトじいさん？　そうだな、百歳ぐらいかな。すくなくとも八十は越えてるだろう」いちばん思いやりのある娘は、「あら、サタースウェイトさん。そうね、かなりのお年寄りだわ。きっと六十歳くらいよ」と言ったが、考えてみると、こっちのほうがもっとひどかった——なにしろ彼は六十九歳だったのだから。

しかし彼自身は、自分を年寄りだと思っていなかった。六十九歳という年齢は、無限の可能性があり、人生経験がようやく役に立つ年頃だった。だが老いを感じるというのは、またべつのことで——我が身に気のめいる質問をしたくなる、自信喪失した精神状態だった。結局、自分は何者なのか？　老いてひからびた男で、子供も身寄りもなく、あるのは高価な美術品のコレクションだけだが、それとて今となっては心を満たしてはくれない。彼の生死を気にかけてくれる者はだれもいない……

そのあたりで、サタースウェイト氏は思い悩むのをやめた。そんな考えは病的だし、なんの役にも立たない。妻がいたら、彼を嫌っただろうし、反対に彼のほうが妻を嫌っただろう。子供がいたらいたで、気苦労と心配が絶えないだろうし、子供のために時間と愛情を割《さ》かねばならず、悩んだことだろう。

「無事で安楽なこと」と、サタースウェイト氏は自分に言い聞かせた——それが肝心だ。すると、その朝に受け取った手紙のことを思い出した。ポケットからそれをとりだし、読み返すうちに、だんだん気が晴れてきた。それは公爵夫人からのもので、サタースウェイト氏は公爵夫人などから手紙をもらうことが好きだった。その手紙は、はじめから慈善事業の寄付を求めていて、その目的がなければそもそも書かれなかったものかもしれないが、言いまわしがとても快かったので、サタースウェイト氏は最初の事実を自分に都合よくごまかした。

それであなたはリヴィエラにいらっしゃらなかったんですね。今、いらっしゃる島はどんなところですの？　安上がりかしら？〈カンノッティ〉は今年、ひどい値上げをしたので、もうリヴィエラには二度と行きません。あなたが気に入ったら、来年はわたしもその島に行ってみたいけれど、五日も船に乗るのは嫌だわ。でも、あなたが勧めてくださるところは、きっと居心地がいいにちがいありません——帰りたくなくなるくらい。そのうちあなたは、ぬくぬくとした安楽しか考えないひとになってしまいますよ。そうならない方法はただ一つ、他人事へのあなたの異常なほどの関心です……

手紙をたたみながら、サタースウェイト氏は公爵夫人の姿をまざまざと思い浮かべた。彼女のけちぶり、唐突で思いがけない親切、辛辣な話しぶり、負けじ魂。

そうだ、気迫だ！　気迫を失ってはいけない。彼は、ドイツの切手が貼られた、べつの手紙をとりだした。それは彼が興味を持っている、ある若い歌手からのもので、感謝と愛情に満ちた手紙だった。

サタースウェイトさま、なんとお礼を申し上げたらよいでしょう。数日後にイゾルデを歌えるなんて、もう嬉しくてたまりません……

彼女の初舞台の役がイゾルデとは残念だ。感じがよくて、努力家のオルガ。声は美しいが、個性がない。彼は口ずさんでみた。「いいえ、彼に言って！　どうかわかってと！　このイゾルデの命令よ」いや、あの娘にはない──あの最後の〝このイゾルデ〟にこめられた気迫が──不屈の意思が！

それでも、いちおうはひとの役に立った。この島は彼をめいらせた──ああ、なぜリヴィエラに行かなかったのだろう。あそこならよく知っているし、知り合いも大勢いるのに。ここではだれも彼に関心を示さない。彼があの有名なサタースウェイト氏だと──公爵夫人や伯爵夫人や歌手や作家たちの友人であるサタースウェイト氏だと、だれも気づいてくれない。この島には、社会的または芸術的に重要な人物は一人もいなかった。島民のほとんどは七年、十四年、二十一年とここに住みつづけ、その年数に応じて自身や他人を評価していた。

深いため息をつくと、サタースウェイト氏はホテルを出て、さびれた小さな港に下りていった。道の両側には、ブーゲンビリアが咲いていて、その咲き誇る花の鮮烈な赤い色に、彼はいっそう老いを感じ、白髪が増えた気がした。

「わたしも年をとってきた」と、彼はつぶやいた。「年をとって疲れてきているんだ」

ブーゲンビリアの前を通りすぎると、彼はほっとし、遠くに青い海が見える白い通りを歩いていった。一匹のみすぼらしい犬が道の真ん中に立ち、ひなたであくび混じりに伸びをしていた。犬は思いきり伸びをすると、道にすわりこんでからだを掻いた。それから立ち上がって身震いし、なにかほかにいいことはないかと、あたりを見まわした。

道ばたに屑の山があり、犬は鼻をひくつかせながら近づいた。やはり、彼の鼻に狂いはなかった！　予想以上にかぐわしい腐敗物の匂い！　嬉しげに鼻をひくつかせた犬は、我慢しきれなくなったのか、突然、あおむけに寝ころぶと、その甘美なごみの山の上をころげまわった。今朝、世界はまさに犬の天国だった！

やがて、遊び疲れた犬は起き上がり、ふたたび道の真ん中にぶらぶらと出てきた。するとそのとき、なんの前触れもなしに、一台のぼろ自動車がかどから現われ、勢いよく犬をはね、そのまま走り去った。

犬は起き上がり、しばらく立ったまま、なにか訴えるような眼差しをサタースウェイト氏に向けてから、地面に倒れた。サタースウェイト氏はそばに行き、かがみこんだ。犬は死んでいた。ふたたび歩きながら、彼は人生の悲哀と残酷さをかみしめた。犬の目に浮かんでいた、あのもの悲しい表情が忘れられなかった。あの目はこう言っているかのようだった――〝ああ、わたしが信じていた素晴らしい世界よ。どうしてわたしにこんな仕打ちをするのか？〟

サタースウェイト氏は歩きつづけた。ヤシの木々と、点在する白壁の家々を通り過ぎた。寄せる波が砕けていて、かつてそこで有名なイギリスの水泳選手が溺死したという、黒い溶岩の浜辺を通り過ぎた。子供や年配の女性たちがぴちゃぴちゃと水浴びしている、岩間の水溜りを通り過ぎた。崖のてっぺんにつづく、曲がりくねった急な坂道を上がっていった。その断崖の先端に、ラ・パズと呼ばれている一軒の家があった。それは、色あせた緑色のよろい戸をかたく閉ざした白壁の家で、木々が茂る美しい庭があり、糸杉の散歩道が崖縁の台地までつづいていて、そこからはるか――はるか下に、深く青い海が見えた。

サタースウェイト氏が目ざしているのは、この場所だった。彼はラ・パズの庭園に魅了されてしまった。家に入ったことはないが、いつも空き家のようだった。マニュエルというスペイン人の庭師が、手を振っておはようございますと挨拶し、浅黒い顔に笑みをたたえながら、女性たちには花束を、男性たちにはボタンホールにさす一輪の花をさしだした。

サタースウェイト氏は、この家の持ち主についてときおり勝手に想像してみた。いちばん気に入っているのは、かつて美貌で世界的に有名だったスペインのダンサーが、容色の衰えた自分の姿を世間に知られないために、ここに身を隠している、というものだった。

夕暮れどきに、彼女が家から出てきて、庭園を散策する姿を想像してみた。マニュエルに真相をたずねてみたい誘惑にときおり駆られたが、彼はその誘惑に抵抗した。彼には想像のままのほうがよかった。

マニュエルと言葉をかわし、彼からオレンジ色のバラのつぼみを受けとってから、サタースウェイト氏は糸杉の散歩道を歩いて海のほうにむかった。そこに――目の前になにもない崖っぷちにすわるのは、すがすがしい気分だった。その景色を目にした彼は、トリスタンとイゾルデを連想した。トリスタンとクルヴェナールが出てくる第三幕のはじめの、あの淋しく待つ場面を。そしてイゾルデが海から駆け上がり、彼女の腕に抱かれてトリスタンが死ぬ場面を。（やはり、あのオルガにはイゾルデは演じきれないだろう。国王を嫌いながらも国王の愛人となる、コーンウォールのイゾルデは……）彼は身震いした。老けこんで、孤独で寒々とした気分だった……自分は人生でなにを得たのだろう？　なにも得ていない――なにも。道ばたで死んだ、あの犬ほども……

ふいにひとの声がしたので、彼はもの思いから覚めた。糸杉の散歩道を歩いてくる足音が聞こえなかったので、「ちくしょう」という短い英語を耳にして、初めて彼はだれかがいるのに気づいた。

ふりかえると、一人の若い男が、驚きと落胆の表情を浮かべて彼を見つめていた。その男が、昨日やって来て、すこしばかり彼の興味を引いた人物だと、サタースウェイト氏はすぐにわかった。彼を若い男と言ったのは、ホテルにいる年寄りどもと比較すればの話で、年齢は四十を過ぎていて、おそらく五十ちかくになっているだろう。それでも、彼は若い男に見えた——そういうことにかけては、サタースウェイト氏の目はいつも確かだった——どことなく未熟な感じがした。大きく成長した犬にも、どこか子犬っぽいところがあるように、この見知らぬ男にも子供のようなところがあった。

サタースウェイト氏は心の内でつぶやいた——「この男は大人になっていない——内面が成長しきっていないのだ」

だが、彼にはピーター・パンみたいなところはまったくなかった。血色がよく、やや小太りで、物質的につねに恵まれていて、快楽や満足を追い求めてきた人間のように見えた。丸みのある茶色い目で、金髪に白髪が混じりはじめていて、口髭をわずかに生やし、やや赤ら顔だった。

サタースウェイト氏には、彼がこの島にやって来た理由がわからなかった。この男には、鳥猟、狩猟、ポロやゴルフやテニス、美女との恋が似合う。だがこの島には、狩りをする獲物もいないし、スポーツはクロッケーしかできないし、美女にいちばん近いのは、熟年のミス・ババ・キンダーズレーだった。むろん、景色の美しさに惹かれる画家はいるだろうが、どう見てもこの男は画家ではない。この男が俗物であることは間違いなかった。

彼がこういったことを考えているあいだに、相手の男は、自分が下品な言葉を発したことにようやく気づき、彼に話しかけた。

「どうも失礼しました」と、その男はあわてて謝った。「じつは、その――驚いたんです。だれもいないだろうと思ったものですから」

彼はにこやかに微笑んだ。その笑みは、親しみがこもっていて、魅力的だった。

「人気《ひとけ》のない場所ですからね」と言って、サタースウェイト氏はベンチのはしのほうに寄った。相手は彼の無言の招きに応じて、腰をおろした。

「人気のない場所ですかねえ」と、彼は言った。「ここにはいつもだれかがいるようです」

その声は不満げだった。サタースウェイト氏にはそれが不思議だった。この男は人づき合いが好きそうに見えるのに、なぜそれほど一人きりになりたがるのだろう？　待ち合わせだろうか？　いや——そうではない。彼はできるだけさりげなく、かたわらの男をもう一度見た。はて、こんな独特の表情を以前に見たのは、どこでだっただろう？　この途方にくれたような、不満げな顔を。

「では、以前にもここにいらしたんですね？」ほかになにも言うことがないので、サタースウェイト氏はそう言った。

「昨日の夜、ここに来ました——食後に」

「そうですか。門はいつも閉まっていると思いましたが」

一瞬ためらってから、不機嫌そうに、その若い男は言った。

「壁を乗り越えたんです」

サタースウェイト氏は、こんどはまじまじとその男を見た。彼は探偵のように物事を考える癖があり、相手が昨日の午後にやって来たばかりだということを知っていた。明るいうちにこの別荘の美しさを堪能する時間はほとんどなかったし、今までのところ、この男はだれとも口をきいていなかった。それなのに、暗くなってから、ラ・パズにまっすぐやって来たのだ。なぜだろう？　サタースウェイト氏は反射的にふりかえり、緑色のよろい戸をおろした別荘を見たが、そこはあいかわらず静まりかえっていて、よろい戸も閉まったままだった。いや、あそこをいくら見ても、謎は解けない。

「そのとき、ここにだれかいたんですね？」

男はうなずいた。

「ええ。ほかのホテルから来たんでしょうね。奇妙な服を着ていましたから」

「奇妙な服というと？」

「まるで道化師《ハーレクイン》の衣装のようでしたよ」

「なんですって？」

サタースウェイト氏は思わず声をあげた。相手は驚いて彼を見つめた。

「ホテルではよく仮装のショーをするんでしょうね？」

「ああ、そうだったのか」と、サタースウェイト氏は言った。「なるほど、そういうことか」

彼は荒い息をととのえてから、つけくわえた。

「つい興奮してすみません。あなたは触媒作用というのをご存知ですか？」

若い男は彼を見つめた。

「聞いたこともありません。なんですか？」

サタースウェイト氏は説明文を読み上げるように言った——「ある物質が、それ自身は変化せずに、その存在によって引き起こす、一種の化学反応のこと」

「はあ」と、若い男は曖昧《あいまい》な返事をした。

「わたしにはクィンという友人がいるんですが、彼はまさしく触媒作用を引き起こすんです。彼が現われると、決まってなにかが起きるんですよ。彼がいるだけで、不思議なことに、意外な事実があきらかになり、新たな発見があるんです。それでいて、彼自身は一連のできごとになにもかかわらないのです。昨夜、あなたがここで会ったのは、その友人だったような気がするんです」

「だとしたら、そのひとはこちらの意表をつく人物ですね。まったくびっくりしましたよ。いきなり現われたんですから。まるで海から上がってきたみたいでした」

サタースウェイト氏は、せまい台地と、その下の切り立った断崖を眺めた。

「もちろん、そんなことはありえませんよ」と、相手は言った。「でもそんな感じがしたんです。実際には、ハエがとまる足がかりすらありませんが」彼は崖下を覗いた。

「まっすぐに切り立ってますね。もしも飛び降りたら――まちがいなく即死でしょう」

「たしかに、殺人にはもってこいの場所ですね」サタースウェイト氏は楽しげに言った。

相手は一瞬、意味がわからなかったかのように彼を見つめた。それから、曖昧に言った。「ええ、そうですね――もちろん……」

男はすわったまま、顔をしかめて、ステッキで地面を軽くたたいている。突然、サタースウェイト氏は気になっていた類似点を発見した。あの、ただ途方にくれて、自問自答している様子。車に轢《ひ》かれたあの犬も、やはりこんな様子だった。あの犬の目と、この若い男の目は、同じもの悲しい表情で、同じ感傷的な問いかけをしていた。「ああ、わたしが信じていた世界よ——わたしにこんな仕打ちをするのか？」

彼はほかにも両者の類似点を見つけた。どちらも快楽を愛するのんき者、どちらも人生の楽しみに身をゆだねていて、知的な懐疑の精神に欠けている。どちらも刹那《せつな》的な生活だけで満足している——この世はよいところで、肉体的な喜びの場だ——太陽、海、空——うまそうな匂いのするごみの山。それから——どうなった？　あの犬は車に轢かれた。この男の身にはなにが起きたのか？

その当の本人が、このとき口をひらいたが、それはサタースウェイト氏に言うというよりも、むしろひとりごとに近かった。

「わからないな」と、彼はつぶやいた。「すべてはなんのために存在するのだろう？」

聞き慣れた言葉——聞くたびに、サタースウェイト氏が口もとに笑みを浮かべる言葉だ。それは、人生のあらゆる現象は、自分の喜びか苦しみのために作られたものだと考えたがる、人間が生来持っているエゴイズムを無意識に吐露していた。彼がなにも答えないと、やがて、その見知らぬ男は、弁解するようにかすかに笑って言った。

「ひとはだれでも一軒の家を建て、一本の木を植えて、息子を一人持つべきだと聞かされてきました」彼はすこし考えてから、つけくわえた。「そういえば一度、どんぐりの木を植えて……」

サタースウェイト氏はわずかに身じろぎした。彼の好奇心がうずいた——公爵夫人が非難していた、他人事への日頃からの関心が掻きたてられた。それは難しいことではない。サタースウェイト氏にはかなり女性的な一面があり、どんな女性よりも聞き上手で、あいづちの打ち方もうまかった。まもなく彼はすべてを聞き出していた。

アントニー・コズデン、それがこの男の名前で、彼の人生はだいたいサタースウェイト氏が想像したとおりのものだった。彼は話し下手《べた》だったが、そこは聞き手のほうが適当に補った。ごくありきたりな人生——並みの収入で、短い兵役経験があり、おおいに遊び、友だちが多く、楽しい経験が豊富で、女性にもてた。こうした生活では、いかなる思考も育たず、かわりに感覚の喜びだけが大きくなる。はっきり言えば、動物の生活だった。「しかし、まだましなほうだ」と、サタースウェイト氏は長い経験から思った。「そうとも、はるかにましだ……」アントニー・コズデンにとって、この世は申し分のない場所に思えた。彼が不平を言ったのは、だれもがいつも不平を言っているからであって、けっして深刻な不平ではなかった。ところが——この問題が起きた。

話がついに核心に触れた——かなり曖昧で、つじつまの合わない話しぶりではあったが。どうもからだの具合が悪くて——でもたいしたことはなかったんです。医者に行くと、ハーレー街の専門医に診てもらえと勧められて。すると——信じられない事実を告げられたんです。初めは言葉をにごしていて——からだをいたわってとか——安静にとか言って。でもそんなのはごまかしや、ただの気休めで——結局、こう宣告されたんです——あと半年の命だと。あと半年の命。

彼は困惑した茶色の目を、サタースウェイト氏に向けた。本当にショックでした。もうどうしていいか——本当にどうしていいかわかりませんでした。

サタースウェイト氏は深々とうなずいた。

アントニー・コズデンは話しつづけた——とてもすぐには納得できませんでした。残された時間をどう使ったらいいのか。死ぬのをただじっと待つなんて、とても耐えられません。自分が重い病気だという実感がないんです——今はまだ。そのうちに症状が出てくるだろうと、医者は言ってましたけど——きっとそうなんでしょうね。まだ死にたくないのに死ぬなんて、そんなのあんまりですよ。ふだんのままにしているのが最善の方法だと思ったんですけど、それがなかなかうまくいかないんです。

ここで、サタースウェイト氏は言葉をはさみ、それとなくたずねた。こんなときに支えになってくれる女性はいないんですか？

ところが、彼にはそういう女性はいなかった。女友だちはいるが、今の彼を支えてくれるようなタイプではない。彼の仲間は愉快で陽気な連中で、ひとの死など考えたがらない。彼自身も陰気な顔で出ていって、みんなに気詰まりな思いをさせたくなかった。それで、こうして彼は海外に来たのだった。

「このあたりの島を見物に来たんですね？　でもなぜです？」サタースウェイト氏はその理由を知りたかった。きっとなにかあるにちがいない——つかもうとすると手からするりと逃げていくほど曖昧模糊としているが、それでもかならず理由があるにちがいなかった。「ひょっとして、以前にもここに来たことがあるんじゃないですか？」

「ええ」彼はしぶしぶ認めた。「ずっと昔、とても若かったときに」

ふっと、ほとんど無意識に、彼は別荘のほうを肩越しにちらりとふりかえった。

「この場所を覚えていたんです」と言って、彼は目の前の海をあごでしゃくった。「あと一歩であの世という場所を！」

「それであなたは昨夜、ここに来たんですね」サタースウェイト氏は静かに言ってうなずいた。

アントニー・コズデンはうろたえた表情で彼を見た。

「いや、その――じつは――」と、彼は言い訳しようとした。

「昨夜、ここにだれかがいた。そして今日はわたしがいた。あなたは命拾いしたんです――二度も」

「そう考えたいのなら、どうぞご自由に――でもこれはぼくの命です。ぼくの好きなようにする権利があります」

「お決まりの台詞ですね」と、サタースウェイト氏はうんざりしたように言った。

「もちろん、あなたの理屈はわかりますよ」と、アントニー・コズデンは一歩譲った。

「こういうときは、だれだって相手を思いとどまらせようとするでしょうから。ぼくがあなただったとしても、やはり同じことを言ったでしょう――たとえ心の底では、相手の言い分が正しいとわかっていても。あなただって、ぼくの考えが正しいとわかっているはずです。さっとけりをつけたほうが、ぐずぐずするよりもいい――ぐずぐずしていると、みんなに迷惑をかけて、金がかかるばかりですからね。それに、身寄りは一人もいないし……」

「もしも、いたら――？」サタースウェイト氏はすかさず言った。

コズデンは深く息を吸いこんだ。

「どうでしょうね。いたとしても、たぶんこれが最良の方法でしょう。でも、そうとわかっていても――なかなか……」

彼は急に黙りこんだ。サタースウェイト氏は興味深く彼を観察した。根っからロマンチストの彼は、もう一度、どこかに特別の女性がいるのではないか、と相手にたずねた。しかしコズデンは否定した。自分は不平を言うつもりはない――と、彼は言った。ふりかえってみると、とてもいい人生でした。ただ、こんなに早く終わってしまうのが、残念なだけなんです。でもこれまでに、欲しいものはすべて手に入れました。息子以外は。息子がいたらよかったですね。自分が死んでも、あとに息子が生きていてくれたらと思いますね。それでも、自分の一生は有意義で楽しいものでしたが――

ここで、ついにサタースウェイト氏は我慢しきれなくなった。まだ青二才のくせに、そんな人生がわかったようなことを言うものではない、と彼はさとした。コズデンに〝青二才〟という言葉が通じなかったようなので、彼はもっとはっきり言った。

「あなたはまだ人生を始めてもいないのですよ。あなたの人生はこれからなんです」

コズデンは笑った。

「だって、ぼくはもう四十歳で、白髪が目立ちはじめているんですよ――」

サタースウェイト氏は彼を制した。

「それとは関係ありません。人生は精神的、肉体的経験から成るものです。たとえば、わたしは六十九歳――正真正銘の六十九歳です。これまで直接、間接に、ほとんどありとあらゆる人生を経験してきました。あなたは一年について語りながら、雪と氷しか知らないひとのようなものだ！　春の花、けだるい夏の日、秋の落葉――そういったものをなに一つ知らない――いや、そういったものがあることすら知らないんです。そして、今回のように、それを知る絶好の機会にすら、背を向けようとしている」

「あなたは忘れているようですが」と、アントニー・コズデンはそっけなく言った。「どっちにしろ、ぼくはあと半年の命なんですよ」

「時間も、ほかのことと同様に、相対的なものです」と、サタースウェイト氏は言った。「その半年間が、あなたの生涯で最も長く、かつ最も豊かな経験をする期間になるかもしれませんよ」

コズデンは納得がいかない様子だった。

「あなたがわたしの立場だったら」と、彼は言った。「きっと同じことをしたでしょう」

サタースウェイト氏は首を振った。

「いいえ」彼は即座に否定した。「第一、わたしにはそんな勇気はありません。自殺するには勇気がいりますからね。そして第二に――」

「なんです？」

「明日なにが起きるか、つねに知りたいんです」

コズデンは笑いながら、唐突に立ち上がった。

「さてと、じっくり話を聞いてくださってありがとう。ついついしゃべりすぎてしまいました。どうか忘れてください」

「明日、事故の知らせを聞いたとき、なにも知らないふりをしろというのですか？　本当は自殺であることを黙っていろというんですか？」

「それはあなたのお好きなように。でも一つだけわかってもらえてよかったです――わたしを引き止められないということを」

「ねえ、コズデンさん」と、サタースウェイト氏はおだやかに言った。「わたしはあなたを四六時中ずっと見張っているわけにはいきません。いずれあなたはわたしの目を盗んで、目的を遂げるでしょう。が、ともかく今日の午後は失敗でしたよ。あなたを突き落としたという容疑をわたしにかけてまで、自殺しようとはしないでしょうから」

「それはそうですね」と、コズデンは言った。「もしもあなたがまだここに残るというのなら――」

「わたしはここにずっといますよ」と、サタースウェイト氏は断言した。

コズデンはほがらかに笑った。

「では、この計画は延期しなくてはなりません。とりあえずホテルに戻りますよ。またお会いしましょう」

サタースウェイト氏は一人残り、海を眺めた。

「さて」と、彼はそっとひとりごとをつぶやいた。「これからどうなる？　つぎの幕があるにちがいないが、さあて……」

彼は立ち上がった。しばらくのあいだ、彼は台地のはしに立ち、眼下の荒い波を見下ろした。だが、そこではなんのひらめきも得られなかったので、ゆっくり向きを変え、糸杉の散歩道をひきかえし、静かな庭園に入っていった。よろい戸が閉じられ、静まりかえった家を眺めながら、彼はいつものように思った――あそこにはだれが住んでいて、あの壁のむこうでなにが起こっているのだろうと。突然の衝動に駆られた彼は、崩れかかった石段を上がり、色あせた緑のよろい戸の一つに手をかけた。

驚いたことに、扉がすっと開いた。一瞬ためらってから、彼はその扉を押し開けた。つぎの瞬間、彼は小さな悲鳴をあげてあとずさった。一人の女性が、彼のほうを向いて窓際に立っていた。彼女は黒服を着て、黒いレースのヴェールを頭からかけていた。

あわてたサタースウェイト氏は、ドイツ語混じりのイタリア語をたどたどしく話した。それは彼が知っている言葉のなかで、いちばんスペイン語に近いものだった。勝手に入って申し訳ない、と彼はしどろもどろに謝った。どうか奥様のお許しを、と言って、彼は急いで退散したが、その女性はひとこともしゃべらなかった。

彼が中庭を半分ほどひきかえしたとき、彼女が言葉を発した――銃声のように鋭いひとことを。

「戻ってきなさい！」

それは犬に命令するような威厳に満ちていたので、サタースウェイト氏は憤りを感じる間もなく、ほとんど反射的にふりかえり、窓まで駆け戻った。彼は犬のように命令に従った。その女性は身じろぎもせず、窓のところに立ったままだった。落ち着きはらった態度で、彼女は値踏みをするように彼をじろじろと眺めた。

「イギリス人ですね」と、彼女は言った。「そうだと思いました」

サタースウェイト氏はふたたび謝罪した。

「あなたがイギリス人だとわかっていたら、もっときちんと話せたんですが。よろいを勝手に開けた無礼を、心からお詫びします。ただ好奇心に駆られての出来心としか、言い訳のしようがありません。このすてきな家のなかがどうなっているのか、見たくてたまらなかったんです」

すると彼女はいきなり笑いだした――低く太い笑い声だった。

「それほど見たいのなら、どうぞお入りなさい」

彼女がわきに寄ったので、サタースウェイト氏は期待に胸をはずませながら、部屋のなかに入った。ほかの窓のよろい戸は閉まっていたので、室内は暗かったが、家具が少ないうえにみすぼらしく、どこも埃が厚く積もっていた。

「ここではありません」と、彼女は言った。「この部屋は使っていません」

彼女のあとについて、彼は部屋を出て廊下を横切り、反対側の部屋に入った。こちらは窓が海に面し、日光が射しこんでいた。ここの家具も安物だったが、昔は上等だったらしい、擦りきれた敷物が数枚と、スペイン革の大きな衝立と、生花をいけた壺がいくつかあった。

「いっしょにお茶を召し上がってくださいな」と、この家の女主人は言った。そして彼を安心させるように、こう言い添えた。「上等のお茶を、熱湯でいれますから」

彼女はドアを開け、スペイン語でだれかに話しかけてから、ふたたび戻ってきて、彼の向かい側のソファに腰をおろした。このとき初めて、サタースウェイト氏は彼女の様子を観察することができた。

まず彼女と向かい合ったとたんに、その強烈な個性にひきくらべて、彼はわが身の白髪としわと老いとを、日頃以上に意識させられた。彼女は長身で、日に焼け、髪が黒く、もう若くはないが、美しかった。彼女が部屋にいると、いないときよりも陽光が二倍輝いているように思えた。やがて、活気に満ちた暖かさが、サタースウェイト氏を包みこみはじめた。それはまるで、痩せてしわだらけの手を、暖かい炎のほうに伸ばしたような感じだった。「彼女の生命力が旺盛なものだから、それを他人にも振りまいているのだな」と、彼は考えた。

彼を呼びとめたときの、彼女の命令口調を思い出した彼は、自分が応援しているオルガに、すこしでもあの力を分け与えられたらと思った。「この女がイゾルデを演じたら、どんなに素晴らしいだろう！　だがたぶん、彼女には歌手としての才能はないだろう。世の中はうまくいかないものだ」それでもやはり、彼はこの女がすこし怖かった。彼は威張った女が苦手だった。

彼女は両手にあごをのせてすわりながら、彼をまじまじと眺めていたが、ついに決心したようにうなずいた。

「この家にようこそ」と、彼女は言った。「今日の午後は、だれか話し相手がとても欲しかったんです。あなたは慣れているでしょう、そういうことに」

「なんのことでしょう」

「あなたはひとの話を聞くのがうまいと言ってるんです。わかっているくせに、どうしてとぼけるんです？」

「それは——たぶん——」

彼が言いかけていたことなどおかまいなしに、彼女はつづけた。

「あなたには、だれもが心の内をさらけだせるんです。それはあなたに女性的なところがあるから。あなたには、わたしたちが感じること、考えること——わたしたちがしでかす奇妙なことがわかるんです」

彼女は話をやめた。大柄で、微笑をたたえたスペイン娘が、お茶を運んできた。それは上等の中国茶で、サタースウェイト氏はよく味わって飲んだ。

「ここにお住まいなんですね？」と、彼はうちとけてたずねた。

「ええ」

「しかし、ずっと住んでいるわけではないのでしょう。ふだんはこの家を閉めているんでしょう？　わたしはそう聞いていますが」

「かなりここで暮らしているんですよ、みんなが思っている以上に。でも使っているのは、この二、三の部屋だけですけど」

「ずっと前からこの家をお持ちだったんでしょうね？」

「手に入れたのは二十二年前でした——住んだのはその前の一年です」

サタースウェイト氏はいくぶん間が抜けた調子で（あるいは、彼がそう感じただけなのか）言った。「それはずいぶん長いですね」

「最初の一年が？　それともあとの二十二年が？」

サタースウェイト氏は興味を掻きたてられ、真面目に言った。「どちらとも言えますね」

彼女はうなずいた。

「ええ、たしかに。ぜんぜんべつの時間で、なんの関連もありませんから。どちらが長くて、どちらが短いのか？　いまだにわたしにもわかりません」

彼女はしばらく黙って考えこんだ。それから、かすかに笑みを浮かべて言った。

「だれかと話をするのは久しぶりです——本当に久しぶり！　弁解はしません。あなたはこの家のよろい戸のところに来て、窓からなかを覗こうとした。あなたはいつもそうしているんでしょう？　よろい戸を開け、窓越しに他人の生活の真実を覗く。もしも誘われた場合には。誘われない場合でも、たびたび覗いていますね！　あなたに隠し事をするのは難しいわ。あなたはそれを言い当ててしまうから——それもずばりと」

サタースウェイト氏は正直でありたいという奇妙な衝動に駆られた。

「わたしは六十九歳です」と、彼は言った。「わたしの人生に関する知識は、すべて間接的に得たものです。ときにはそれがつらいこともありますが、おかげで多くのことを知っています」

彼女は考え深げにうなずいた。

「そうですね。人生は不思議なものです。つねに傍観者でいるのがどんなものか、わたしには想像もつきません」

彼女の口調はいぶかしげだった。サタースウェイト氏は微笑んだ。

「あなたにはわからないでしょうね。あなたはつねに舞台の中央で脚光を浴びる、プリマ・ドンナですから」

「奇妙なことをおっしゃるんですね」

「でも間違ってはいません。これまでさまざまなことがあなたの身にふりかかった――これからもそうでしょう。ときには、悲しいできごともあったのでは？」

彼女は目を細め、彼のほうを見た。

「ここに長くいらしたら、この崖下で溺れ死んだイギリスの水泳選手のことを、いずれお聞きになるでしょう。彼がどんなに若く、強く、ハンサムであったかを。そして彼の若い妻が、崖の上から見下ろして、夫が溺れている姿を見たということを」

「ええ、その話はもう聞いています」

「その男がわたしの夫でした。ここが彼の別荘だったんです。わたしが十八のとき、彼はわたしをここに連れてきました。そして一年後に死んだのです——荒波によって黒い岩にたたきつけられ、傷だらけになり、からだの骨を砕かれて死んだんです」

サタースウェイト氏はえっと悲鳴をあげた。彼女は身を乗り出し、燃えるような目で彼を見据えた。

「これ以上に悲しいできごとがあるでしょうか？　結婚してわずか一年の若妻が、愛する夫がもがき苦しみ——無残に死んでいくのを、どうすることもできずにただ見ているのです」

「恐ろしい」サタースウェイト氏は心底から言った。「なんと恐ろしいことだろう。人生でこれほど恐ろしいことはないでしょう」

だしぬけに、彼女は笑いだし、顔をのけぞらせた。

「ところが、そうじゃないんです」と、彼女は言った。「もっと恐ろしいことがあるんです。それは若い妻が崖から見下ろしながら、夫が溺れ死ぬのを願うということなんです……」

「そんな、まさか」サタースウェイト氏は叫んだ。「本気でそんなことを——？」

「ええ。それが真相だったんです。わたしは断崖の上にひざまずいて祈りました。スペイン人の召使いたちは、わたしが夫の命が助かるように祈っているのだと思っていました。そうではなかったのです。彼が助かることを望めるようにと祈っていたのです。〝神様、どうか夫の死を望んだりさせないでください〟と、わたしは一心に唱えつづけました。でもだめでした。わたしはずっと望みつづけ――そして、わたしの望みはかなえられたんです」

彼女はしばらく黙っていたが、やがて穏やかな調子で言った。

「恐ろしいことでしょう？　とても忘れられることではありません。夫が死んで、もうわたしを苦しめないとわかったとき、わたしはとても幸せでした」

「なんてことだ」サタースウェイト氏はうめいた。

「わかっています。そんな体験をするには、わたしは若すぎたんです。そういうことはもっと年をとってから――醜悪なことに対してもっと心がまえができてから、起こるべきなのです。彼が本当はどんな人間だったかは、だれも知りませんでした。初めて彼に会ったとき、わたしは素晴らしいひとだと思いました。そして彼に結婚を申し込まれたときは、本当に幸福で、誇らしかったのです。けれど、すぐにうまくいかなくなりました。夫はわたしに腹を立て――わたしがなにをしても気に入りませんでした。でもわたしは本当に一生懸命やったんです。そのうち夫はわたしをいじめて楽しむようになりました。とりわけ、わたしを怖がらせては喜んでいました。わたしを怖がらせるために、夫は恐ろしいことをつぎつぎと考え出しました。それをここで話したくはありません。きっと夫はすこし気が狂っていたにちがいありません。わたしはここにたった一人で、夫に支配され――残酷が夫の趣味になりはじめていたんです」彼女の目が見開かれ、そして曇った。「いちばん不運だったのは、わたしの赤ん坊でした。妊娠していたのですが、夫の仕打ちのなにが原因だったのか――死産でした。わたしの可愛い赤ん坊が。わたしもあやうく死にかけましたが――死にませんでした。そのときは死んでしまいたい気持ちでした」

サタースウェイト氏は言葉にならぬ声を出した。

「それから、わたしは救われたのです――さっき話したようなわけで。ホテルに泊まっていた娘たちが、彼をけしかけたんです。それが事の発端でした。スペイン人たちはみんな、そんなところで泳ぐのは狂気の沙汰だと、彼に言いました。でも彼は見栄っ張りで、いいところを見せようとしたんです。そしてわたしは――彼が溺れるのを見て――喜びました。そんなことが起こるのをお許しになるなんて、神様はひどいことをなさるわ」

サタースウェイト氏はしなびた手を伸ばし、彼女の手をとった。彼女は子供のように彼の手を握りしめた。彼女の顔から分別くさい表情が消え、十九歳の頃の彼女に戻っていた。

「はじめのうちは、夢かと思うほど幸せでした。家はわたしのもので、そこに住むことができました。もうわたしをいじめるひとはいないのです！　わたしは孤児だったので、親戚はなく、わたしがどうなろうと、気にかけてくれる者は一人もいませんでした。それでことは簡単でした。わたしはここに、この別荘に住みつづけ、まるで天国のような暮らしでした。本当に天国のようでした。あれほど幸福だったことはありませんし、もう二度とないでしょう。朝、晴れやかな気持ちで目覚める──苦痛もなく、恐怖もなく、夫がつぎにどんな仕打ちをわたしにするのかと怯えることもない。ええ、まさしく天国そのものでした」

彼女はずっと黙りこんだので、サタースウェイト氏はしびれを切らして言った。

「それから？」

「人間というものは、けっして満足しないものだと思います。はじめは、自由になれただけで満足でした。でもしばらくすると、その──淋しくなったんです。死んだ赤ん坊のことを思い出して、赤ん坊さえいてくれたら、と思いました。わたしはおもちゃを欲しがるように、赤ん坊が欲しかったんです。いっしょに遊べる物か人が欲しかったんです。愚かで子供じみていますけど、でも当時のわたしはそうだったのです」

「わかります」と、サタースウェイト氏は真顔で言った。

「つぎのことは、説明がしづらいですね。それはまったくの偶然だったんです。ホテルに泊まっていたイギリス人の若者が、この庭に迷いこんだんです。スペインの服を着ていたわたしを、彼はスペインの女だと思いました。わたしも面白がって、スペイン人のふりをしました。彼はスペイン語が下手でしたけど、すこしは話せました。わたしは彼に、この別荘はあるイギリス女性のもので、その女性は今、不在だと言いました。そして、その女性に習ったといって、わざとかたことの英語を話すふりをしました。本当に楽しかった――楽しくて、楽しくて――今でもあのときの楽しさをはっきりと覚えています。彼はわたしを口説いてきました。わたしたちはこの別荘で暮らしはじめた新婚夫婦のふりをすることにしました。わたしはよろい戸を開けてみようと言いました――さっきあなたが開けたよろい戸です。よろい戸は開いていて、部屋のなかは埃だらけで、手入れがしてありませんでした。わたしたちはなかに忍びこみました。刺激があって、面白かった。わたしたちは我が家にいるふりをしました」

彼女はふいに口をつぐみ、訴えるような目でサタースウェイト氏を見た。

「まるでおとぎ噺のように、楽しいひとときでした。でもそれが楽しかったのは、それが現実ではなかったからなんです」

サタースウェイト氏はうなずいた。彼には彼女の姿が手にとるようにわかった——おそらく彼女自身よりもはっきりと——怯えた、ひとりぼっちの子供が、現実のことでないだけに、まったく安全な〝ごっこ〟遊びに夢中になっている姿が。

「彼はごく平凡な青年だったと思います。冒険を求めて出てきたんですが、わたしにとても優しくしてくれました。わたしたちは〝ごっこ〟遊びをつづけました」

彼女は話をやめ、サタースウェイト氏を見つめ、それからまた言った。

「おわかりでしょう？　わたしたちはおままごとをつづけたんです……」

すこし間をおいて、彼女はふたたび話をつづけた。

「翌朝、彼はまた別荘にやって来ました。寝室のよろい戸の隙間から、彼の姿が見えました。わたしがなかにいるとは、彼は夢にも思わなかったでしょう。彼はわたしをスペインの田舎娘だと思いこんでいました。彼はあたりを見まわしていました。彼がまた会いたがったので、わたしは承知しましたけれど、もう二度と会うつもりはありませんでした。

彼はそこに立って、思い悩んでいるようでした。わたしのことで悩んでいたのだと思います。わたしのことで悩んでくれるなんて、優しいひとでした。本当に彼はいいひとでした……」

彼女はまたしばらく黙った。

「翌日、彼は去っていきました。それ以来、一度も彼には会っていません。九ヵ月たって、赤ん坊が生まれました。そのあいだずっと、わたしはものすごく幸福でした。だれにもいじめられず、惨めな思いもさせられずに、こんなに平和に赤ん坊を産めるなんて。あのイギリス人青年の洗礼名を聞いておけばよかったと思いました。そうすれば、赤ん坊に彼の名前をつけられたでしょうに。そうしないのは不親切で、不公平にすら思えました。彼がわたしがいちばん欲しかったものをくれたんです。それなのに、彼がそのことを知りもしないなんて！　でももちろん、わたしは自分に言い聞かせました――彼はそんなふうには受け取らないだろう――知れば、たぶん悩み、苦しむだけだろうと。彼にとって、わたしは一時の遊び相手にすぎなかった、それだけのことなんです」

「それで、その赤ん坊は？」と、サタースウェイト氏はたずねた。

「素晴らしい子でした。ジョンという名前をつけました。本当に素晴らしい子でした。あなたに会わせてあげたいわ。今年、二十歳になって、鉱山技師になる予定なんです。なにものにも換えがたい、わたしの大事な息子です。あの子には、お父さんはあなたが生まれるまえに亡くなった、と言ってあります」

サタースウェイト氏は彼女を見つめた。興味深い話だ。それに、どうやら話はまだ終わっていないらしい。まだほかになにかある――そう彼は確信した。

「二十年というのは長い月日ですが」と、彼は思案しながら言った。「再婚しようとは思わなかったんですか？」

彼女は首を振った。彼女の日焼けした頬に、ほてったような赤みがひろがっていった。

「そのお子さんだけで充分だったんですね――これまでずっと？」

彼に向けた彼女の視線は、これまでになく優しかった。

「まったく奇妙なことが起こるものです！」と、彼女はつぶやいた。「本当に奇妙なことが……きっと信じてはくれないでしょうね――いいえ、あなたならきっと信じてくれるでしょう。出会ったとき、わたしはジョンの父親を愛していませんでした。愛がどんなものかすら、知らなかったと思います。子供はわたしに似るものと思っていました。ところが、そうではなかったんです。あの子はたまたまわたしから生まれてきたにすぎないのです。あの子は父親にそっくりで、ほかのだれにも似ていませんでした。わたしはあの子を通して、父親のあのひとのことがわかってきました。あの子を通して、彼を愛するようになりました。今では、彼を愛しています。これからもずっと愛しつづけるでしょう。それは想像であって、勝手な理想像をでっちあげたにすぎない、と言われるかもしれませんが、そうじゃありません。わたしはありのままのあのひとを愛していま す。明日、あのひとに会っても、わたしにはあのひとだとわかるでしょう——たとえ、あれから二十年以上たっていても。彼を愛することで、わたしは一人前の女になりました。わたしは女が男を愛するように、彼を愛しています。この二十年間、彼を愛して生きてきました。きっと彼を愛しながら死ぬでしょう」

彼女は急に話をやめ——聞き手に挑むように言った。

「頭がおかしいと思います——こんな奇妙な話をするなんて?」

「そんな、なにを言うんです」サタースウェイト氏はふたたび彼女の手をとった。

「わかってくださいます?」

「ええ。でも、まだなにかありますね? まだわたしに話していないことがあるのでは?」

彼女の顔が曇った。

「ええ、あります。さすがですわ。やはりあなたの目をごまかすことはできませんね。でも、話したくありません——あなたは知らないでいたほうがいいと思いますから」

彼が見つめると、彼女は雄々しく挑むように見返した。

彼は胸の内で思った――〝今、わたしは試されている。手がかりはすべてそろっている。正しく推理すれば、かならずわかるはずだ〟

しばらく間をおいてから、おもむろに彼は口をひらいた。

「なにかまずいことが起きたんですね――急に――最近になって」彼はまさぐった――秘密を明かすまいとしている彼女の心の奥底を、彼は手探りした。

「息子さん――息子さんにかかわることですね。それ以外のことなら、あなたがそれほど悩むはずがない」

彼女がかすかにあえいだのを見て、彼は自分の推理が正しかったのがわかった。彼女を苦しめたくはないが、やらねばならない。これは意思と意思との闘いだ。彼女は我が強く、無慈悲なところさえあるが、彼のほうも、うわべは柔和でも、けっして彼女に負けてはいなかった。それに彼には自分が本職をしているという、天与の確信があった。犯罪などという卑俗なものを追いかけることを生業《なりわい》とする者たちに、ふと憐憫の情が湧いた。この、人間の心を探るという仕事こそ――手がかりを集め、真実を掘り起こし、核心に近づくにつれて心が躍るこの仕事こそが……。真実を隠そうとする彼女の感情そのものが、彼には役に立った。彼が核心に迫るにつれて、彼女は反抗的に身をかたくした。

「知らないほうが、わたしの身のためだというのですか？　だが、あなたはそれほど思いやり深いひとではない。赤の他人にすこしばかり迷惑をかけるのを、ためらうようなひとではないでしょう。すると、それ以上のことなんですね？　もしも打ち明ければ、わたしがその事前共犯者になってしまうんですね。犯罪めいてきますね。まさか！　あなたが犯罪を犯すはずがない。もしも犯すとしたら、ただ一つ、あなた自身に対する犯罪だけだ」

観念したように、彼女は静かにまぶたを閉じた。彼は身を乗り出し、彼女の手首をつかんだ。

「では、そうなんですね？　あなたは自殺を考えている」

彼女は低い叫び声をあげた。

「どうしてわかったんです？　どうして？」

「でも、なぜです？　あなたは生活に疲れていない。あなたほど活力に満ちている女性は見たことがありませんよ」

彼女は立ち上がり、窓際に行きながら、黒髪を後ろに押しやった。

「そこまでわかってしまったからには、真実をお話ししましょう。今晩、あなたを招くべきではありませんでしたね。あなたがこれほど洞察力の鋭い方だとは、思いもよりませんでした。あなたはなんでも見通してしまうんですね。原因は、あなたの推察どおり、息子です。あの子はなにも知りません。でもこのまえ、あの子が帰ってきて、気の毒な友人の話をしたとき、わたしはあることに気づいたんです。もしも自分が私生児であることを知ったら、あの子は苦悩するでしょう。自尊心の強い子なんです、とっても！　それに恋人もいます。ああ、これ以上くわしい話はしません。でもあの子はもうじき帰ってきます——そうしたらきっと、父親のことをくわしく知りたがるでしょう。恋人の両親も、当然、知りたがるはずです。本当のことを知ったら、あの子は恋人と別れて放浪し、人生をだいなしにするでしょう。そんなふうに考えるなんて、なんて愚かで頑迷な若者だろう——そうあなたは言うでしょう。ええ、そのとおりです。でも、ひとの性格はそう簡単に変えられるものではありません。あの子はきっと悩み苦しむことでしょう……でも、もしもあの子が戻ってくるまえに、事故が起こったとしたら、わたしの死を悲しむあまり、あの子はほかのことを考えられなくなるでしょう。あとでわたしの書類を調べても、なにも発見できず、わたしから真実を聞かなかったことを悔しがるでしょう。それでも、あの子が出生の秘密を知ることはありません。それが最善の方法なのです。幸福にも代価がいるんです。わたしはとても幸福でした。それに、これくらいの代価なら安いものです。わずかばかりの勇気——飛びこんで——ほんのつかの間苦しむだけ」

「しかし、それはあまりに――」

「お説教はたくさんです」彼女は彼に食ってかかった。「ありきたりなお説教なんか聞きたくもありません。わたしの命はわたしのものです。今までは、この命が必要でした――ジョンのために。でももう、あの子には必要ありません。これからあの子に必要なのは、自分の妻です。わたしがいなくなれば、あの子はいっそう自分の妻を大切にするでしょう。わたしの命は役に立ちませんが、わたしの死は役に立ちます。わたしには自分の命を好きにする権利があります」

「本当に？」

彼の語気の厳しさに、彼女は驚いた。彼女はすこし口ごもった。

「もうだれの役にも立たないのなら――そのことをいちばんよくわかっているのは、このわたしなのですから――」

彼はふたたび彼女を制した。

「そうとはかぎりませんよ」

「どういうことです？」

「いいですか。一例をお話ししましょう。一人の男が、ある場所にやって来ます――自殺するために、とでも言いましょうか？　でも、たまたまそこにべつの男がいたために、目的を果たせずに立ち去り——生きつづけるのです。第二の男は、第一の男の命を救いました。といっても、それは彼にとってその男が必要だったからとか、彼の人生に重要な役割を果たしたからというわけではなく、ただある瞬間に、ある場所にいたという、たんなる物理的な事実によってなのです。あなたが今日、自殺するとします。すると、おそらく五年、六年、あるいは七年後に、あなたが一定の地点あるいは場所にいないという、ただそれだけのために、だれかが死ぬか、災難にあうかもしれないのです。通りを駆けてきた放れ馬が、あなたの姿を見てわきにそれる。それによって、道ばたで遊んでいた子供が馬に踏みつけられずにすむ、ということになるかもしれません。その子供は命拾いをして大きくなり、大音楽家になるか、または癌の治療法を発見するかもしれません。あるいはそんなにドラマチックではなく、その子供はただ大きくなり、平凡で幸福な日々をおくるかもしれません……」

彼女はじっと彼を見つめた。

「あなたは不思議な方ですね。そんなふうに——今まで考えたこともありませんでした……」

「あなたは、自分の命は自分のものだ、と言いましたね」と、サタースウェイト氏はつづけた。「しかし、神という演出家の下で、壮大な劇に参加しつつあるという巡り合わせを、あえて無視することができますか？　あなたの出番は、劇の最後までないかもしれません。ほんの端役か、エキストラの一人かもしれません。しかし、あなたがつぎの役者の出番を作らなかったら、劇の進行がとまってしまうかもしれないのです。全体の構成が崩れるかもしれないのです。一個人としてのあなたなら、だれも気にかけないかもしれませんが、特定の場所にいる一人の人間としてのあなたは、想像もできないほど重要なのかもしれないのです」

彼を見つめたまま、彼女は腰をおろした。

「わたしはどうすればいいんですか？」彼女はあっさりと言った。

それが、サタースウェイト氏の勝利の瞬間だった。彼は命令をくだした。

「せめて一つだけ約束してください――二十四時間は無分別なことをしないと」

彼女はしばらく黙っていたが、やがて言った。「約束します」

「もう一つ――これはお願いです」

「なんでしょう？」

「わたしが入ってきたあの部屋の、よろい戸の掛け金をはずしたままで、今夜、そこで寝ずの番をしてください」

彼女はいぶかしげに彼を見たが、うなずいて同意した。

「それでは」サタースウェイト氏はやや拍子抜けした気分で言った。「これでもう失礼します。どうかお幸せに」

彼はすこしばつの悪い思いをしながら、部屋を出た。がっしりしたスペイン娘が、廊下で彼を迎え、不思議そうに彼を見つめながら、わきの戸口を開けてくれた。

彼がホテルにたどりついたのは、ちょうど暗くなりかけた頃だった。テラスに一人淋しそうにすわっている人影が見えた。サタースウェイト氏はまっすぐにその人物に近づいた。彼は興奮し、鼓動が高鳴っていた。彼は自分がとほうもない責任を負っているのを感じた。一つ間違えば——

だが、彼は内面の動揺を必死に隠し、つとめてさりげなくアントニー・コズデンに話しかけた。

「暑い晩ですね」と、彼は声をかけた。「あの崖の上にすわって、すっかり時間を忘れていましたよ」

「ずっとあそこにいたんですか？」

サタースウェイト氏はうなずいた。ホテルの入り口のスウィング・ドアが開き、だれかが通り抜けた。そのとき、室内の光がさっと相手の顔を撫で、その鬱々とした苦悩に愚鈍に耐える表情を照らし出した。

サタースウェイト氏は心のなかで思った――〝わたしには思いもよらないほど、ひどく苦しんでいる。想像、推測、思案――そういったもので、普通は救われるものだ。いわば、いろいろな手をつかって、苦痛をやわらげるものなのに。この男の、動物のように愚鈍な苦悩は――これは恐ろしい……〟

唐突に、コズデンが荒々しい声で言った。

「食後の散歩に行ってきます。こんどこそ――いいですね？　三度目の正直です。お願いですから、邪魔をしないでください。あなたのおせっかいが善意からだとはわかっています――しかし、もうかまわないでください。無駄なことです」

サタースウェイト氏は居ずまいを正した。

「一度も邪魔はしてませんよ」と、彼は言ったが、それは彼の存在目的そのものを否定する言葉だった。

「あなたがなにを考えているかは、わかっていますよ」と、コズデンはつづけたが、その言葉はさえぎられた。

「失礼ですが、その点でわたしは意見が違います」と、サタースウェイト氏は言った。

「他人の考えていることは、だれにもわかりはしません。わかっているつもりでも、たいがい間違っています」

「まあ、そうかもしれませんね」コズデンは面食らいつつ、疑わしげに言った。

「思考は本人だけのものです」と、サタースウェイト氏は言った。「思考しようとする脳の働きを、だれにも止めることはできません。まあ、もっと肩の凝らない話をしましょう。たとえば、あの古い別荘ですが、あれには不思議な魅力がありますね。俗世間から隔絶され、浮世離れしていて、どんな神秘を隠しているのか、だれにもわかりません。あれに誘惑されて、わたしははしたない行ないをしました。あそこのよろい戸を押し開けてみたんです」

「押し開けた？」コズデンはさっとふりかえった。「でも、もちろん閉まっていたのでしょう？」

「いや」と、サタースウェイト氏は言った。「開いてましたよ」彼はおだやかにつけ加えた。「はしから三番目のよろい戸です」

「なんですって」コズデンは大声を出した。「それは、あのときの――」

彼は急に黙りこんだが、その目がぱっと輝いたのを、サタースウェイト氏は見逃さなかった。彼は立ち上がった――満足して。

彼には、まだ多少の不安があった。彼の好きな芝居にたとえて言うならば、彼は自分がしゃべった台詞に間違いがなければいいがと思っていた。なぜなら、それはとても重要な台詞だったからだ。

しかし、彼はおおむね自分の演技力に満足した。断崖に上がる途中、コズデンはあのよろい戸を押してみるだろう。その誘惑に勝てる人間はまずいない。二十数年前の思い出に誘われて、彼はここに来たのだ。その同じ思い出が、彼をあのよろい戸に誘うだろう。そのあとは？

「それは明日になればわかるだろう」そうつぶやくと、サタースウェイト氏は几帳面に夕食のための着替えをしにいった。

翌朝十時ごろ、サタースウェイト氏はふたたびラ・パズの庭園に足を踏み入れた。マニュエルが微笑みながら「おはようございます」と挨拶し、彼に一輪のバラのつぼみをさしだしたので、それを彼は丁寧に上着のボタンホールにさした。それから、彼は家のほうに行った。そこにしばらく立ち、穏やかな白い壁、壁を這うオレンジ色の蔦、色あせた緑色のよろい戸を見上げた。ひっそりと静まりかえっている。すべては夢だったのだろうか？

だが、その瞬間、窓の一つが開き、サタースウェイト氏が案じていた女性が出てきた。彼女は歓喜の大波に乗っているかのように、浮き浮きとした足どりで、まっすぐ彼のほうにやって来た。彼女の目は輝き、頬は紅潮していた。その姿は、飾り壁に刻まれた歓喜の像のようだった。彼女には、ためらいも、疑いも、気おくれもなかった。まっすぐにサタースウェイト氏のところにやって来ると、彼の肩に両手をおいてキスした——それも何度も。なめらかな感触の、大輪の深紅のバラの花——あとになって、彼はそのときの印象を思い返した。陽光、夏、小鳥のさえずり——こうしたイメージのなかに自分が包みこまれるのを、彼は感じた。温もり、喜び、あふれる生気。

「ああ、なんて幸せなんでしょう」と、彼女は言った。「ねえ、あなた！　どうしてご存知でしたの？　どうしてわかったんです？　あなたはまるでおとぎ噺のなかの、親切な魔法使いのような方ね」

彼女は幸福のあまり息切れし、言葉をつまらせた。

「わたしたちは今日にも領事館に行って、結婚するつもりです。これでジョンが帰ってきたら、父親に会えますわ。昔、ちょっとした誤解があったのだと、二人であの子に話してやります。あの子は問いただしたりしないでしょう。ああ、とても幸せです——言葉にならないほど——幸せだわ」

実際、幸福が波のように彼女から押し寄せてきて、暖かい洪水となってサタースウェイト氏を飲みこんだ。

「自分に息子がいると知って、アントニーは大喜びでした。あのひとが本気になるなんて、夢にも思いませんでした」彼女はサタースウェイト氏の目をひたと覗きこんだ。

「こんなふうにすべてがまるくおさまるなんて、なんだか不思議ですわね？」

彼の目には、幻想のなかの彼女の姿がくっきりと見えた。一人の少女――まだほんの子供のような少女――ままごと遊びの恋をしている少女が、おとぎ噺のなかで、〝そして二人は、いつまでも幸せに暮らしました〟という、美しい結末を迎えたのだ。

彼はおだやかに言った。

「もし、あなたと恋人が、彼の最後の数ヵ月をともに幸福にすごすことができれば、これ以上に素晴らしいことはないでしょうね」

すると、彼女は驚いて目を見開いた。

「まあ！　わたしが彼を死なせるはずがないでしょう。こうしてようやく彼がわたしのところに戻ってきたというのに。医者に見放されても、元気に生きているひとはいくらでもいます。死ぬですって？　まさか、彼が死ぬはずがないでしょう！」

サタースウェイト氏は彼女を見た――彼女の力強さ、美しさ、そのあふれる活力――彼女の不屈の勇気と意思。たしかに、医者が誤診する例はいくらもある……病状には、個人的な要素が大きく作用する。

相手をたしなめるような、面白がるような口調で、彼女がくりかえした。

「わたしが彼を死なせるはずがないでしょう？」

「ええ」サタースウェイト氏はおだやかにうなずいた。「そうですね。あなたならきっと……」

それから、彼は糸杉の道を歩いて、海を見渡すベンチに行き、そこで予期していた人物に会った。クィン氏が立ち上がり、彼を迎えた——あいかわらず、黒髪で、陰気で、微笑んでいながら、悲しげだった。

「わたしがいるとわかっていたんですね？」と、彼はたずねた。

サタースウェイト氏は答えた——「ええ、わかっていました」

二人はならんでベンチにすわった。

「その様子では、あなたはまた縁結びの神の役を演じられたようですね」と、クィン氏が言った。

サタースウェイト氏はとがめるような目で彼を見た。

「まるでなにも知らなかったような口ぶりじゃないですか」

「あなたはいつも、わたしがなにもかも知っているといって、わたしを責めるんですね」と言って、クィン氏は微笑んだ。

「もしもあなたがなにも知らないのなら、どうして一昨日の夜、ここにいて――待っていたんです？」と、サタースウェイト氏は反論した。

「ああ、あのことですか――」

「そうですよ」

「あれは――たのまれてしたことです」

「だれに？」

「あなたはときどき、わたしのことを死者の代弁者だと言いましたね」

「死者の？」サタースウェイト氏はすこしとまどった。「なんのことかわかりませんが」

クィン氏は、細く長い指で、崖下の青い海を指し示した。

「二十二年前、あそこで一人の男が溺死しました」

「それは知っています――でも、それがどういう――」

「結局、その男は若い妻を愛していたのでしょう。愛ゆえに、ひとは天使にもなれば、悪魔にもなるのです。彼女は少女らしく無邪気に、彼を恋し慕ったのですが、彼のほうは彼女の子供っぽさが物足りず――それに腹を立てたんです。愛していたからこそ、彼女を苦しめたんです。よくあることです。あなたもよくご存知でしょう」

「ええ」サタースウェイト氏はうなずいた。「見たことはありますが――でも、めったにないことです……」

「それと、これはもっとありふれたことですが、良心の呵責《かしやく》、なんとしても償いたいという欲求があることも、ご存知ですよね」

「ええ、でも死が早すぎました……」

「たかが死など!」クィン氏は吐き捨てるように言った。「あなたは死後の世界を信じているのでしょう? あの世でも、生きていたときと同じ願望や欲求をいだかないと、だれが言いきれますか? もしもその欲求が強ければ――使者が見つかるでしょう」

彼の声がしだいに小さくなった。

サタースウェイト氏はかすかに震えながら、立ち上がった。「もうホテルに戻らないと。いっしょに行きましょう」

だが、クィン氏は首を振った。

「いや、わたしは来た道をひきかえします」

サタースウェイト氏が肩越しにふりかえると、友人は断崖のはしにむかって歩いていた。

闇の声

The Voice in the Dark

1

「マージョリーのことが、少しばかり心配なのよ」と、レディー・ストランリーが言った。「ほら、うちの娘よ」と、彼女はつけ加えた。

彼女は考えこむように溜息をついた。「娘が大人になると、自分がひどく年をとったような気になるものね」

こうした打ち明け話を聞いていたサタースウェイト氏は、紳士的にすかさず機嫌をとった。

「そうは思えませんが」と、彼はきっぱり言って、軽くお辞儀をした。

「お上手ね」と、レディ・ストランリーは言ったが、ぼんやりとした口調で、明らかに心は上の空だった。

サタースウェイト氏は、白い装いのほっそりとした彼女の姿を、いくぶん感嘆しつつ眺めていた。カンヌの日ざしは鋭かったが、レディ・ストランリーは、見事にその試練をくぐりぬけていた。少し離れて見ると、その若々しさはじつに驚くべきものだった。ほんとうに大人なのかどうか迷いそうになるほどだった。なにもかも知りつくしているサタースウェイト氏は、レディ・ストランリーに大人の孫がいても、ちっともおかしくないことを承知していた。彼女は人為が自然に圧倒的な勝利をおさめた見本のようなものだった。スタイルも見事なものなら、肌のつやもすばらしかった。彼女は数々の美容院に金を注ぎこんでいたが、その成果には目を見張るものがあった。

レディー・ストランリーは煙草に火をつけ、最高級の肌色のシルクストッキングに包んだ美しい脚を組み、つぶやいた。「そう、マージョリーのことがほんとにちょっと心配なの」

「おや」と、サタースウェイト氏は言った。「どうかされたんですか？」

レディ・ストランリーは、美しい青い目で彼を見た。

「娘には会ったことがないわよね？　チャールズの娘なのよ」と、彼女は助け舟をだすようにつけ加えた。

名士録の記載事項が厳密に事実に即したものだとすれば、レディ・ストランリーについての記載は、次のように終わっていたかもしれない。趣味：結婚すること。彼女はこれまで次々と夫を取りかえながら、気ままに人生を過ごしてきた。夫のうち三人は離婚、ひとりは死別で失った。

「あの子がルドルフの娘だったら、まだ話もわかるんですけど」と、レディ・ストランリーは考えこんだ。「ルドルフのことを覚えている？　あのひとはとにかく気分屋だった。結婚して半年後にはあの例のおかしなものを申請するはめになったのよ――なんていったかしら？　夫婦の同居義務がどうのって、ほら知ってるでしょう？　ありがたいことに、近頃ではすっかり簡単になったけど。あのひとに世にもばかげた手紙を書かなくちゃならなかったことを思い出すわ――ほとんど弁護士が口述してくれたんだけど。戻ってきてほしいだとか、あとはほら、できるかぎりの努力はするつもりだとかなんとか。でもルドルフときたら、まったく予想のつかないひとで、ほんとにころころ気分が変わるのよ。すぐに飛んで帰ってきたわ。そんなことをするのはとんだ間違いで、弁護士の意図はまるっきり別だったというのに」

彼女は溜息をついた。

「で、お嬢さんがどうされたのですか？」と、サタースウェイト氏は言いだし、目下話しあっている問題へと巧みに彼女を連れ戻した。

「そうだったわね。あなたにいま話すところだったのよね？　マージョリーがそこにはないものを見たり聞いたりしているの。幽霊とか、とにかくそういったたぐいのものを。あの子があんなに想像力豊かだとは思いもしなかったわ。とてもいい娘なのよ、昔からそう。ただ、ほんのちょっと——退屈でね」

「そんなことはないでしょう」と、サターウェイト氏は、礼儀を欠くまいと複雑な気持ちで、もごもごと言った。

「それどころか、ものすごく退屈なの」と、レディ・ストランリーは言った。「ダンスとか、カクテルパーティーとか、そういった若い娘が関心を持ちそうなものには、まったく興味がないんだから。わたしといっしょにこっちへ出てくるよりは、残って狩りをするほうがいいって言うの」

「おやおや」と、サターウェイト氏は言った。「あなたといっしょに出かけようとなさらないってことですか？」

「まあ、わたしもどうしてもと言ったわけではないんだけど。娘というものは、いっしょにいるとどうも気が滅入るし」

サターウェイト氏は、レディ・ストランリーが、根が真面目な娘を連れているところを想像しようとしたが、できなかった。

「マージョリーの頭がおかしくなっているんじゃないかって思わずにはいられないのよ」と、レディ・ストランリーは陽気な口調で言った。「幻聴が聞こえるのは悪い徴候だって言うものね。アボッツ・ミードに幽霊が出るわけがないし。古い建物が一八三六年に全焼してから、初期ヴィクトリア王朝風らしき館を建てたんだけど、あそこに幽霊が出るなんてことは、絶対にありえないわ。あまりに下品で陳腐な代物だもの」

サタースウェイト氏は咳払いをした。なぜ自分がこんな話を聞かされているのか、不思議に思っていた。

「思ったんだけど」と、レディ・ストランリーは、彼に晴れ晴れとした笑顔を向けた。「ひょっとすると、あなたなら力になってくれるかもしれないわ」

「わたしが？」

「そのとおり。明日イギリスへ戻るんでしょう？」

「ええ、たしかに戻りますが」と、サタースウェイト氏は警戒しながら答えた。

「それにあなたは、例の心霊研究家のひとたちとも知り合いだし。それもそうよね、あなたはだれとでも知り合いだもの」

サタースウェイト氏は、弱々しい笑みを浮かべた。だれとでも知り合いなのは、彼の弱点の一つだった。

「だったら、これ以上簡単なことはないじゃない」と、レディー・ストランリーはつづけた。「わたしはあの手のひとたちとは、そりが合わないのよ。わかるでしょう——あごひげを生やして、たいていは眼鏡をかけている真面目なひとたち。ひどく退屈だし、いっしょにいるとうんざりしてしまうの」

サタースウェイト氏は、いささかあっけにとられていた。レディ・ストランリーは、相変わらず晴れ晴れとした表情で彼に微笑みかけている。

「じゃあ、それできまりね？」と、彼女は明るく言った。「アボッツ・ミードへマージョリーを訪ねていって、すべての手はずを整えてくださいな。心から感謝するわ。もちろん、マージョリーが本当におかしくなっている場合は、わたしも帰るつもりよ。あら！　ビンボーだわ」

晴れ晴れとした笑顔が、まぶしいものへと変わった。

白いフランネルのテニスウェアを着た青年が、彼らに近づいていた。年齢は二十五歳くらいで、とびきりハンサムだった。

青年は無邪気に言った。「あちこち探してたんだよ、バブス」

「テニスはどうだった？」

「てんでお粗末だったよ」

レディ・ストランリーが立ち上がった。肩ごしにふりむくと、サタースウェイト氏に甘い声で囁いた。「力になってくれるなんて、ほんとにありがたいわ。あなたの厚意はけっして忘れないわ」

サタースウェイト氏は、去っていく二人の後ろ姿を見送った。

「さて、どうだろう」彼はひそかに考えこんだ。「ビンボー君が第五号になるのかな」

2

特別列車の車掌は、サタースウェイト氏に数年前この線で起こった事故の場所を指し示していた。彼の熱のこもった話が終わって、サタースウェイト氏が顔を上げると、車掌の肩ごしに見なれた顔が彼に微笑みかけていた。

「これは、クィンさん」と、サタースウェイト氏は言った。彼の皺の寄った小さな顔にたちまち笑みがこぼれた。「いや、偶然ですな！　二人とも同じ列車でイギリスへ帰るなんて。行き先はイギリスですよね？」

「そうです」と、クィン氏は言った。「ちょっとした大事な仕事がありましてね。夕食は最初の食事時間でとられますか？」

「いつもそうしてます。もちろん、とんでもない時間ではありますがね——六時半なんて。でも、料理はいちばん間違いがないですからね」

クィン氏は、いかにもといわんばかりにうなずいた。「わたしもです」彼は言った。

「たぶん、いっしょの席がとれるでしょう」

六時半に、クィン氏とサタースウェイト氏は、食堂車の小さなテーブルに向かいあってすわっていた。サタースウェイト氏は、ワインリストをじっくり検討すると、クィン氏のほうを向いた。

「いつ以来お会いしてませんでしたかな——ああ、そう、コルシカ以来だ。あなたはあの日、いやに突然お発《た》ちになった」

クィン氏は肩をすくめた。「ふだんもあんなものですよ。来ては去っていく。とにかく、わたしはそういう人間なんです」

彼のことばは、サタースウェイト氏の頭の中で、ある記憶の名残りを呼びさました。ぞくっとする感覚が彼の背筋を駆けぬけた——不愉快な感覚ではなく、むしろその正反対だった。彼は心地よい期待感を味わっていたのだ。

クィン氏は赤ワインのボトルを持ちあげ、ラベルを吟味していた。ボトルは彼と照明の光の間にあり、ほんのつかのま、赤い輝きが彼の全身を包んだ。

サタースウェイト氏は、また例の突然わきおこってくる興奮をおぼえた。

「わたしもイギリスで任務のようなものがあるんですよ」と、彼は言いながら、そのことを思い出しながら満面に笑みを浮かべた。「レディ・ストランリーはご存知でしょう？」

クィン氏は首を振った。

「古い家柄なんですよ」と、サタースウェイト氏は言った。「とても古い家柄です。女子でも爵位を継承できる珍しい一族でしてね。彼女は生まれながらの女男爵なんです。実際、小説さながらのちょっとした過去があるんですよ」

クィン氏は、くつろいだ姿勢にすわりなおした。給仕が揺れる車両の中をさっと通りぬけ、まるで奇跡のように、ふたりの前にスープのカップをひとつずつ置いていった。クィン氏は、注意深くそれをひとくち飲んだ。

「いつもの目に浮かぶようなすばらしい描写を聞かせてくださるのかな？」と、彼は静かに言った。「そうでしょう？」

サタースウェイト氏は、にっこりと微笑みかけた。

「ほんとに驚くべき女性なんです」彼は言った。「六十歳ですよ——そう、少なくとも六十歳にはなっているはずです。小さい娘の頃からの知りあいでしてね、彼女もその姉も。ビアトリス、それが姉のほうの名前でした。ビアトリスとバーバラ。男爵《バロン》姉妹として覚えています。二人とも美人で、当時はひどく金に困っていました。でも、それは大昔のことです——やれやれ、わたし自身も当時は若造でした」サタースウェイト氏は溜息をついた。「その頃、姉妹の前に爵位を継承した者が何人かおりました。老ストランリー卿は、またいとこだったと思います。レディ・ストランリーのこれまでの人生は、それこそ小説にでもなりそうなものでした。三人の急死——先代の兄弟ふたりと、甥がひとり。つづいて、例の〝ユレーリア号〟事件がありました。ユレーリア号の難破を覚えてらっしゃいますか？　ニュージーランドの沖合いで沈没しました。バロン姉妹もそれに乗っていたんです。ビアトリスは溺死。このバーバラのほうは、数少ない生存者の一人でした。その半年後、老ストランリー卿が亡くなると、彼女が爵位を継承し、相当な財産を相続しました。それ以来、彼女の生き甲斐はたったひとつ——自分自身です！　彼女はいつまでもあのままで、美しく、無節操で、非情きわまりなく、自分のことにしか興味がありません。これまで四人の男と結婚していますが、五人目の夫ももうすぐ獲得しそうな勢いです」

彼はさらに続けて、レディ・ストランリーに託された任務を説明した。

「そのお嬢さんに会いに、ちょっとアボッツ・ミードへ行ってこようと思いましてね」と、彼は説明した。「わたしは――わたしは、そのことをなんとかしてやらなければならんと感じているんです。レディ・ストランリーを、普通の母親と同じように考えるのは無理ですからね」彼は言葉を切り、テーブルの向こう側にいるクィン氏に目を向けた。「あなたがいっしょに来てくださるといいのですが」と、彼は頼りなさそうに言った。

「そういうわけにはいかないでしょうか？」

「あいにく、それはできません」と、クィン氏は言った。「ですが、ちょっと待ってくださいよ――アボッツ・ミードはウィルトシャーにあるんですよね？」

サタースウェイト氏はうなずいた。

「やはりそうですか。偶然にも、わたしはアボッツ・ミードからそう遠くないところに滞在することになっているんです。あなたもわたしもよく知っているところに」彼は微笑んだ。「あの小さな宿屋、〈鈴と道化服〉亭は覚えてらっしゃいますか？」

「もちろんですとも」と、サタースウェイト氏は叫んだ。「そこにいらっしゃるんですね？」

クィン氏はうなずいた。「一週間から十日、ひょっとすると、もう少し長くなるかもしれません。いつか立ち寄ってくだされば、喜んでお目にかかります」

そう請け合ってもらい、サタースウェイト氏はどういうわけか不思議と安心感をおぼえた。

3

「いやいや、ミス——ええと——マージョリー」と、サタースウェイト氏は言った。「断言しますが、わたしはあなたを笑い者にしようなどとは夢にも思っていません」

マージョリー・ゲールはかすかに顔をしかめた。二人はアボッツ・ミードの居心地のよい大広間ですわっていた。マージョリーは、大柄で体格のいい娘だった。母親には一切似たところがなく、父方の荒っぽく馬を乗りまわす田舎地主の血を完全に受けついでいた。若々しく、すこやかで、健全そのものといった感じだ。それでもやはり、サタースウェイト氏は、バロン姉妹の家系の者がみな精神的に不安定な傾向にあることを頭の中で思い返していた。マージョリーは、外見こそ父親譲りだが、同時に母方の家系から、どこか精神的にゆがんだ部分を受け継いでいるかもしれない。

「あのキャッソンという女性を追い払えるといいんですけど」と、マージョリーは言った。「わたしは交霊術なんて信じていませんし、好きにもなれません。あのひとは、よくいるようなくだらない女性で、とことん熱中して突っ走るタイプなんです。ここに霊媒を呼べって、いつもしつこいのよ」

サタースウェイト氏は咳払いをし、椅子の上でもじもじしてから、公平な態度で言った。

「すべての事実をしっかり確認させてください。最初に例の——その——現象が起こりはじめたのは二カ月前でしたよね？」

「だいたいそのくらいです」と、マージョリーは言った。「囁き声のときもあれば、かなりはっきりとした声のときもありますが、言っていることは毎回ほとんど変わりません」

「どんなことですか？」

「ひとのものを返せ。盗んだものを返せ。聞こえるたびに明かりをつけるのですが、部屋はまったくの空っぽで、だれもいませんでした。しまいには、すっかり不安になって、母のメイドのクレイトンを呼び、わたしの部屋のソファで寝てもらいました」

「それでも相変わらず声は聞こえてきたのですね？」

「そうなんです。でも——怖いのはそこなんですけど——クレイトンには聞こえなかったんです」

サタースウェイト氏は、しばらく考えこんだ。「その晩は大きな声でしたか、それとも静かな声でしたか?」

「ほとんど囁き声でした」マージョリーが言った。「クレイトンがぐっすり眠っていたとしたら、ほとんど聞こえなかったと思います。医者に診てもらったほうがいいと、彼女に言われました」彼女はそっけなく笑い声をあげた。

「でも昨晩からは、クレイトンでさえ信じるようになりました」と、彼女はつづけた。

「なにがあったんです?」

「今からお話しします。まだだれにも話していないんです。わたしはきのう狩りに出かけていて、長時間馬に乗っていました。くたくたに疲れて、昏々《こんこん》と眠っていました。夢の中で——恐ろしい夢でした——わたしは鉄柵に倒れこんで、そのうち一本の忍び返しがゆっくりと喉に突きささっていくんです。目が覚めて、それが夢ではないことがわかりました——なにかとがったものが首のわきに押しつけられていて、同時にある声がそっと囁いていました。〝お前はわたしのものを奪った。殺してやる〟と」

「わたしは悲鳴をあげました」と、マージョリーはつづけた。「そして空《くう》をつかみましたが、そこにはなにもいませんでした。隣りの部屋で寝ていたクレイトンが、わたしの悲鳴を聞きつけました。急いで部屋に入ってきたとたん、なにかが闇の中で自分のそばをかすめて通るのを、はっきりと感じたそうです。それがなんであれ、生身の人間ではなかったことはたしかだそうです」

サタースウェイト氏は、彼女をじっと見た。あきらかにショックを受け、動揺している。彼女の喉の左わきに、小さな四角いテープがあててあるのに気づいた。彼女は彼の視線をとらえて、うなずいた。

「そう」と、彼女は言った。「ご覧のとおり、空想なんかではないんです」

サタースウェイト氏は、いかにも申しわけなさそうに質問をした。その質問があまりに芝居がかっているように思えたからだ。

「まさか——その——あなたに恨みを持つようなひとはいませんよね？」彼はたずねた。

「いるわけないでしょう」と、マージョリーは言った。「大げさな！」

サタースウェイト氏は、質問の切り口を変えてみることにした。

「ここ二カ月間、どういったひとたちが訪ねてきましたか？」

「週末に訪ねてくるひとたちのことだけではないわよね？　マーシャ・キーンとは、ずっといっしょにいます。彼女は親友で、わたしに負けず劣らず乗馬に夢中なの。あとは、いとこのローリー・ヴァヴァスアが、しょっちゅうここに来ています」

サタースウェイト氏はうなずいた。メイドのクレイトンに会いたいと言ってみた。

「彼女は古くからここにいるんでしょうね？」

「それはもう大昔から」と、マージョリーは言った。「母やビアトリスおばさんが娘の頃からメイドをやっています。母にはフランス人のメイドがいるにもかかわらず、そのまま彼女をやとっているのはそういうことだと思います。クレイトンは縫い物をしたり、のんびり雑用をこなしています」

彼女は彼を二階へ案内し、まもなくクレイトンが彼らのもとへやって来た。背が高く、やせた老婆で、白髪まじりの髪をきっちりと分けてあり、このうえなく上品だった。

「いいえ、旦那さま」と、彼女はサタースウェイト氏の質問に答えて言った。「この家に幽霊が出るという話は、一度も聞いたことがございません。正直申し上げると、昨晩までは、なにもかもマージョリーさまの空想だと思っておりました。ですが、わたくしは実際に感じたんでございます――なにかが暗闇の中で、わたしのそばをかすめて通るのを。それに、これだけははっきりと申し上げることができますが、それはけっして生身の人間ではございませんでした。そのうえ、マージョリーさまの首にある、例の傷のことだってございます。お気の毒に、まさかご自分を傷つけるわけがございません」

しかし、そのことばがきっかけとなって、サタースウェイト氏は考えこみはじめた。マージョリーがわざと自分を傷つけたということはありうるだろうか？　マージョリーのように健全でしっかりしているように見える若い娘が、思いがけないことをしでかす奇妙な例を、彼もいくつか耳にしていた。

「すぐに癒えますよ」と、クレイトンは言った。「わたくしのこの傷とは違いますから」

彼女は自分の額の傷跡を指さした。「四十年前に受けた傷でございます。まだ跡が残っております」

「例のユレーリア号が沈没したときのものよ」と、マージョリーが言葉をはさんだ。「クレイトンはマストに頭をぶつけたんです。そうだったわよね、クレイトン？」

「さようでございます、お嬢さま」

「きみ自身はどう思う、クレイトン？」と、サタースウェイト氏は訊ねた。「ミス・マージョリーがこのような目にあわれたのは、どういうことだと思うかね？」

「わたくしの口からは、とても申し上げることができません」

サタースウェイト氏は、これを正しく読み取って、よくしつけられたメイドの慎みだと判断した。「本当のところはどう思うんだね、クレイトン？」と、彼はうながした。

「わたくしが考えますには、このお屋敷でなにか罪深いことがなされて、それを完全に払いのけないことには、おさまらないのではないかと」

その口調は重々しく、彼女は光の失せた青い目で、じっと彼を見つめ返した。

サタースウェイト氏は、いささかがっかりして階下へ降りた。クレイトンの意見は、あきらかに月並みなもので、〝幽霊が出る〟のは、過去における悪事の報いだと思っているらしい。サタースウェイト氏自身は、そう簡単にはかたづけられなかった。問題の現象が起こりはじめたのは、ほんの二カ月前のことだ。マーシャ・キーンとローリー・ヴァヴァスアが、ここに来るようになってからしか起こっていない。この二人について、なにか探りださなければならんな。なにもかも悪いいたずらだという可能性もある。だが、彼はその答えには納得できず、首を振った。この事件は、それよりずっと不吉な匂いがする。ついさきほど郵便が届き、マージョリーは自分宛ての手紙を開封して読んでいるところだった。突然、彼女が声をあげた。

「お母さまは、本当にどうかしてるわ」と、彼女は言った。「これをお読みになって」

彼女はサタースウェイト氏にその手紙を渡した。

それはいかにもレディ・ストランリーらしい文面だった。

愛するマージョリー（と彼女は書いていた）

あの親切なサタースウェイト氏がそちらへいらしているので、たいへんほっとしています。あの方はとても賢くて、幽霊専門の偉い先生がたとはみんな知りあいなの。その先生がたに来てもらって、なにもかも徹底的に調べてもらいなさい。きっとおおいに楽しめると思うわ。わたしも行けるといいのだけど、じつはここ数日間ひどく具合を悪くしているの。ホテルというところは、ひとに出す食事にまったく気をつかわないんですもの。お医者さまが言うには、一種の食中毒らしいわ。ほんとにすっかり参っていたのよ。

チョコレートの詰め合わせを送ってくれたのはすてきな心づかいだったけど、ほんのちょっぴり間が抜けてるわよね？　だって、こっちにはほんとにすばらしいお菓子の店があるんですもの。

またね、マージョリー。楽しんでご先祖さまの霊を鎮めてちょうだい。ビンボーに言わせると、わたしのテニスの腕は驚くほど上達したそうよ。ありったけの愛をこめて。

かしこ

バーバラ

「母は昔から、自分のことはバーバラと呼ばせたがっているんです」と、マージョリーが言った。「わたしには、ばかげているとしか思えませんけど」

サタースウェイト氏は、かすかに微笑んだ。娘の融通のきかない、古風なものの考え方は、レディ・ストランリーにとって、ひどく扱いにくいにちがいないと気づいたのだ。彼女の手紙の内容は、マージョリーとはあきらかに別の意味で、彼にとって印象的だった。

「お母さまに、チョコレートの詰め合わせを送ったんですか?」と、彼はたずねた。

マージョリーは首を振った。「いいえ、送ってません。きっとだれかべつのひとだと思うわ」

サタースウェイト氏は、真顔になった。二つの点が重要な意味を持っているように思えたのだ。レディ・ストランリーは、チョコレートの詰め合わせを贈り物として受け取り、ひどい食中毒にかかっている。どうやら彼女自身は、この二つの点を結びつけていないようだ。つながりはあるのだろうか? 彼自身はあるという考えに傾いていた。

背が高く、浅黒い肌をした娘が、ふらりと居間からやってきて、彼らに加わった。サタースウェイト氏は紹介を受け、彼女がマーシャ・キーンだと知った。彼女はうちとけた、陽気な様子で、小柄なサタースウェイト氏に微笑みかけた。

「マージョリーになついているお化けをつかまえにいらしたの?」と、彼女は間延びした口調でたずねた。「みんなであのお化けを種《たね》に、彼女をからかっているんです。あら、ローリーが来たわよ」

　玄関の前に一台の車がとまり、なかから長身で金髪の青年が、元気な少年のように、あわただしく降りてきた。

「やあ、マージョリー」彼は叫んだ。「やあ、マーシャ！　援軍を連れてきたぞ」彼は、広間に入ろうとしている二人の女性をふりかえった。サタースウェイト氏は、ふたりのうち先頭のほうが、ついさきほどマージョリーの話に出てきたキャッソン夫人だとわかった。

「ごめんなさいね、マージョリー」と、キャッソン夫人は満面に笑みを浮かべ、間延びした口調で言った。「ヴァヴァスアさんが、いっこうにかまわないとおっしゃるものですから。じつは、ロイド夫人もいっしょに連れてこようと言い出したのは、あの方なんですよ」

　彼女は自分の連れを、手ぶりで示した。

「こちらがロイド夫人よ」と、彼女は誇らしげな口調で言った。「かつて例のない優秀な霊媒でいらっしゃるのよ」

　ロイド夫人は、謙遜はせず、お辞儀をすると、そのまま両手を前で組んでいた。厚化粧をした、平凡な容姿の若い女だった。着ている服は垢抜けず、やたらと飾りが多い。ムーンストーンのネックレスと、指輪をいくつかつけていた。

こんなふうに押しかけられて、マージョリー・ゲールがあまりいい気はしていないのが、サタースウェイト氏にはわかった。怒りをこめてローリー・ヴァヴァスアをにらみつけたが、彼のほうは彼女の機嫌を損ねたことに、まったく気づいていないようだった。

「昼食の準備ができてるんじゃないかしら」と、マージョリーが言った。

「けっこうだわ」と、キャッソン夫人が言った。「食事がすんだらすぐに交霊会を開きましょう。ロイド夫人は、なにか果物をさしあげて。交霊会の前は、軽いものしか召し上がらないのよ」

一同は食堂にむかった。ロイド夫人はバナナを二本とリンゴを一つ食べ、マージョリーがときどきお愛想で言葉をかけると、用心深く、手短かに答えた。全員が席を立とうとしたとき、突然彼女は顔を上げ、あたりを嗅いだ。

「この家には、なにかよからぬものが存在します。わたしにはわかります」

「たいしたものでしょう？」と、キャッソン夫人が小声でうれしそうに言った。

「いや！　さすがですな」と、サタースウェイト氏は、皮肉っぽく答えた。

交霊会は図書室でおこなわれた。サタースウェイト氏が見たところ、マージョリーはまるで気が進まない様子だったが、客がみな楽しんでいるらしいので、しかたなくつきあっているようだった。

こういったことに通じているらしいキャッソン夫人が、会の準備を念入りに整えた。椅子は丸く並べてあって、カーテンは引かれ、まもなく霊媒が、いつでも始められると告げた。

「六人」彼女が部屋を見まわして言った。「これはだめだわ。奇数でないと。七人が理想的です。七人の集まりのときが、いちばんいい結果を出せるんです」

「使用人を一人呼びましょう」と、ローリーが言いだし、立ち上がった。「執事を探してきます」

「クレイトンにしましょう」と、マージョリーが言った。

サタースウェイト氏は、ローリー・ヴァヴァスアのハンサムな顔に、困惑の色がよぎるのに気づいた。

「どうしてクレイトンなんかを？」と、彼はたずねた。

「あなたは彼女が嫌いなのね」と、マージョリーがゆっくりと言った。

ローリーは肩をすくめた。「クレイトンが、ぼくを嫌っているんだよ」と、彼は思いつきで答えた。「それどころか、ぼくのことを心底嫌っている」彼はしばらく待ってみたが、マージョリーは譲ろうとしなかった。「わかったよ」と、彼は言った。「彼女を呼んできてくれ」

七人の輪が完成した。

しばらく沈黙がつづき、ときどき咳払いや、落ちつきなくからだを動かす音が聞こえた。まもなく、ラップ現象（霊が現われる前にコツコツと音をたてる現象）が起こりはじめ、やがて霊媒の支配霊、チェロキーという名のインディアンの声がした。

「わたしはインディアンの戦士。こんばんは、みなさん。ここにいる霊が、しきりに話したがっている。ここにいる霊が、娘さんに伝えたがっている。わたしはもう行く。これからその霊が話す」

しばらく間があり、こんどは女の声が静かにしゃべりはじめた。

「マージョリーはいる？」

ローリー・ヴァヴァスアが返事をした。

「はい」と、彼は言った。「います。あなたはだれです？」

「ビアトリスです」

「ビアトリス？　だれのことですか？」

じれったいことに、ふたたびチェロキーの声に替わった。

「わたしからみなさんに伝えたい。ここでの生活は、とても明るく、美しい。みんな懸命に働く。まだこちらにこないひとを助ける」

また沈黙がおとずれ、やがて例の女の声に戻った。

「ビアトリスです」

「どちらのビアトリスさんですか？」

「ビアトリス・バロンです」

サタースウェイト氏は身を乗り出した。おおいに興奮していた。

「ユレーリア号で溺死されたビアトリス・バロンですか？」

「ええ、そのとおりです。ユレーリア号のことは忘れないわ。伝えたいことがあります――この家の者に――他人のものを返しなさい」

「わからないわ」と、マージョリーが困り果てて言った。「わたし――ああ、あなたはほんとにビアトリス伯母さんなの？」

「そうです、あなたの伯母です」

「決まってるじゃありませんか」と、キャッソン夫人が、とがめるように言った。「どうしてそんなに疑うの？　霊はそれをいやがるものよ」

そのときサタースウェイト氏は、いたって単純なテストを思いついた。彼は震える声で話しかけた。

「ボタセッティ氏のことを覚えていますか？」と、彼はたずねた。

とたんに、笑い声があたりに響いた。

「気の毒なボート転覆《ボーツアプセッティ》さん。もちろん覚えているわ」

サタースウェイト氏は、愕然として二の句がつげなかった。テストは成功だった。四十年以上前のこと、彼とバロン姉妹は、たまたま同じ海辺のリゾート地を訪れていた。互いの共通の知り合いの若いイタリア人が、ボートで沖に出たはいいが転覆し、ビアトリス・バロンは彼をからかって、ボーツアプセッティと名づけたのだ。この部屋にいる者たちの中で、サタースウェイト氏以外にその話を知っている人間がいるとは思えなかった。

霊媒がぴくぴくと動きだし、うなり声をあげた。

「霊が出ていくわ」と、キャッソン夫人が言った。「どうやら、今日聞きだせるのはここまでのようね」

一同が集まっている部屋に、ふたたび陽光が射しこんだが、一同のうち、少なくとも二人はひどく怯えていた。

サタースウェイト氏は、マージョリーの青ざめた顔を見て、彼女が心底動揺しているのがわかった。キャッソン夫人と霊媒を送りだしてしまうと、マージョリーとふたりきりで話しあえる機会を待った。

「一つ二つおたずねしたいことがあります、ミス・マージョリー。あなたとお母さまが亡くなった場合、どなたが爵位と財産を受け継ぐのですか？」

「ローリー・ヴァヴァスアじゃないかしら。彼の母親は、うちの母のいとこですから」

サタースウェイト氏はうなずいた。「彼はこの冬、しょっちゅうこちらへ来ていたようですね」と、彼はやんわり言った。「ぶしつけな質問で申し訳ないが——彼は——あなたに好意を寄せているのでしょうか？」

「三週間前に、結婚を申し込まれたわ」と、マージョリーはおだやかに言った。「断わりました」

「失礼だが、ほかにどなたか結婚を考えている方がいらっしゃるんですか？」

彼女の顔にぱっと赤みがさした。

「はい」と、彼女はきっぱりと言った。「ノエル・バートンと結婚するつもりです。母は、ばかげたことをと言って、笑いとばしました。聖職者と婚約するなんて、おかしな話だと思っているようです。どうしてそう思うのか、わたしこそ教えてもらいたいわ！　聖職者といっても、いろんなひとがいるんですから！　ノエルが馬に乗っているところをご覧になるといいわ」

「いやいや、ごもっとも」と、サタースウェイト氏は言った。「そのとおりでしょうな」

使用人が電報をトレーに載せて入ってきた。マージョリーは封を切った。「母が明日帰ってくるそうです」と、彼女は言った。「困ったわ。どうか放っておいてくれますように」

サタースウェイト氏は、この親に対する子の意見について、なにも口にしなかった。そう言いたくなるのも、もっともかもしれないと思ったのだ。「そういうことなら」と、彼はつぶやいた。「わたしはロンドンへ帰るとしますかな」

4

サタースウェイト氏は、あまり自分に満足していなかった。例のあの問題を、未解決のままやり残してきたような気になっていたのだ。たしかに、レディ・ストランリーの帰国で、彼の仕事は済んだと言えるだろうが、アボッツ・ミードの謎はこれでおしまいではないと彼は確信していた。

しかし、つぎの展開があまりにも深刻なものだったので、彼は愕然とした。彼はそのことを朝刊の紙面で知った。〝女男爵、入浴中に死亡〟、と《デイリー・メガフォン》紙は報じていた。ほかの新聞は、それより控えめで、慎んだ表現を使っていたが、その中身に変わりはなかった。レディ・ストランリーは、入浴中に死体となって発見され、死因は溺死だった。彼女は意識を失い、そのまま水中にすべり落ちたのだろうと推定された。

しかし、サタースウェイト氏は、この説明に納得がいかなかった。ボーイを呼ぶと、いつもなら入念におこなう身づくろいを簡単にすませ、十分後には、愛車のロールスロイスを全速力で走らせ、ロンドンをあとにしていた。

だが、じつに奇妙なことに、彼の向かった先はアボッツ・ミードではなく、そこから十五マイルほど離れたところにある、いささか風変わりな名前の小さな宿屋、〈鈴と道化服〉亭だった。ハーリ・クィン氏がまだそこに滞在していると聞いて、彼は心底ほっとした。ほどなく、彼はクィン氏と向かい合っていた。

サタースウェイト氏は、彼と固い握手をかわすと、堰《せき》を切ったようにしゃべりはじめた。「たいへんショックを受けているんです。どうか助けてください。いまでも、すでに手遅れなのではないかと、気が気ではありません——つぎは、あの性格のいい娘さんの番なのではないかと。彼女はいろいろな意味で、本当にいい娘さんなんです」

「どういうことなのか」と、クィン氏は微笑んだ。「説明してもらえませんか？」

サタースウェイト氏は、とがめるように彼を見た。「わかっているはずです。わからないはずがありません。でもお話ししましょう」

彼はアボッツ・ミードに滞在していたときのできごとを話しだしたが、クィン氏が相手だといつもそうなのだが、いつのまにか話すことに快感をおぼえていた。彼は表現豊かな話し手で、洞察力があり、細部まで見逃さなかった。

「そういうわけで、なにか謎を解き明かすものがあるはずです」

彼は主人を見つめる犬のように、期待をこめてクィン氏を見た。

「ですが、謎を解かなければならないのは、わたしではなく、あなたですよ」と、クィン氏は言った。「わたしは、そのひとたちと知り合いではない。知り合いなのは、あなたです」

「バロン姉妹は、四十年前からの知り合いです」サタースウェイト氏は胸を張った。

クィン氏は共感するように深くうなずいたので、サタースウェイト氏はすっかりいい気分になってつづけた。

「当時、あれはブライトンにいたときのことでしたが、ボタセッティ・ボーツアプセッティとはまあ、なんともたわいのない冗談なのだが、わたしたちは腹を抱えて笑ったものです。やれやれ、当時はわたしも若かった。いろいろとばかな真似をしました。姉妹についていたメイドを思い出しますよ。アリスという名前の、なかなか可愛い娘で――じつにあどけなかった。そういえば、ホテルの廊下でキスしているところを、あやうく姉妹に見つかりそうになったこともあった。やれやれ、そんなこともみんな遠い昔のことだ」

彼はまた首を振り、溜息をついてから、クィン氏を見た。「では、助けていただくわけにはいかないのですね？」と、彼はすがるように言った。「これまでは――」

「これまでも、あなたが成功したのは、すべてあなた自身の力によるものですよ」と、クィン氏は真面目な顔で答えた。「今回もそうなると思います。わたしだったら、今すぐアボッツ・ミードにむかいますが」

「たしかに、おっしゃるとおりです」と、サタースウェイト氏は言った。「実のところ、わたしもこれからそうするつもりでした。いくらお願いしても、いっしょに来てはくださらないんですね？」

クィン氏は首を振った。

「行くことはできません」と、彼は言った。「ここでの仕事は終わりました。これからすぐに出発します」

アボッツ・ミードに着くと、すぐにマージョリー・ゲールがいる居間に通された。書類が散乱している机に、彼女は涙ひとつ浮かべずに座っていた。出迎えた彼女の態度に、彼はほろりとした。マージョリーは彼に会えて心から喜んでいるようだった。

「ローリーとマリアが、たったいま帰ったところよ。サタースウェイトさん、例のできごとは、お医者さまが考えているようなことではないんです。わたしには確信があるんです。ぜったいに確信があります。母は、水のなかに押し込まれて、そのまま押さえつけられたにちがいありません。母は殺されたんです。そして、だれにしろその犯人は、わたしのことも殺そうとしている。まちがいないわ。だから――」と、彼女は自分の前にある書類を指し示した。

「遺言書を書いていたんです」と、彼女は説明した。「一族の財産の大半と、地所の一部は爵位に付随するものではなく、父のほうの財産だってあります。わたしは残せるかぎりのものはすべてノエルに託すつもりです。あのひとなら、きっとそれを生かす使い方をしてくれるだろうし、ローリーは信用できません。昔から手に入るものなら、なんでも手に入れようとしてきたひとですから。証人として署名してくださいませんか？」

「まあまあ、お嬢さん」と、サタースウェイト氏は言った。「遺言書は、二名の証人の立会いのもとで署名したあと、その証人たちが同時に署名しなければ成立しません」

マージョリーは、この法律的な助言を一蹴した。

「そんなことはちっとも問題じゃないわ」と、彼女は言い放った。「わたしが署名するところをクレイトンが見て、そのあと彼女も署名したわ。執事を呼ぶところだったんですけど、あなたが代わりに署名してくだされぱいいわ」

サタースウェイト氏はそれ以上抵抗せず、万年筆のキャップをとって、自分の署名を書き加えようとしたが、はたと手を止めた。書こうとした場所の真上にある署名が、ある一連の記憶を呼び覚ましたのだ。アリス・クレイトン。

なにかが必死で彼にうったえかけているように思えた。アリス・クレイトン、そこになにか重要な鍵がある。クィン氏に関連したなにかが、それにからんでいる。ほんの少し前に、彼がクィン氏に言ったなにかが。

ああ、わかったぞ。アリス・クレイトン、それが彼女の名前だった。例のなかなか可愛い娘。人間というのは変わるものだ――たしかにそうなのだが、あんなふうには変わらない。それに、彼の記憶にあるアリス・クレイトンは、茶色の目をしていた。彼のまわりで部屋がぐるぐるまわっているような気がした。椅子をつかもうと手探りし、やがてはるか遠くの方から呼びかけられているように、マージョリーの心配そうな声が聞こえてきた。「ご気分が悪いんですか？　まあ、どうしたのかしら？　ご気分が悪いにちがいないわ」

彼はわれに返った。彼女の手をとった。

「お嬢さん、なにもかもがわかりましたよ。たいへんなショックを受けるでしょうから、覚悟してください。あなたがクレイトンと呼んでいる二階の女性は、クレイトンでもなんでもありません。本物のクレイトンは、ユレーリア号で溺死したのです」

マージョリーは、目を大きく見開いて彼を見た。「では、だれなの――彼女はいったいだれなの？」

「わたしの言っていることに間違いはありません。間違っているはずがありません。あなたがクレイトンと呼んでいる女性は、あなたのお母さまの姉、ビアトリス・バロンです。彼女がマストに頭をぶつけた話を、以前してくださいましたよね？　彼女はその衝撃で記憶を失ったのだと思います。そして、そういう事情ですから、あなたのお母さまは、チャンスだと思って――」

「爵位を横取りするチャンスということですね？」と、マージョリーは、冷ややかな口調でたずねた。「そうですね、母ならやりかねません。亡くなった今、そう言うのは残酷に聞こえるかもしれませんが、母はそういうひとでした」

「ビアトリスは、お母さまより年が上でした」と、サタースウェイト氏は言った。「お じ上の死で、彼女がすべてを受け継いでも、あなたのお母さまはなにひとつ受け継ぐ権 利がなかった。お母さまは、怪我をした娘は自分の姉ではなく、メイドだと主張しまし た。その娘は怪我の衝撃から回復し、当然ながら、自分が言われたとおりのこと、つま り自分はお母さまのメイド、アリス・クレイトンだと信じこみました。つい最近になっ て、記憶が戻りはじめたものの、何年も前に受けた頭部への打撃が、とうとう脳に悪さ をはたらいたのではないでしょうか」

マージョリーは、目に恐怖の色を浮かべて彼を見ていた。

「あのひとは母を殺して、わたしのことも殺そうとしていたのね」と、彼女は静かに言 った。

「そのようです」と、サタースウェイト氏は言った。「彼女の頭のなかには、一つだけ ぼんやりとした意識がありました――本来、自分が受け継ぐべきものを、あなたとお母 さんに奪われたという」

「でも――クレイトンはあんなに年寄りよ」

サタースウェイト氏はしばし黙りこんだ――目の前に、鮮やかな情景が浮かんだ――

しわくちゃで白髪頭の老女と、カンヌの日差しを浴びて、妖艶に微笑んでいる金髪の女。あれが姉妹だなんて！　そんなことが本当にありうるのだろうか？　彼はバロン姉妹のこと、二人がそっくりだったことを思い出した。二人の人間が別々の人生をたどってきたというだけで――

彼は人生の不思議と悲哀をしみじみと感じ、その重みを振り払うように首を振った――

彼はマージョリーをふりかえり、おだやかに言った。「二階に行って、彼女に会いましょう」

クレイトンは、いつも縫い物をするせまい仕事部屋にいた。二人が近寄っても、彼女はふりむかなかった。サタースウェイト氏は、すぐにその理由がわかった。

「心臓麻痺だ」硬直して冷たくなった肩に触れて、彼はつぶやいた。「これでよかったのかもしれない」

ヘレンの顔

The Face of Helen

1

サタースウェイト氏は、オペラハウスの二階の大きなボックス席に、一人ですわっていた。扉の外側には、彼の名前を印刷したカードが掛かっている。あらゆる芸術の鑑賞者でありめ目利きであるサタースウェイト氏は、よい音楽をとりわけ愛好し、毎年コヴェント・ガーデンの定期会員になり、シーズンを通して火曜と金曜のボックス席を押さえていた。

しかし、一人でいることはめずらしかった。彼は社交好きの小柄な紳士で、自分が属する上流階級の人々や、自分が精通している芸術界の第一人者たちを、その席に招くのが好きだった。その彼が今夜一人なのは、ある伯爵夫人が約束を破ったためだった。伯爵夫人は美しく名高い女性であるだけでなく、よき母親でもあった。子供たちがあのありふれた痛ましい病のおたふく風邪にかかったため、夫人は家に残り、パリッと糊がきいた制服姿の看護婦たちと、涙ながらにあれこれ相談し合っていた。彼女の夫は、この子供たちと爵位を妻に与えたものの、それ以外ではまったく影の薄い人物で、このどさくさにまぎれてすでに逃げ出していた。彼にとって、音楽ほど退屈なものはなかった。

そんなわけで、サタースウェイト氏は一人だった。今夜の出し物は〈カヴァレリア・ルスティカーナ（マスカーニ作）〉と〈道化師《パリアッチ》（レオンカヴァロ作）〉だったが、前者にはまるで心を惹かれなかったので、死に直面してサントゥッツァが苦悶する場面で幕がおりた直後に到着し、観客たちが挨拶を交わしたり、コーヒーやレモネードに殺到したりする前に、慣れた目で劇場内を見渡した。オペラグラスを調節して劇場を眺め、獲物に目をつけると、綿密に計画を立てて出撃した。しかし、その計画が実行されることはなかった。ボックス席を出たところで、長身の黒い髪の男とぶつかり、その人物に気づいて、期待に胸がときめいたためだ。

「クィンさん」と、サタースウェイト氏は叫んだ。

友人の手をとり、まるで忽然と掻き消えるのを恐れるように、しっかりと握りしめた。

「ぜひわたしのボックス席においでください」サタースウェイト氏はうむを言わせぬ調子で言った。「お連れはいないんでしょう？」

「ええ、一人でオーケストラ席にいます」クィン氏は笑みを浮かべて答えた。

「では決まりですね」サタースウェイト氏は安堵のため息をついた。だれかが見ていれば、その様子はさぞこっけいだったただろう。

「どうもご親切に」

「いやいや。どういたしまして。音楽がお好きだとは知りませんでしたよ」

「わけがありましてね――わたしが〈道化師《パリアッチ》〉に惹かれるには」

「ああ！　なるほど」と、サタースウェイト氏はわけ知り顔でうなずいたものの、いったいなぜそんなことを言ったのか、説明するのは難しかっただろう。「そうでしょうとも、もちろん」

二人は最初のベルで席に戻り、一階席に戻ってくる人々を、身を乗り出すようにして眺めた。

「美しい髪だ」ふいにサタースウェイト氏は言った。

彼はオペラグラスで真下の一階席の一点を示した。そこには若い娘がすわっており、その顔は見えなかった――見えるのはただ、まじりけのない金髪だけで、帽子さながら頭にぴったり合ったその髪は、白いうなじへとつながっていた。

「ギリシア風のヘアスタイルですね」サタースウェイト氏は感心したように言った。

「まさしくギリシア風だ」満足げにため息をつく。「考えてみると、驚くべきことです――自分に合うヘアスタイルをする人が、いかに少ないことか。近頃では、だれもが刈りあげている」

「じつによく観察しておられますね」

「わたしにはいろんなことが見えるんです」サタースウェイト氏は認めた。「実際、よく見えるんですよ。現に、すぐあの髪を見つけました。いずれあの娘の顔を一目見なくてはなりませんね。でもきっと、髪には合っていないでしょう。合っていることなど、千に一つもありません」

そう言ったのとほぼ同時に、照明が点滅して消え、指揮者がタクトをコツコツとたたく鋭い音がして、オペラが始まった。その夜は、カルーソーの再来と称される新人のテノールが歌っていた。彼は新聞にユーゴスラビア人だとか、チェコ人だとか、アルバニア人だとか、ハンガリー人だとか、ブルガリア人だとか、あれこれと書かれていた。彼はアルバート・ホールで一風変わったコンサートを開いたことがあったが、プログラムは彼の故郷の山々の民謡《フォークソング》で、特別な旋律を奏でるオーケストラがついていた。その歌は奇妙な半音階のもので、えせ音楽家たちは〝見事に尽きる〟と評した。本物の音楽家たちは、批評するためには、耳を特別に訓練する必要があると気づき、判断を差し控えた。今晩はヨアシュビムが普通のイタリア語で、従来どおりの歌唱法で歌うと知って、胸をなでおろす者もいた。

　第一幕のカーテンがおり、割れんばかりの拍手喝采が起こった。サタースウェイト氏はクィン氏にふりかえった。自分の判定を相手が待っていると知ると、彼はすこし得意になった。なにしろ、自分は本物を聞き分ける耳を持っているのだ。批評家として、判定を誤ったことはほとんどない。

　サタースウェイト氏はゆっくりとうなずいた。

「これは本物ですね」と彼は言った。

「そう思われましたか？」

「カルーソーに劣らぬいい声です。最初はみな、そうとわからないでしょう。技法がまだ完全ではありませんからね。ぎこちないし、発声法におぼつかないところがある。ですが声は——素晴らしい」

「わたしはアルバート・ホールのコンサートに行きました」と、クィン氏は言った。

「本当ですか？　わたしは行けなかったんです」

「〈羊飼いの歌〉がずいぶん好評でしたよ」

「新聞で読みました」サタースウェイト氏は言った。「リフレインはつねに高音で終わる——まるで悲鳴のように。イと変ロの中間の音。実にめずらしい」

ヨアシュビムはおじぎをして微笑みながら、三度アンコールに応えた。照明がつき、観客たちはぞろぞろと席を立ちはじめた。サタースウェイト氏は金髪の娘を見ようと身を乗り出した。娘は立ち上がり、スカーフを直し、振りかえった。

サタースウェイト氏は息を呑んだ。世の中にはこのような顔がある——歴史を作る顔だ。

娘は連れの青年とともに通路を移動した。まわりの男たちのだれもが見つめ——そのまま盗み見をつづけていることに、サタースウェイト氏は気がついた。

「美だ！」と、サタースウェイト氏は心のなかで思った。「こうしたものが存在するんだ。魅力とか、魔力とか、吸引力とか——そんな軽々しく口にするようなたぐいのものではない——ただ純粋な美。あの顔の形、眉の線、あごの曲線」彼はそっとつぶやいた。

「千の船を送り出した顔」（クリストファー・マーローによる戯曲『フォースタス博士』で、トロイのヘレンについて歌った一句）このとき初めて、彼はその言葉の意味を理解した。

クィン氏のほうに目をやると、彼の心情を完璧に理解しているという顔でこちらを見ていたので、言葉にする必要はないと感じた。

「つねづね思うんですよ」クィン氏は言った。「ああいった女たちは、本当はどんな人間だったんだろうと」

「どういうことです？」

「ヘレンや、クレオパトラや、メアリー・スチュアートのような女たちのことです」

クィン氏は思案深げにうなずいた。

「外に出れば」と、彼は提案した。「わかるかもしれませんよ」

いっしょに外へ出ると、捜しものはすぐに見つかった。目当ての二人連れは、階段をあがる途中の長椅子にすわっていた。サタースウェイト氏は、はじめて娘の連れに目を留めた。黒い髪の青年で、ハンサムではないが、たぎる情熱を感じさせる。妙にごつごつした顔だった――突き出た頬骨、がっしりして少ししゃくれたあご、突き出た黒い眉の下の、奇妙に明るい色をした、落ちくぼんだ目。

「興味深い顔だ」と、サタースウェイト氏は心のなかで思った。「本物の顔だ。ただものではない」

青年は身を乗り出して、熱心に話していた。娘は耳を傾けている。どちらもサタースウェイト氏が住む世界には属していない。〝芸術家気取り〟の連中だろう、とサタースウェイト氏は思った。娘の服は、やや型の崩れた、安っぽい緑のシルクで、白いサテンの靴は汚れている。青年は夜会服を着ているが、窮屈そうだ。

サタースウェイト氏とクィン氏は、二人の前を何度か行ったり来たりした。四度目のとき、もう一人——会社員風の、金髪の青年が二人に加わった。彼が来たことによって、明らかに緊張が生じていた。新しく加わった青年はネクタイをもてあそび落ち着かない様子で、娘の美しい顔は深刻そうにそちらを向いており、連れの青年は忌々しそうに渋面を作っている。

「よくある話ですね」そばを通り過ぎたとき、クィン氏はごく小さな声で言った。

「ええ」と、サタースウェイト氏はため息まじりに言った。「やむをえないことなのでしょう。一本の骨をめぐって二匹の犬がいがみあう。昔からあることですし、これからもつづくのでしょうね。とはいえ、別のものを求めてもよさそうなものですが。美とは——」そこで言葉を切った。サタースウェイト氏にとって、美とはとてもすばらしいものを意味していた。それを言葉にするのはむずかしい。クィン氏に目を向けると、相手は厳粛にうなずいて理解を示した。

第二幕を見るために、二人は席へ戻った。

幕が下りると、サタースウェイト氏は意気ごんで友人をふりかえった。

「今夜は雨が降ってます。車を待たせていますので、お送りしましょう。あの——どこへでも」

最後の言葉は、サタースウェイト氏の慎み深さの現れだった。〝お宅までお送りしましょう〟と言えば、詮索しているように聞こえるかもしれない、と感じたのだった。クィン氏はいつも口数が少なく、彼について知っていることはほんのわずかだった。

「ですがおそらく」と、サタースウェイト氏はつづけた。「ご自分の車を待たせておられるのでしょうね？」

「いいえ」とクィン氏は言った。「車を待たせてはいません」

「では――」

しかし、クィン氏はかぶりを振った。

「ご親切はありがたいのですが、好きにさせてください。それに」彼は奇妙な笑みを浮かべた。「万一なにかが――起きれば、行動するのはあなたです。おやすみなさい、それからありがとうございました。今晩もまたいっしょにドラマを見ましたね」

クィン氏がすばやく立ち去ってしまったので、サタースウェイト氏はききかえす間もなく、胸中に漠とした不安が湧き起こった。クィン氏が言ったのは、どのドラマのことだろう？〈道化師《パリアッチ》〉か、あるいはべつのものか？

サタースウェイト氏の運転手であるマスターズは、脇道で待つのが習慣になっていた。彼の主人が、オペラハウスの前で車が順番待ちをし、長く待たされるのを嫌うからだ。

いつものように、サタースウェイト氏はかどを足早に曲がり、マスターズが待つ場所へと向かった。すぐ前を、若い娘と男が歩いており、その二人がだれであるかに気づいたとたん、もう一人の男が加わった。

たちまちけんかがはじまった。男の怒鳴り声。抗議するべつの男の声。そしてつかみ合い。殴り合い、荒い息づかい、さらに殴り合い。どこからともなく警官が現われ――つぎの瞬間、サタースウェイト氏は、壁ぎわで立ちつくしていた娘のそばに行った。

「失礼ですが」と彼は言った。「ここにいちゃいけません」

娘の腕をとり、すばやく彼女を引っぱっていった。娘は後ろをふりかえった。

「でも――」娘はためらった。

サタースウェイト氏はかぶりを振った。

「かかわり合いになれば、ひどく不愉快な思いをしますよ。おそらく、いっしょに警察署へ来いと言われるでしょう。あなたの――お友だちのどちらも、そんなことは望まないでしょうね」

彼は立ちどまった。

「わたしの車です。よろしければ、ご自宅までお送りしましょう」

娘は探るようにサタースウェイト氏を見た。その落ち着いた立派な態度は、彼女に好ましい印象をあたえた。娘は頭をさげた。

「ありがとうございます」マスターズがドアを押さえている車に乗りこんだ。

娘は、サタースウェイト氏にたずねられてチェルシーの住所を告げる。彼が隣にすわった。

娘は動揺して話をする気分ではなく、サタースウェイト氏は如才なかったので、立ち入ろうとはしなかった。しかし、やがて娘は彼のほうを向くと、みずから口をひらいた。

「どうして」と、すねたように言った。「あんなばかなことができるのかしら」

「困ったことですね」と、サタースウェイト氏はあいづちを打った。

その淡々とした態度に娘は安心し、だれかに告白する必要にかられているかのようにつづけた。

「あれじゃまるで――つまり、あの、こういうことなんです。イーストニーさんとわたしは、古くからのお友だちです――わたしがロンドンに出てきてからずっと。わたしの声のことでずいぶんと骨を折ってくれていまして、いくつかとてもいい紹介もしてくれました。どれだけ親切だったか、言い表わせないくらい。あの人、無類の音楽好きなんです。今夜も誘ってくれて、どんなにうれしかったか。実際のところ、そんな余裕はないはずなのに。そこへバーンズさんがいらして、わたしたちに話しかけてこられたんです――とても丁寧でしたわ。なのにフィルったら（イーストニーさんのことです）機嫌が悪くなってしまって。なぜそんなことになるのかわかりません。ここは自由の国ですよね。それにバーンズさんはいつも感じがよくて、温厚な方なんです。そのあと、ちょうどわたしたちが地下鉄の駅に向かって歩いているとき、バーンズさんがいらして合流すると、二言も話さないうちからフィルがいきなり食ってかかったんです。そして――ああ、いやだわ、あんなこと」

「本当に？」サタースウェイト氏は小声でそっと尋ねた。

娘は頬を赤らめたが、ほんのわずかだった。この娘に、意識して男を誘惑するようなところがあるわけではない。争いの原因になるという、うれしい興奮がいくらかはあったにせよ――それはごく自然なことだ。とはいえ、なによりもその心を占めているのは心配だろうと判断し、つぎの瞬間に娘が唐突に口を開いたとき、その手がかりを得た。

「彼に怪我をさせなきゃいいんですけど」

「さて、〝彼〟とはどちらのことだ？」と、サタースウェイト氏は闇のなかで微笑みながら思った。

彼は自分の判断にたよって、言ってみた。

「あなたは――その――イーストニーさんがバーンズさんに怪我をさせないようにと願

っているのですね？」

娘はうなずいた。

「ええ、そのとおりです。ほんとに恐ろしいわ。どうなったかわかればいいんですけど」

車が停まろうとしていた。

「電話はお持ちですか」と、サタースウェイト氏は尋ねた。

「ええ」

「よろしければ、なにが起きたかそっくり調べて、お電話しますよ」

娘の顔が輝いた。

「ああ、なんてご親切なんでしょう。ご迷惑ではありませんか？」

「ちっとも」

娘はもう一度礼を言い、電話番号を告げ、やや恥じらうようにつけ加えた。「わたし、ジリアン・ウェストと言います」

使命をはたすため、夜の闇のなかに車を走らせながら、サタースウェイト氏の口元に奇妙な笑みが浮かんだ。

「ではそれだけのことか……〝顔の形、あごの曲線！〟」

しかし、彼は約束を果たした。

2

つぎの日曜日の午後、サタースウェイト氏は石楠花《しゃくなげ》を見にキュー・ガーデンへ出かけた。遠い昔（信じられないくらい昔のように思えた）ある若い女性と車でキュー・ガーデンを訪れ、つりがね草《ブルーベル》を見たことがあった。サタースウェイト氏はあらかじめ綿密に計画をたて、これから言おうとすることや求婚に使う言葉を、はっきりと心に決めていた。ちょうどそれを心のなかで暗唱しながら、つりがね草への感嘆の声にいくぶん上の空で返事をしていると、あの衝撃に襲われた。その若い女性はつりがね草に感嘆するのをやめ、突然サタースウェイト氏に（真の友人として）べつの男への愛を打ち明けたのだ。サタースウェイト氏は前もって用意していたささやかな台詞を捨て、心のいちばん下の引き出しをあわてて引っかきまわし、同情と友情を捜した。

それがサタースウェイト氏のロマンスだった――いささか熱意に欠けるヴィクトリア朝初期風の恋愛だったが、このためにロマンチックな愛着をキュー・ガーデンに抱くようになり、しばしば出かけていってはつりがね草を見たり、いつもより遅くまで外国に行っていれば石楠花を見たりして、一人ため息をつき、いくぶん感傷的な気分になって、古めかしいロマンチックなやり方で心から楽しんでいた。

この日の午後、喫茶店のそばをのんびり歩いていると、芝生の上の小さなテーブルにすわっている二人連れの姿に目を留めた。ジリアン・ウェストとあの金髪の青年で、同時に向こうもこちらに気がついた。娘が頰を赤らめ、連れに勢いこんで話しかけるのが見えた。たちまちサタースウェイト氏は礼儀正しく、やや堅苦しい態度で二人と握手をかわし、お茶をごいっしょに、というおずおずとした申し出を受け入れていた。

「なんとお礼を申しあげればいいか」と、バーンズ氏は言った。「あの夜、ジリアンの面倒を見てくださって、ほんとうに感謝しています。彼女からすべて聞きました」

「ええ、ほんとに」と娘は言った。「とてもご親切にしていただいて」

サタースウェイト氏は嬉しくなり、この二人に興味を持った。素朴で誠実な様子に心を動かされたのだ。それに、あまりなじみのない世界をのぞき見ることでもあった。彼にとって二人は、未知の階級の人間だった。

いささか干からびたやり方ではあるが、サタースウェイト氏は深い思いやりを示すこともできた。またたく間に、新しい友人たちから何もかも聞きだしていた。〝バーンズさん〟が〝チャーリー〟へ変わったことに気づき、二人が婚約したことを告げられても、驚きはしなかった。

「じつのところ」バーンズ氏はすがすがしいほど率直に言った。「きょうの午後、決まったばかりなんです。そうだろ、ジル」

バーンズ氏は海運会社に勤めていた。かなりの給料をもらい、いくらか蓄えもあったので、二人はすぐに結婚する予定だった。

サタースウェイト氏は話に耳を傾け、うなずき、お祝いを言った。

「普通の青年だ」と、彼は心のなかで思った。「ごく普通の青年。人のいい、正直な若者。

自分のことをおおいに語り、自信を持っているがうぬぼれてはいない、なかなかの容姿だが、必要以上にハンサムというわけではない。とりたてて秀でたところはなく、けっして名を上げることもないだろう。なのに、この娘は愛している……」

彼は声に出して言った。「ときに、イーストニーさんは――」

わざと言葉を切ったが、予期していた結果を引き起こすにはそれで充分だった。チャーリー・バーンズの表情が曇り、ジリアンは困っているようだった。困っているどころじゃないな、とサタースウェイト氏は思った。怯えているようだ。

「じつは困ってるんです」と、ジリアンは声を低くして言った。その言葉はサタースウェイト氏に向けられていたが、それはあたかも恋人には理解できない気持ちが、サタースウェイト氏には理解できるだろうと、本能で気づいたかのようだった。「つまり――彼はいろんなことをしてくれました。歌をつづけるように励ましてくれたり――手を貸してくれたり。でも、自分の声はそれほどいい声じゃない――一流じゃないってことは、ずっとわかってました。もちろん、いくつか契約はしましたけど――」

彼女は黙りこんだ。

「きみは困っていたじゃないか」とバーンズ氏は言った。「若い娘には面倒を見てくれる人が必要です。ジリアンは何度も不愉快な経験をしてきたんです、サタースウェイトさん。とにかく不快な目にあってきました。ご覧のとおりの美人ですから――そう、それが若い娘をしばしば厄介ごとに巻きこむんです」

二人の口から、バーンズ氏が〝不愉快な経験〟という項目に漠然と分類したできごとが語られた。銃で自殺した若い男、銀行支店長の異常な行動（妻帯者だった！）、狂暴な外国人（まちがいなく頭がおかしかった！）、初老の芸術家による狂気じみたふるまい。ジリアン・ウェストが通ったあとに残された暴力と悲劇の爪痕を、チャールズ・バーンズは平凡な口調で語った。「それにぼくが見たところ」と彼は締めくくった。「あのイーストニーってやつはちょっと頭がいかれてますね。ぼくが面倒をみるようにならならなかったら、ジリアンはきっとやっと厄介なことになっていたでしょう」

彼の笑いは、サタースウェイト氏にはいささか間が抜けているように聞こえ、娘の顔にもそれに応える笑みは現われなかった。一心にサタースウェイト氏を見つめている。

「フィルは立派な人です」と、彼女はゆっくり言った。「それはわかってますし、わたしも友だちのように彼のことが好きです──でも、それ以上じゃないんです。チャーリーとのことをどう受け止めるかと思うと。彼は──わたし、とても怖いんです。もしかすると彼は──」

漠然と感じる危険に口がきけなくなり、彼女は言葉を切った。

「わたしになにかできることがあれば」サタースウェイト氏はやさしく言った。「お申しつけください」

彼はチャーリー・バーンズがどことなく腹を立てているようだと思ったものの、ジリアンはすぐに言った。「ありがとうございます」

次の木曜日にジリアンとお茶をともにする約束をしたあと、サタースウェイト氏は新しい友人たちと別れた。

木曜日になると、サタースウェイト氏はちょっとした期待に胸をふくらませた。彼は思った。「わたしは老人だ──だが、美しい顔にわくわくしないほど年老いちゃいない。

美しい顔は……」すると胸騒ぎがして、彼はかぶりを振った。

ジリアンは一人だった。チャーリー・バーンズは遅れてくることになっていた。ずっと幸せそうに見えたので、まるで心の重荷がおりたかのようだ、とサタースウェイト氏は思った。そうなんです、と彼女は率直に認めた。

「わたし、フィルにチャールズのことを話すのが怖かったんです。ばかでしたわ。もっとよくフィルのことを知っておくべきでしたのに。もちろん、彼は動揺しましたけど、でもだれよりも優しくしてくれました。本当に優しかったんです。これは今朝、彼が贈ってくれたものです――結婚祝いに。すばらしいでしょう?」

フィリップ・イーストニーのような暮らし向きの若者にとって、それはたしかにかなりのものだった。最新型の四球式ラジオ。

「わたしたち二人とも、音楽が大好きなんです」と、ジリアンは言った。「これでコンサートを聴くたびに、すこしは自分のことを思い出してくれるだろうってフィルは言いました。たしかにそうだと思います。だって、わたしたちいい友だちでしたから」

「立派なお友だちです」と、サタースウェイト氏は優しく言った。「彼は真のスポーツマンのように正々堂々と、この打撃に耐えたようですね」

ジリアンはうなずいた。目にみるみる涙が浮かんだ。

「彼、一つだけしてほしいことがあるって言いました。今夜はわたしたちが初めて出会った日なんです。今晩は静かに家にいて、ラジオを聴いてくれないか――チャーリーとどこにも出かけないで欲しいって。わたし、もちろんそうするわって言いました。それから、とても感動したことや、感謝と愛情とともに、あなたのことを思い出すわってことも」

サタースウェイト氏はうなずいたものの、内心首を傾げていた。彼が性格描写を誤ることはめったになく、フィリップ・イーストニーがそんな感傷的な頼み事のできるような人間だとは思っていなかった。思いのほか、平凡なたぐいの青年だったらしい。ジリアンが、その思いつきを恋に破れた友人の性格にあてはまるものと考えているのは明らかだ。サタースウェイト氏は少し――ほんの少しだけ――がっかりした。彼自身、感傷的な男であり、自分でもそれを知っていたが、他の人々にはもっとましなものを期待していた。それに感傷とは、彼の世代のものだ。現代にはそんなものの出番はない。

彼はジリアンに歌を聴かせて欲しいと頼み、彼女は応じた。すてきな声だと言ったものの、たしかに二流であることがよくわかった。彼女が選んだ職業でどのような成功を得ていたとしても、それはその顔がもたらしたのであって、声によるものではない。とりたててバーンズ青年にもう一度会いたいとは思わなかったので、ほどなく帰ろうと立ちあがった。そのとき、マントルピースの装飾品に注意を引かれた。ごみための宝石のように、ほかの少々安っぽい置物のあいだでひときわ目立っている。

それは緑色の薄いガラスでできた、丸味を帯びたビーカーで、胴が長く優美な形をしており、縁に大きなしゃぼん玉のような虹色のガラス玉が載っている。ジリアンは彼が見入っていることに気がついた。

「それはフィルが結婚祝いのおまけにつけてくれたんです。ちょっときれいじゃありません？　彼はガラス工場のようなところで働いているんです」

「美しい品ですね」と、サタースウェイト氏は感心したように言った。「ムラノ（ヴェネツィア潟に浮かぶ五つの小島。ヴェネツィア・ガラスで有名）のガラス工たちでも、これなら鼻高々でしょう」

フィリップ・イーストニーへの興味を妙に掻き立てられながら、彼は立ち去った。なみはずれて興味深い青年だ。それでもあのすばらしい顔の娘は、チャーリー・バーンズのほうが好きだという。なんと奇妙で不可解な世界であることか！

サタースウェイト氏はこのとき、ジリアン・ウェストのたぐいまれな美しさのために、クィン氏との夜がいささかうまくいかなかったことを思い出していた。いつもなら、あの謎めいた人物と会うたびに、どこか奇妙で予想外のできごとが起こった。あの謎の人物に出くわすかもしれないとの一抹の希望を抱いて、サタースウェイト氏はレストラン

〈アルレッキーノ〉へ足を向けた。前に一度そこでクィン氏に会ったことがあり、行きつけの店だと言っていた。

サタースウェイト氏は期待して〈アルレッキーノ〉の店内を探しまわったが、クィン氏の浅黒い、笑みを浮かべた顔の気配はどこにもなかった。しかし、べつの人物がいた。小さなテーブルに一人、フィリップ・イーストニーがすわっている。

店は混んでいたので、サタースウェイト氏はその青年の向かいの席についた。ふいに奇妙な歓喜を覚えた。まるで捕らえられて、きらきら輝く事件の模様の一部にされたかのようだった。サタースウェイト氏はそのなかにいた――それがなんであろうと。クィン氏があの夜オペラハウスで言った意味が、今わかった。ドラマはつづいている。そしてサタースウェイト氏には、役が、重要な役があった。合図を受けて台詞を言うタイミングを誤ってはならない。

避けられぬことをやり遂げようという気持ちで、フィリップ・イーストニーの向かいに腰を落ち着けた。会話をはじめるのはたやすかった。イーストニーは話したがっているようだった。サタースウェイト氏はいつものように、やさしく思いやりのある聴き手になった。二人は戦争や爆発物や毒ガスについて語り合った。イーストニーは最後のものにとても詳しかった。戦時中の大部分を、その製造に従事していたからだ。サタースウェイト氏は、じつにおもしろい青年だと思った。

一度も使われたことのないガスがあるんです、とイーストニーは言った。休戦が早すぎたんですよ。おおいに期待されていました。一嗅ぎで死に至ります。話しているうちに、彼は生き生きしだした。

緊張がほぐれたので、サタースウェイト氏はおだやかに会話を音楽に向けた。イーストニーの痩せた顔が輝いた。本当の音楽愛好家らしく、熱心に夢中になって話した。ヨアシュビムの話題になると、青年は熱がこもった。真にすばらしいテノールに勝るものはこの世にはないと、二人とも意見が一致した。イーストニーは子供のころカルーソーを聴いたことがあり、それを忘れたことはなかった。

「彼がワイングラスに向かって歌うと、割ることができたってご存じですか？」と、イーストニーはたずねた。

「あれは作り話だと思ってましたよ」と、サタースウェイト氏は微笑みながら言った。

「いいえ、正真正銘の事実だとぼくは思います。実際、可能なんですよ。共鳴の問題なんです」

彼は技術的なことを事こまかに語りはじめた。顔は紅潮し、目が輝いている。その話題に魅了されているらしく、話していることを完全に理解しているようだと気づいて、サタースウェイト氏は、自分の話し相手がなみなみならぬ頭脳の持ち主、ほとんど天才と称されるかもしれない頭脳の持ち主であることを悟った。才気煥発だが不安定で、今のところ、まだそのはけ口となる本当の方向も定まってはいないが、まちがいなく天才だ。

そしてチャーリー・バーンズのことを思い出し、ジリアン・ウェストに驚きを禁じえなかった。

どれほど遅くなっているかに気づいてたいそう驚き、勘定を持ってこさせた。イーストニーはすこしすまなそうな顔をしている。

「申しわけありません——こんなに話しこんでしまって」と、彼は言った。「ですが今晩ここにあなたがお見えになったのは幸運でした。ぼくは——ぼくは、今夜、話し相手が欲しかったんです」

彼は妙な薄ら笑いを浮かべて話を終えた。目はなんらかの興奮を抑えているように、なお輝いている。とはいえ、どこか悲壮感が漂っていた。

「とても楽しかったですよ」と、サタースウェイト氏は言った。「非常に面白く、ためになる会話でした」

その後、独特のおかしくて丁重な軽いおじぎをすると、店を出た。その夜は暖かく、ゆっくり通りを歩くうち、やけに奇妙な空想が浮かんだ。一人ではないという気がした——何者かがそばを歩いている。そんなことは妄想だと自分に言い聞かせるが、無駄だった——その感じは消えなかった。暗い静かな通りを、だれかがとなりを歩いている、見えないだれかが。なぜクィン氏の姿がこれほどはっきりと心に浮かぶのだろう、といぶかった。クィン氏がすぐかたわらにいるような感じがしてしかたがないが、目で確認すると、そうではない、一人だと安心できた。

しかし、クィン氏のことが頭から離れず、ほかのものまで心に浮かんできた。困った事態、ある種の危急のこと、重苦しい惨事の予感。やらなければならないことがある——それも今すぐに。なにかひどい間違いがあり、それを正せるのは彼だけだった。

その感覚はとても強く、サタースウェイト氏はそれにあらがうのをやめた。かわりに目を閉じ、心のなかでクィン氏のイメージを引き寄せようとした。クィン氏にたずねることさえできたら——しかし、その考えが胸をよぎったとたん、それは間違いだとわかった。クィン氏になにをたずねても無駄だった。〝手がかりはすべてあなたの手にあるのです〟——クィン氏が言うのはそんなところだ。

手がかり。なんの手がかりだろう。自分の感覚や印象を注意深く分析する。まずは危険の予感だ。だれに危険が迫っている？

その瞬間、目の前に情景が浮かんだ――ジリアン・ウェストが一人でラジオに耳を傾けている姿が。

サタースウェイト氏は通りかかった新聞売りの少年に一ペニーを放り投げ、新聞をひったくった。すぐにロンドン・ラジオの番組欄を開いた。今夜、ヨアシュビムの歌が放送されるのに気づいた。《ファウスト》から〈サルヴェ・ディモーラ〉を歌い、そのあとは彼の国の民謡《フォークソング》から選曲されている。〈羊飼いの歌〉、〈魚〉、〈小鹿〉等々。

サタースウェイト氏は新聞を丸めた。ジリアンが聴きいっているものを知っているために、その姿がよりはっきりと見えるようだった。一人でそこにすわって……

フィリップ・イーストニーの、あの妙な頼み事。あの男らしくない、まったくあの男らしくないものだ。イーストニーに感傷的なところはない。あれは気性の激しい男、危険な男だ、ひょっとすると――

ふたたび、思考が急にとまった。危険な男――それはなにかを意味した。〝手がかりはすべてあなたの手のなかにあります〟。今夜、フィリップ・イーストニーと会ったこと――あれはちょっと妙だった。幸運でした、とイーストニーは言った。運だったのか？　それとも、今夜、何度か気づいた、織り合わされた模様の一部だったのか？

彼はこれまでのことを思い返した。イーストニーの会話のなかに、なにかあったにちがいない、手がかりとなるものが。そうでなければ、この奇妙な差し迫った感じはなんだ？　あの男はなにを話したか。歌、戦時中の仕事、カルーソー。

カルーソー――サタースウェイト氏の思考は急転換した。ヨアシュビムの声は、カルーソーのそれにほぼ匹敵する。ジリアンはそれに耳を傾けているだろう、いまにも正しい調子の力強い声が響き渡り、部屋中にこだまし、ガラスを鳴らして――

彼は息を呑んだ。ガラスが鳴る！　カルーソーがワイングラスに向かって歌うとグラスが割れた。ヨアシュビムがロンドンの放送室で歌えば、一マイル以上離れた部屋のガラスが割れて音を立てるだろう――いや、ワイングラスではなく、緑色の、薄いガラスのビーカーが。ガラスのしゃぼん玉が落ちる、しゃぼん玉はおそらく空《から》ではない……

その瞬間、サタースウェイト氏は、通行人の目から見て、突然、気がふれたようになった。もう一度新聞を破らんばかりに広げ、ラジオの番組欄を一瞥すると、静かな通りを死に物狂いで走りだした。通りのはずれで、ゆっくり走っているタクシーを見つけて飛び乗ると、運転手に行き先を大声で告げ、人の生死がかかっているから急いでくれと叫んだ。運転手は、この客は心を病んでいるのだろうが金は持ってそうだと判断すると、全力を尽くした。

サタースウェイト氏は後ろにもたれた。断片的な考えで頭のなかが混乱している。学校で習った科学のうろ覚えの記憶の破片、今夜イーストニーが使った言葉。共鳴——固有周期——加えられる力の周期と固有周期が一致すれば——なにか吊り橋にかかわること、兵士たちが行進していると、足並みによる揺れが橋の周期と同じになったとき。イーストニーはこの問題を研究していた。イーストニーは知っていた。そしてイーストニーは天才だ。

十時四十五分にヨアシュビムは放送される。ちょうど今だ。そう、だが、最初はファウストのはず。問題は〈羊飼いの歌〉だ。あのリフレインのあとで、声を張りあげて歌う。あれがきっと——きっと——どうなるというんだ？

頭のなかがまためまぐるしく回りはじめた。全音、倍音、半音。こういったことには詳しくなかった——だが、イーストニーは知っている。どうか間に合いますように！

タクシーが停まった。サタースウェイト氏は外へ飛び出ると、石の階段を三階まで、若い運動選手のように駆けあがった。その部屋のドアは少し開いていた。ドアを押し開けると、大きなテノールの声に迎えられた。〈羊飼いの歌〉の歌詞は、これほど異常ではない舞台背景で聞き慣れたものだった。

羊飼いよ、見ろ、あの馬のなびくたてがみを——

では、間に合ったのだ。居間のドアを押し開けた。ジリアンは暖炉のそばの背の高い椅子にすわっていた。

バリア・ミッシャの娘がきょう結婚するので
結婚式へ急がねばならん。

彼女は、サタースウェイト氏の気がふれたと思ったにちがいない。彼はジリアンにつかみかかると、なにやらわけのわからないことを叫びながら、半ば引っ張り、半ば引きずり出すようにして、階段へ出た。

結婚式へ急がねばならん――
ヤーハッ！

力強い、朗々とした、すばらしい高音が、あたりに響き渡る。どんな歌手も誇りに思うような声。同時にべつの音がした。ガラスが割れるかすかな音。

野良猫がそばをすり抜けて、部屋のドアからなかに飛びこんだ。ジリアンが動いたが、サタースウェイト氏はつじつまの合わないことを言いながら引き留めた。

「いや、いけない――あれは危険です。匂いはないから気づかない。たった一嗅ぎで終わりです。どれだけ危険なものか、だれも知りません。これまでに使われたどんなものとも違うんです」

彼はフィリップ・イーストニーが夕食の席で語ったことをくりかえしていた。

なにがなんだかわからぬまま、ジリアンは彼を見つめていた。

3

フィリップ・イーストニーは時計をとりだし、時刻を見た。ちょうど十一時半。この四十五分間というもの、エンバンクメント（テムズ川北岸の遊歩道）を行ったり来たりしていた。テムズ川を見渡すと、ふりかえって――夕食をともにした相手の顔を見た。

「これは奇遇ですね」と言って笑った。「今夜はおたがいに出くわす運命のようだ」

「きみがそれを運命と言うなら」と、サタースウェイト氏は言った。

フィリップ・イーストニーはより注意深く相手を見ると、その表情が変わった。

「それで？」と、冷静に言った。

サタースウェイト氏は単刀直入に言った。

「わたしはウェストさんのアパートから来たところだ」

「それで？」

同じ口調、同じ恐ろしいほどの冷静さ。

「わたしたちは——部屋から死んだ猫を連れ出したよ」

沈黙が流れ、やがてイーストニーは言った。

「あんたは何者だ」

サタースウェイト氏はしばらく話をした。これまでのいきさつを詳細に語った。

「これでわかっただろう、わたしは間に合ったんだよ」と、締めくくった。間をおいてから、そっとつけ加える。

「なにかあるかね——言いたいことが」

彼はなにかを予想していた。感情の爆発や、死に物狂いの弁明といったものを。だが、なにもなかった。

「いいえ」と、フィリップ・イーストニーは静かに言い、きびすを返して立ち去った。

その姿が暗闇に飲みこまれるまで、サタースウェイト氏は見送った。思わず、イーストニーに奇妙な共感を抱いた。それは芸術家が他の芸術家に抱くような、感傷的な人物が本当の恋人に抱くような、平凡な人物が天才に抱くような感情だった。

ようやくはっとわれに返ると、イーストニーと同じ方向に歩きはじめた。霧が出はじめていた。

「たった今、ほどなく、こちらをけげんそうに見ている警官に出会った。

「たった今、水が跳ねる音がしませんでしたか？」と警官は尋ねた。

「いいえ」と、サタースウェイト氏は言った。

警官は川をのぞきこんだ。

「また自殺でしょう、たぶん」彼は憂鬱そうにつぶやいた。「よくあるんですよ」

「おそらく」サタースウェイト氏は言った。「理由があるのでしょう」

「金ですよ、おおかた。ときには女が原因の場合もありますが」と、警官は立ち去ろうとしながら言った。「いつも女のせいってわけじゃありませんが、なかにはあれこれと問題を起こすのがいますからね」

「なかにはね」と、サタースウェイト氏はそっとあいづちを打った。

警官がいなくなると、霧があたりに立ちこめるなか、彼はベンチに腰をおろし、トロイのヘレンのことを考え、彼女も人のいい普通の女だったのかもしれないと思った。すばらしい顔に生まれついたことが幸運だったのか、不運だったのかはべつにして。

死んだ道化役者《ハーリクイン》

The Dead Harlequin

サタースウェイト氏は、陽の光を満喫しながら、のんびりボンド・ストリートを歩いていた。ふだんどおり隙のないみごとな服装で、ハーチェスター画廊を目指していた。画廊では、まだ無名だが、売れっ子になる兆しを見せている新進画家、フランク・ブリストウの作品展が催されていた。サタースウェイト氏は芸術の保護者《パトロン》だった。

サタースウェイト氏がハーチェスター画廊に入ったとたん、彼に気づいた嬉しそうな笑顔に迎えられた。

「こんにちは、サタースウェイトさん、そろそろお見えになる頃だと思っていました。ブリストウの作品はご存知ですか？　素晴らしい、いや、じつに素晴らしいものですよ。この種の絵画のなかでは、ほかに類を見ない作品です」

サタースウェイト氏は出展目録を購入し、開けはなたれたアーチ型の入口を抜け、作品が展示されている細長い部屋に入った。ならんでいたのは水彩画だったが、非凡な技巧と仕上げの手法を用いたその作品は、まるで色つきのエッチングのように見えた。サタースウェイト氏は壁ぎわをゆっくり歩きながら、作品にじっくり目をこらし、そのできばえにおおむね満足した。この青年は名声を得るに値する、と彼は思った。独創性や洞察力があり、そのうえ、めったにお目にかかれないような詳細で正確な技術を持ち合わせている。むろん、未熟な点も多い。それは予想の範囲内だ——だが同時に、そこには天賦の才にちかいものがあった。サタースウェイト氏は、ウェストミンスター橋を行き交うバスや路面電車や、急ぎ足の通行人たちを描いた、小ぶりの優れた作品の前で足をとめた。小品だが、驚くほど完璧だ。《蟻の群れ》という題名がついているのに気づいた。ふたたび歩きだしてすぐに、彼はぎょっとして息をのみ、想像力を掻き立てられたまま、目が釘付けになった。

その絵の題名は《死んだ道化役者《ハーリクイン》》だった。前景には、白黒の格子模様の大理石の床が描かれていた。床の中央に、黒と赤のまだらの衣装を着た道化役者が大の字であおむけになっていた。背後には窓があり、そのむこうから床に横たわる姿を見つめている男がいた。真っ赤な夕日に浮かび上がる黒い影は、床に倒れているのと同一人物のように見えた。

サタースウェイト氏がその絵を見て興奮した理由は二つあった。一つめの理由は、絵のなかの男に見覚えがあったからだ。すくなくとも、彼はそう思った。いささか不可解な状況下で何度も出くわしたことのある、顔見知りのクィン氏という人物にとてもよく似ていたのだ。

「見まちがえるはずはない」と、彼はつぶやいた。「もし、本当にそうならば――これは、いったいどういうことか？」

サタースウェイト氏の経験によれば、クィン氏の登場には、いつもなにかはっきりとした意図が含まれていた。

前に述べたように、サタースウェイト氏が興味をひかれたのには、もう一つ理由があった。彼は、その絵に描かれた場所に見覚えがあったのだ。

「チャーンリー荘のテラス・ルームだ」と、サタースウェイト氏はつぶやいた。「これは妙な――だが、ひじょうに興味ぶかい」

彼はもう一度その絵をじっくりと観察しながら、画家のたしかな心情に思いをめぐらせた。床で死んでいる道化役者と、窓越しにそれを見ているもう一人の道化役者――それとも二人は同一人物なのか？　彼はゆっくりと壁にそって進みながら、ほかの絵画を見つめていたが、じっさいはなにも目に入らず、ずっと一つのことだけを考えつづけていた。彼は興奮していた。今朝は少しばかり味気なく思えた人生も、すっかり様変わりしていた。自分が、胸躍るような興味ぶかい事件の入口に立っているという確信を持っていた。彼は部屋を横切り、ハーチェスター画廊の責任者であり、長年つき合いのあるコップ氏のいるテーブルに近づいた。

「三十九番の絵を購入したい」サタースウェイト氏は話しかけた。「まだ売れていないようならば」

コップ氏は台帳を調べた。

「えり抜きの一品ですよ」彼は囁くように言った。「小粒だがたいした宝石だ、そうでしょう？　だいじょうぶ、まだ売れていません」彼は値段を言った。「よい投資ですよ、サタースウェイトさん。来年の今頃は、これを手に入れるのに三倍の金額を支払うことになる」

「こういうときには、いつもそのセリフを聞かされているよ」と、サタースウェイト氏は笑いながら言った。

「そうですね、だが、嘘は言っていませんよね？」コップ氏が念を押すようにたずねた。「サタースウェイトさん、もしご自分のコレクションを売りに出されることがあったら、ただの一枚だって、買ったときの値段より安値がつくものなどあるわけがありません」

「この絵をもらおう」と、サタースウェイト氏は言った。「この場で小切手で支払うよ」

「けっして後悔なさいませんよ。わたくしどもはブリストウはまちがいないと信じています」

「若いのか？」

「二十七か八、そんなところでしょう」

「ぜひ一度会ってみたいものだ」と、サタースウェイト氏は言った。「いつか夕食にでも招待するというのはどうだろう？」

「住所をお教えしましょう。そういうチャンスには飛びつくに決まっています。なにしろあなたのお名前は、芸術家たちのあいだではよい取引の代名詞のようなものですからね」

「ずいぶん喜ばせてくれるじゃないか」と、サタースウェイト氏は言ったが、じっさいに喜ぶ間もなく、コッブ氏が話の腰を折った。

「おや、本人がやってきた。さっそくご紹介しましょう」

コッブ氏はテーブルの奥から立ち上がった。サタースウェイト氏がついていくと、垢抜けない大柄な男が、壁にもたれ、恐ろしいしかめ面のバリケードの陰から、世間全体を見渡していた。

コッブ氏が紹介をすませると、サタースウェイト氏は礼儀正しく愛想のいい言葉をかけた。

「たった今、嬉しいことに、あなたの絵画を手に入れたばかりですよ――《死んだ道化《ハーリ》役者《クイン》》です」

「ほう！　まあ、損はしませんよ」と、ブリストウ氏は無愛想に答えた。「あれは、かなりいい出来だ、って自分で言うのもなんだけど」

「わたしもそう思いますよ。あなたの作品に、たいへん興味を持っているのですよ、ブリストウさん。あなたのような若い方の作品にしては、なみはずれて円熟したものだ。どうです、いつかいっしょにお食事でも？　今晩はなにかご予定がおありでしょうか？」

「じつを言うと、空《あ》いています」と、ブリストウ氏はいぜん愛想がいいとは言いかねる態度で答えた。

「では、八時ではいかがです？　さあ名刺をどうぞ、ここに住所が書いてあります」

「ええ、いいですよ」ブリストウ氏はやや露骨に、いかにもあとから思い出したように

「ありがとう」と、つけ加えた。

「自分を卑下すると同時に、まわりからもそう見られるにちがいないと恐れている若者」

そんなふうに結論づけながら、サタースウェイト氏は陽ざしが降りそそぐボンド・ストリートに出た。他人に対する彼の判断は、大きくはずれることはめったになかった。

八時五分過ぎにフランク・ブリストウが到着したとき、主人とともに、もう一人の客が彼を待っていた。三人目の人物は、モンクトン大佐と紹介された。一息つく間もなく、彼らは食事の席に移動した。楕円形のマホガニー材の食卓には、四人分の席が用意されており、サタースウェイト氏がひとこと説明した。

「友人のクィン氏がひょっこり顔を見せるのではないかと、なかば期待しているんですよ。もしかして、お会いになったことがあるのでは？　ハーリ・クィン氏に？」

「ぼくは、ひとにはまったく会いませんから」ブリストウは低い声でぼそぼそと答えた。

モンクトン大佐は、画家のほうをじろっと見たが、それはまるで新種のクラゲでも見るような客観的な興味でしかなかった。サタースウェイト氏は、会話が友好的にはずむよう奮闘した。

「あなたの作品にとくに惹かれたのは、この場所には見覚えがある――チャーンリー荘のテラス・ルームに違いない、と思ったからなのです。そうですよね？」画家がうなずいたので、彼は話をつづけた。「これはじつに面白い。わたし自身も、過去に何度かあのお屋敷に滞在したことがあるのです。もしかして、ご家族のだれかとお知り合いですか？」

「いや、そうじゃない」ブリストウは声を荒らげた。「あの手の連中が、ぼくなんかと知り合いになりたがるわけがないでしょう。遊覧バスで行ったんですよ」

「なんと」なにか言わねばならぬとばかりに、モンクトン大佐が口を開いた。「遊覧バスとは！　これはまた」

フランク・ブリストウは大佐をにらみつけた。

「なにがいけないんです？」画家がはげしい口調で詰めよった。

哀れなモンクトン大佐は、不意をつかれた。サタースウェイト氏に向けられた大佐の非難がましい視線は、まるでこう言っているようだった。

「きみのような自然主義者にとっては、こういう原始的な生物《いきもの》も興味の対象かもしれないが、どうしてわたしまで巻きぞえにするのかね？」

「あの忌まわしい遊覧バスときたら！」大佐は言った。「でこぼこの道を通るときなどは、そりゃひどく揺れて」

「ロールスロイスを買えない人間は、遊覧バスで行くしかないんだ」と、ブリストウが荒々しく言った。

モンクトン大佐は目を丸くして画家を見た。サタースウェイト氏は思った。

「この青年をなんとかして落ち着かせないかぎり、たいへんな晩になってしまうぞ」

「チャーンリー荘は、行くたびに好奇心をそそられますな」サタースウェイト氏が話しだした。「あの悲劇のあと、一度行ったきりですが。気味の悪い——今にも幽霊の出そうなところだ」

「たしかに、そうですね」と、ブリストウは言った。

「じっさい、あそこは本物の幽霊が二人出る」と、モンクトンが言った。「噂によると、切り落とされた自分の頭を小脇に抱えたチャールズ一世の幽霊が、テラスを行ったり来たりするらしい——理由はなんだか忘れてしまったが、いや本当だ。もう一人は〝銀の水差しを持った泣き女〟で、チャーンリー家に不幸があるたびに姿を現わす」

「ばかばかしい」ブリストウがあざけるように言った。

「たしかにチャーンリー一族は、ずっと不運にみまわれてきた」あわてて、サタースウェイト氏が口をはさんだ。「爵位を継いだ四人の者たちは、みな非業の死を遂げているし、前のチャーンリー卿は自殺をはかった」

「ぞっとするような話だよ」モンクトンが深刻な顔で言った。「あのとき、ちょうどその場に居合わせた」

「あれはたしか、十四年前のできごとでしたな」サタースウェイト氏は言った。「あれ以来ずっと、屋敷は封鎖されている」

「当然でしょうな」と、モンクトンが言った。「まだ若い娘さんには、とてつもない衝撃だったでしょうから。一カ月まえに結婚したばかりで、新婚旅行からようやく戻ってきたところだったのですから。二人の帰宅を祝って、盛大な仮装舞踏会が開かれたのです。客がちらほら到着しはじめたとき、チャーンリー卿は樫の間《オーク・パーラー》に内側から鍵をかけて、みずから引き金を引いた。ああいうことは、おいそれと忘れられるものではありませんよ。えっ、なんですって？」

大佐はさっと左をむき、テーブルのむこうのサタースウェイト氏と目が合うと、わびるように声をあげて笑った。

「どうやら、わたしはアル中になりかけているらしいよ、サタースウェイト。一瞬、その空《から》の椅子にだれかすわっていて、話しかけられたような気がしたんだ。

そうだ」しばらく間をおいて、大佐は話をつづけた。「アリックス・チャーンリーは、それはそれは大きな衝撃を受けた。彼女はそこいらではちょっとお目にかかれないような美人で、世間で言うところの生きるよろこびに満ちあふれた女性だったのだが、今の彼女ときたら、まるで幽霊そのものだという話だ。もう何年も会っていないがね。たしか、一年のほとんどを海外で過ごしているはずだ」

「それで息子は？」

「息子はイートン校に行っている。成人したらどうするつもりかは、わからない。だが、なんとなく、あの屋敷でふたたび生活することはないという気がする」

「みんなが楽しめる遊園地にするのには最適だな」ブリストウが口をはさんだ。

モンクトン大佐は冷たい憎悪の目で、青年を見た。

「いや、いや、本気でそんなことをおっしゃっているのではないでしょう」サタースウェイト氏は言った。「もし本気ならば、あのような絵を描くわけがない。伝統や雰囲気というのは実体のないものだ。何世紀もかかって築きあげたものを、いったん壊してしまったら、一朝一夕に再建することなどできないのですよ」

サタースウェイト氏は立ち上がった。「喫煙室に行きましょう。ぜひお目にかけたいチャーンリー荘の写真があるのです」

サタースウェイト氏の数ある趣味の一つが、素人《しろうと》写真だった。彼はまた、《友人たちの家》という本の著者であることが自慢の種だった。問題の友人が、高い地位にいる人物ばかりだったので、サタースウェイト氏はこの本のせいで、実際よりもかなり俗物であるというレッテルを貼られてしまった。

「あの写真は、去年、テラス・ルームを撮影したものです」と、サタースウェイト氏が言った。彼は写真をブリストウに渡した。「ほら、あなたの絵とほぼ同じ角度から撮ったものですよ。この絨毯はじつにみごとなものです――写真では色がわからないのが残念ですな」

「この絨毯のことは覚えています」ブリストウは言った。「じつに見事な色合いでした。まるで炎が燃えるような色だった。それにしても、あの場にはちょっとばかり不似合いでした。白黒の格子模様の広い部屋にはサイズも合わないし。あの部屋には、ほかに敷物がない。全体の雰囲気を壊している――まるで巨大な血痕のようだった」

「そこから絵の構想を得られたのでしょうか？」サタースウェイト氏がたずねた。

「そうかもしれませんね」ブリストウが考えこむように言った。「一見しただけでも、あのとなりにある羽目板張りのせまい部屋を、悲劇の舞台と考えるのはごく自然ですからね」

「オーク・パーラーですな」と、モンクトンが言った。「たしかに、あの部屋はいつ幽霊が出てもおかしくない。あそこには聖職者の隠れ穴があるのです――暖炉のわきに取りはずしができる壁板がある。言い伝えによると、チャールズ一世がそこに身を隠したことがあるとか。あそこで行なわれた決闘で、二人死んでいる。それに、お話ししたように、レジー・チャーンリーがみずからの命を絶ったのも、あの部屋だ」

大佐はブリストウの手から写真を受けとった。

「なんと、これはトルクメンの絨毯《ブハラ》ではありませんか。たしか、二千ポンドの価値があるはずです。以前見たときは、オーク・パーラーにあった——あの部屋にはぴったりだった。だだっ広い大理石の敷石の上ではばかげて見えますからな」

サタースウェイト氏は、そばに引き寄せた空《から》の椅子を見つめていた。やがて物思いに沈んだように言った。「いつ動かしたのだろうか？」

「最近のことに違いない。なにしろあの悲劇が起こったまさにその日、あの絨毯を話題にした覚えがある。チャーンリー卿が、この絨毯は、本来ガラスケースのなかにしまっておくべきものだと言っていた」

サタースウェイト氏は首を振った。「屋敷はあの悲劇の直後に封鎖されて、すべては当時の状態のままになっている」

ブリストウがわきから質問を投げかけた。先ほどまでの反抗的な態度はすっかり消えていた。

「チャーンリー卿はなぜ自殺したんですか？」

モンクトン大佐は居心地悪そうに椅子にすわりなおした。

「結局だれにもわからずじまいだ」彼はあやふやな言い方をした。

「仮に」サタースウェイト氏がゆっくりと切りだした。「あれが本当に自殺だったとして」

大佐はわけがわからないといった表情でサタースウェイト氏を見た。

「仮にだと、もちろん自殺に決まっている」大佐が言った。「きみ、わたし自身があの場にいたんだぞ」

サタースウェイト氏はかたわらの空席に目をやりながら、内輪の冗談を聞いたときのように、ひとりでにやりと笑ってから、静かな声で話しだした。

「ときとして、何年もたってからのほうが、当時見えなかったものがはっきり見えてくる場合があるものです」

「ばかばかしい、とほうもない戯言《たわごと》だ！」モンクトンは早口でまくし立てた。「どうしたら、はっきり見えてくると言うのかね？　記憶はどんどん曖昧《あいまい》になっていくだけで、よりはっきり鮮明になっていくわけではないんだぞ」

だが、サタースウェイト氏に、思わぬ方角から助け船がやってきた。

「ぼくには、わかるような気がします」と、画家が言った。「たぶん、あなたのおっしゃるとおりでしょう。釣り合いの問題ですよね？　いやおそらく、釣り合いだけじゃない。相対性とかそういったたぐいの話だ」

「わたしに言わせれば、その手のアインシュタインとかああいう連中の言いだすことは、どれもこれもまったく意味をなさないね。心霊術師や祖母の幽霊とまったく同じだ！」大佐が敵意をこめて二人をにらみつけた。

「むろん、あれは自殺だった」大佐はしゃべりつづけた。「わたしは、じっさいこの目で事件を目撃したのだから」

「話を聞かせてくれたまえ」と、サタースウェイト氏が言った。「そうすれば、われわれにも見えるようになる」

怒りをいくらかでも静めるようにうなり声をあげて、大佐は楽な姿勢を求めて椅子にすわりなおした。

「なにもかもが、まったく予想外のできごとだった」大佐は話をはじめた。「チャーンリー卿の様子はふだんとまったく変わりがなかった。舞踏会のために多くの泊まり客が屋敷に滞在していた。よりによって招待客が到着しだしたときに、彼が銃で自殺をするなどとは、だれ一人考えてもみなかった」

「せめてみんなが帰るまで待ってくれれば、いくらかでもましだったでしょうな」サターースウェイト氏が言った。

「もちろん、そうだったとも。じつに悪趣味だよ――あんなやり方は」

「あのひとらしくない」サタースウェイト氏が言った。

「さよう」モンクトンもそれを認めた。「チャーンリー卿らしくないふるまいだ」

「だが、それでも自殺に違いないと？」

「もちろん、あれは自殺だった。なにしろ、わたしを含めて三、四人が階段の上にいたのだから。わたしと、オストランダー嬢、アルジー・ダーシー――いや、そのほかにも一人か二人いた。チャーンリー卿が下のホールを通り、オーク・パーラーに入っていった。オストランダー嬢は、卿が薄気味悪い表情をして、目が据わっていたなどと言っていたが、むろんばかげた話だ――なにしろ、われわれのいた位置からは、彼の顔すら見えなかったのだから――だがたしかに、彼はまるで世界じゅうの重荷を一人でせおっているかのように、肩を落として歩いていた。一人の女性が彼に声をかけた――たしかどこかの家の住みこみの家庭教師で、レディ・チャーンリーが親切心からパーティーに招待したんだ。彼女はメッセージを託されて彼を捜していた。大声で呼びかけた。〝チャーンリー卿、奥様がおたずねですが――〟彼はそれを無視してオーク・パーラーに入っていき、ばたんとドアを閉めた。鍵をかける音がした。そして、一分後に、銃声が聞こえた。

わたしたちは、ホールへ駆け下りた。オーク・パーラーにはもう一つドアがあって、そちらはテラス・ルームにつづいていた。そのドアを試してみたが、やはり鍵がかかっていた。最終的に、ドアを叩き壊すしかなかった。チャーンリー卿は床に倒れていた――死んでいた――右手のそばに銃が落ちていた。さあどうだね、自殺以外には考えられんだろう？　事故か？　よしてくれ。一つだけ、べつの可能性はある――殺人だ――だが、犯人がいなければ殺人は起こりえない。それには、同意してくれるだろう」

「犯人は逃げたのかもしれない」

サタースウェイト氏は言ってみた。

「それは不可能だよ。紙と鉛筆をもらえれば、屋敷の見取り図を書いてやろう。オーク・パーラーにはドアがふたつ、ひとつはホールに、もうひとつはテラス・ルームに通じている。両方のドアには、どちらも内から鍵がかかっていて、キーは鍵穴にささったままだった」

「窓は？」

「閉まっていて、よろい戸までおりていた」

一瞬、場が静まりかえった。

「つまり、そういうことだ」モンクトン大佐は勝ちほこったように言った。

「どうやら、まちがいないようですな」サタースウェイト氏は残念そうに言った。

「念のために言っておくが」大佐は言った。「さっきは心霊術師を笑いものにしたが、あの屋敷にひどく奇妙な雰囲気があることは認める――なかでもあの部屋はとくに。壁の羽目板にはいくつもの弾痕がある。あの部屋で行なわれた決闘の名残だ。その上、床には不思議な染みがついていて、なんど床板を張りかえてもまた浮き上がってくるのだ。今では、その床の上に新たな血の染みがついているだろうが――気の毒なチャーンリー卿の血が」

「大量の血が出たのか？」サタースウェイト氏はたずねた。

「ごく少量だった――やけに少ない――と医者は言っていた」

「どこを撃ったんだ？　頭か？」

「いや、心臓を撃ちぬいた」

「それは楽な方法とは言えないなあ」ブリストウが言った。「自分の心臓の位置なんて、そう簡単にわかるものじゃない。ぼくだったら、そのやり方はぜったいにやめておくな」

　サタースウェイト氏は首を振った。漠然とした不満を抱いていた。なにかを得られると期待していたのだ――それがなにかは、自分でも見当がつかなかった。モンクトン大佐は言葉をつづけた。

「まったく気味の悪いところだよ、チャーンリー荘は。むろん、わたしはなにも見てはいないが」

「きみは〝銀の水差しを持った泣き女〟を見ていないのかい？」

「いや、見ていない」大佐は言い切った。「だが、あの屋敷の召使いは全員が、ぜったいに見たと言い張るはずだ」

「迷信は、中世の負の遺産ですよ」ブリストウは言った。「さいわい、ぼくたちはそこから解き放たれつつあるが、いまだに、その痕跡がそこかしこに残っている」

「迷信も」サタースウェイト氏は物思いに耽ったまま、空《から》の椅子に目を向けた。「ときには有益だとは思わないかね？」

ブリストウが目を皿のようにしてサタースウェイト氏を見た。

「有益とは、それは妙な言葉ですね」

「ともかく、サタースウェイト、これできみも納得してくれたろう」大佐が言った。

「ああ、充分納得したとも」サタースウェイト氏は答えた。「見たところ、普通ではないように思える――裕福で幸せな新婚の青年が、帰宅を祝うパーティーの最中に自殺する動機がない——好奇心をそそられるよ——だが、事実は動かしがたい」サタースウェイト氏は小声で繰り返した。「事実か」彼は眉根を寄せた。

「おそらく、今後もけっして表には出ない部分こそ、いちばん知りたいところなのだろう」モンクトンは言った。「すべての内幕だよ。むろん、噂はあった——さまざまな種類の噂だ。他人がどういうことを囁き合うかは、きみも知っているとおりだ」

「だが真相はだれも知らない」サタースウェイト氏は考えこむように言った。

「ベストセラーのミステリ小説というわけにはいきませんよね？」ブリストウは言った。

「彼の死によって得をした人間はいないのだから」

「母親のお腹にいた息子以外は」サタースウェイト氏は言った。

モンクトンは耳障りな含み笑いをした。「哀れなヒューゴ・チャーンリーにとっては大打撃だ」彼は所見を述べた。「チャーンリー卿夫妻に子どもができたと聞かされたとたん、それが男か女かわかるのを、優雅に腰を据えてただじっと待っていなければならなかったのだから。彼の債権者たちにとっても、気が気ではなかったろう。結局、生まれてきたのは男の子で、肩を落とした人間が大勢いたというわけさ」

「未亡人は、打ちひしがれていたのでしょうか？」ブリストウはたずねた。

「本当に気の毒だった」と、モンクトンは言った。「あの姿は忘れられん。彼女はまったく泣いたり取り乱したりはしなかった。まるでなんと言うか——凍りついてしまったようだった。前にも言ったように、事件後すぐに屋敷を閉鎖し、わたしの知るかぎりでは、それ以来ずっと空き家になっている」

「結局、まだ動機は闇のなかってわけだ」と、言いながらブリストウは微かに笑った。

「もう一人の男かもう一人の女がいたってとこでしょうかね？」

「おそらく、そうだろう」と、サタースウェイト氏は言った。

「ぼくは、だんぜん女がいたっていうほうに賭けるな」ブリストウは言葉をつづけた。

「なにしろ、麗しの未亡人は再婚しなかったわけですし。女は嫌いですよ」と、彼は面白くなさそうに言い添えた。

サタースウェイト氏がちょっと微笑むと、その微笑みにさっそくフランク・ブリストウが嚙みついた。

「笑いたければ笑えばいい。でも本当に嫌いなんだ。女ってやつはすべてをめちゃくちゃにしてしまう。なにかと口出しする。仕事の邪魔をする。まったく女ってやつは——まともな女性に出会ったのはたった一度きりだ——彼女は、その、興味ぶかい女性だった」

「わたしもいつかは出会えると信じていたのだが」と、サタースウェイト氏は答えた。

「そういう意味じゃないですよ。ぼくは――彼女とは、たまたま出会ったんだ。なにを隠そう汽車に乗り合わせたんですよ」彼はけんか腰で「汽車で知り合ったっていいでしょう?」と、つけ加えた。

「それは、そうですとも」と、サタースウェイト氏はなだめるように言った。「汽車のなかだって、ほかの場所と同じですよ」

「南にむかう汽車でした。車両に二人きりだったのです。きっかけはわからないが、話しはじめたんです。彼女の名前も知らないし、おそらくもう二度と会うことはないでしょう。会いたいかどうかもわからない。もしかすると――同情したのかもしれないな」青年はうまい表現を探すように間をとった。「彼女はまるで生身の人間ではないような、なんと言うか、影みたいだったのです。まるでケルトの妖精物語で丘から姿を現わすひとのようだった」

サタースウェイト氏はおだやかにうなずいた。彼の想像力をもってすれば、情景を思い浮かべるのはたやすいことだった。実在する現実的なブリストウと、銀色に輝く幽霊のような姿――青年の言葉どおり、影のような女。

「おそらく、どうしようもないほどつらい、あまりにつらくて耐えきれないほどの体験をすると、ひとはあんなふうになってしまうのでしょう。現実から逃避して、自分だけの暗い世界に引きこもって、そして、もちろん時間がたつと二度と元の世界には戻れなくなる」

「そうだったんですか？」サタースウェイト氏は好奇心にかられてたずねた。

「わかりません」ブリストウは答えた。「なにも話してはくれなかったから、これはぼくの想像にすぎない。先に進もうと思えば、想像するしかないでしょう」

「そうですね」と、サタースウェイト氏はおもむろに言った。「想像しなければなりません」

ドアの開く音に、彼は顔をあげた。期待するようにさっと目をむけたが、執事の言葉に落胆した。

「旦那さま、ご婦人が、至急の用件でぜひお目にかかりたいとのことですが。アスパージア・グレンさまでございます」

サタースウェイト氏はいささか驚いて立ち上がった。アスパージア・グレンの名は知っていた。ロンドンで知らぬひとなどあるだろうか？　はじめ〝スカーフの女〟として売り出した彼女は、一連の自力での昼興行《マチネー》の成功で、ロンドンじゅうの聴衆をたちまちとりこにした。彼女はスカーフを使って、さまざまな人物に早変わりをして見せた。スカーフは、修道女のベール、粉ひき労働者のショール、農婦の頭巾やほかの多くのものにつぎつぎと姿を変え、アスパージア・グレン自身も、その演じる役柄によって、どこから見てもまったく別人のように見えた。芸術家としての彼女に対し、サタースウェイト氏は心から尊敬の念を抱いていたが、今日まで面識を得る機会はなかった。このような非常識な時間の訪問に、彼は少なからず好奇心をかき立てられた。二人の客に短く謝罪の言葉を述べてから、彼は部屋をあとにし、ホールを横切って応接室へと向かった。

ミス・グレンは、金襴《きんらん》を張った大きな長椅子の中央に座っていた。その落ち着きはらった態度は、まるで部屋を支配しているようだった。サタースウェイト氏は即座に、彼女が会話の主導権をも握る気であることを見てとった。不思議なことに、彼がまず感じたのは、強い不快感のようなものだった。彼は、アスパージア・グレンの芸術の心からの信奉者だった。舞台の彼女から伝わってくる人柄は、魅力的で好意の持てるものだった。その印象は威圧的というよりも、物欲しげで扇情的だった。ところが、今こうして素顔の彼女と向き合ってみると、まったく違う印象を受けた。彼女にはどこか冷徹で——大胆不敵で——強引なところがあった。背は高く、色黒で、おそらく歳は三十五くらいであろう。文句のつけようもないほどの美貌の持ち主であり、あきらかに彼女はその事実を利用していた。

「このような非常識な時間にお邪魔して、申し訳ありません、サタースウェイトさん」

と、彼女は言った。はっきりとよく通る魅惑的な声だった。

「以前からぜひ一度お目にかかりたかったと言うつもりはありませんけど、こうしてお会いできる口実ができて、本当に嬉しいわ。それで、今晩うかがったのは」――彼女は声をあげて笑った――「わたしって欲しいものがあると、とにかく待つことができませんの。なにか欲しくなったら、すぐに手に入れないとどうしても気がすまないのです」

「これほどチャーミングなご婦人が訪ねてきてくださるのなら、どのような理由であっても、わたしは大歓迎ですよ」サタースウェイト氏は時代遅れの慇懃《いんぎん》な態度で言った。

「まあ、なんてご親切な方なのかしら」と、アスパージア・グレンは言った。

「あなたに」と、サタースウェイト氏は話しだした。「今、この場で、礼を述べさせてください。いつも楽しませていただいています――一階前方の席で」

彼女は嬉しそうに彼に微笑みかけた。

「率直に用件を申しあげます。今日、ハーチェスター画廊に参りました。そこで、あれなしでは生きていけないと思うほどの絵を見つけましたの。すぐに手に入れたかったんですけど、無理でした。あなたがすでに購入されたあとでした。そこで」――彼女は間をおいてから「どうしても欲しいんです」とつづけた。「ねえ、サタースウェイトさん、どうしても手に入れなくてはならないんです。小切手帳は持ってきております」彼女は期待の眼差しで彼を見た。「あなたは本当に親切な方だって、いろいろなひとから聞きました。みなさん、わたしによくしてくださいますのよ。わたし自身のためにはならないんですけど――でもね、実際そうなんですもの」

なるほど、これがアスパージア・グレンのやり方か。サタースウェイト氏は内心、このわざとらしい女らしさと甘やかされた子どものような見せかけの態度を、冷淡に批判した。なにか彼に訴えるところがあってもいいはずだ、と彼は思ったが、そうはならなかった。アスパージア・グレンは間違いを犯した。彼女は、美人に弱い美術愛好家の老人だと彼を判断してしまった。だが、慇懃《いんぎん》な態度とはうらはらに、サタースウェイト氏は抜け目のない批判的頭脳の持ち主だった。彼には、他人の正体を見抜く力があったので、見せかけに騙されることはなかった。彼にとって、目の前にいるのは、気まぐれからおねだりしているチャーミングな女性ではなく、彼にはわからないなんらかの理由で、自分の思い通りにことを運ぼうとしている非情なエゴイストだった。だが、アスパージア・グレンが意志を押し通すことは不可能だと、彼は確信していた。彼女に《死んだ道化役者《ハーリクイン》》を渡す気などなかったからだ。彼はすばやく頭を働かせ、できるかぎり礼を失しない範囲で、彼女の依頼をうまく回避する最善の方法を模索した。

「その気持ちはよくわかりますな」彼は口をひらいた。「だれもが、あなたのご期待にできるかぎり添えるよう、それも喜んでそうすることでしょう」

「では、絵を譲っていただけますの？」

サタースウェイト氏はゆっくりと申しわけなさそうに首を振った。

「残念ながら、それは不可能です。じつは」――彼は一息ついた――「あの絵はある女性のために購入したものなのです。プレゼントなんですよ」

「まあ！　でもきっと――」

テーブルの上の電話がけたたましく鳴った。謝罪の言葉をつぶやきながら、サタースウェイト氏は受話器をとった。電話のむこうで彼に話しかけるかすかな声は、とても冷たく、はるか遠くから聞こえてきた。

「サタースウェイトさんをお願いできますでしょうか？」

「わたしがサタースウェイトですが」

「レディ・チャーンリーです。アリックス・チャーンリーですわ。もちろん覚えてはいらっしゃらないでしょうね、サタースウェイトさん。もう何年もお目にかかっておりませんものね」

「やあ、アリックス。もちろん忘れてなどいるものですか」

「あなたにお願いがあるんですの。今日、ハーチェスター画廊の絵画展を観に参りましたら、そこに《死んだ道化役者《ハーリクイン》》という絵がありました。おそらくあなたもお気づきになったことでしょうけど——あれはチャーンリー荘のテラス・ルームです。わたくし——わたくし、あの絵が欲しいのです。あの絵はあなたがお買いになった」彼女は息をついた。「サタースウェイトさん、個人的な理由で、あの絵を手に入れたいのです。譲ってはいただけませんでしょうか？」

サタースウェイト氏は心の内でつぶやいた。「なんと、これは奇跡だ」受話器にむかって話しながら、アスパージア・グレンには会話の片方しか聞こえていないことに感謝していた。「アリックス、もしわたしからの贈り物を受け取ってもらえるのなら、本当に幸せですよ」背後で甲高い叫び声が上がったが、彼は急いで先をつづけた。「あれは、あなたのために購入したものです。本当です。ですが、どうでしょうアリックス、一つだけお願いしたいことがあるのですが」

「もちろんですわ、サタースウェイトさん、本当にとても感謝しています」

彼は話をつづけた。「今すぐ、わたしの家にお越し願えませんか」

一瞬の間があって、彼女は静かに答えた。

「すぐにうかがいますわ」

サタースウェイト氏は受話器を置き、ミス・グレンをふりかえった。

彼女は怒気を含んだ早口で言った。
「あの絵の話をしていらしたのね？」
「そうです」サタースウェイト氏は言った。「あれをプレゼントしようとしていた女性が、まもなくここに訪ねてきます」
すぐにアスパージア・グレンの顔に笑みが戻った。「わたしに絵を譲ってくださるよ
う、その方を説得する機会をくださるのね？」
「彼女を説得する機会をさしあげましょう」
内心、彼は奇妙なほどの興奮をおぼえていた。運命づけられた悲劇的な結末に向かっ
て、すこしずつ形をとりつつある芝居のまっただなかに彼はいた。傍観者である自分が、
主役を演じている。彼はミス・グレンに言った。
「別室に行きませんか？　ぜひご紹介したい友人たちがいるのです」
サタースウェイト氏は彼女のためにドアを押さえ、ホールを横切ると、喫煙室のドア
を開けた。
「グレンさん、こちらがわたしの古くからの友人、モンクトン大佐です。こちらのブリ
ストウさんは、あなたがとても気に入られたあの絵の作者ですよ」そして、空《あ》けておい
たはずのとなりの席から三人目の人物が立ち上がるのを見てぎょっとした。

「来るのを期待していらしたのでしょう」クィン氏が言った。「お留守のあいだに、お友だちには自己紹介をすませました。いや、来てよかったですよ」

「よくいらしてくださった」サタースウェイト氏は言った。「わたしは――わたしとしても、できるだけのことはしてみたのですが――」クィン氏のかすかにせせら笑うような黒い瞳に一瞥され、彼は口を閉ざした。「ご紹介しましょう。こちらがハーリ・クィンさん、この方はアスパージア・グレンさんです」

単なる気のせいだろうか――それとも彼女は、本当にわずかにひるんだのか。一瞬、彼女の顔に奇妙な表情が浮かんだ。だしぬけに、ブリストウが騒々しい声で話に割りこんできた。「わかったぞ」

「なにがわかったのです？」

「ずっと気になっていたものがなんだか、わかったんですよ。似ているんです、とても似ているんですよ」彼はもの珍しそうにクィン氏を見つめた。「わかりませんか？」――青年は、サタースウェイト氏のほうに向き直った。――「わたしの絵の道化役者《ハーリクイン》に――窓から覗いている男に――そっくりだと思いませんか？」

今度は気のせいではなかった。ミス・グレンが息をのむ音がはっきりと聞こえ、一歩あとずさりするのまで見えた。

「もう一人客が増えるかもしれない、と言ったでしょう」サタースウェイト氏は意気揚揚と語った。「なにを隠そう、わたしの友人のクィンさんは、まれに見る才能の持ち主なのですよ。謎を解明することができるのです。彼の手にかかれば、あなたがたにも、いろいろなものが見えてくる」

「あなたは霊媒師なのですか？」モンクトン大佐は強い調子でたずねながら、疑うようにクィン氏をじろじろ見た。

見られたほうは微笑んで、ゆっくりと首を振った。

「サタースウェイトさんは、大げさなのですよ」クィン氏は静かな声で言った。「以前一、二度、ご一緒したときに、ご自身が探偵としてなみはずれた才能を発揮されたんです。なぜわたしの手柄のようにおっしゃるのかは、わかりませんな。おそらく謙虚な方だからでしょう」

「いや、いや」と、サタースウェイト氏が興奮して言った。「そうではありません。あなたのおかげでいろいろなことが見えてきたのです――ずっと見ていたはずなのに――じっさい目にしていたのに――見ていたことに気づかなかったものが」

「やけに入り組んだ話に聞こえますな」モンクトン大佐は言った。

「そんなことはありませんよ」クィン氏は応えた。「問題は、ひとがただ見るだけでは満足できないというところにあるのです――ひとは、見たものに間違った解釈をつけ加えてしまう」

アスパージア・グレンはフランク・ブリストウのほうに向き直った。

「おうかがいがしたいのですが——」彼女はそそわしながら言った。「なぜあの絵を描こうと思いたったのですか？」

ブリストウは肩をすくめた。「ぼくにもさっぱりわかりません」彼は正直に答えた。

「あの場所の――チャーンリー荘のことですが――なにかが、ぼくの想像力をとらえたのです。大きな空っぽの部屋、外のテラス、それに幽霊の話などのせいですね、きっと。ちょうど、銃で自殺した前のチャーンリー卿の話を聞いていたところでしたし。もし肉体が滅びても、魂はずっと生きつづけるとしたら？　きっと妙ですよね。外のテラスに立って、窓からなかにある自分の死体を覗いたとしたら、あらゆるものが見えるかもしれない」

「どういう意味ですの？」アスパージア・グレンはたずねた「あらゆるものが見える
、、、
って？」

「つまり、なにが起こったか見える。あなたが目にするのは――」

ドアが開いて、執事がレディ・チャーンリーの到着を告げた。

　サタースウェイト氏は彼女を出迎えに行った。彼女に会うのは、ほぼ十三年ぶりだった。彼の記憶にあるのは、かつての頰を赤く染めた情熱的な娘だった。だが今、目の前にいるのは〝氷のような貴婦人〟だった。とても美しく、とても青白く、歩くというより漂っているようなその姿は、まるで冷たい風に手当たりしだいに吹き飛ばされる雪片のようだった。どことなく幻のようで、あまりにも冷たく、あまりにも浮世離れしていた。

「よくいらしてくださいました」と、サタースウェイト氏は言った。

　喫煙室に案内した。彼女はミス・グレンに気づいて挨拶しかけたが、相手が応じないのでとどまった。

「失礼ですが」レディ・チャーンリーは小声で言った。「以前どこかでお目にかかりましたわよね？」

「おそらく、舞台の上ではないですかな」と、サタースウェイト氏は言った。「こちらは、アスパージア・グレンさんです。グレンさん、レディ・チャーンリーですよ」

「お会いできてとても光栄ですわ、レディ・チャーンリー」と、アスパージア・グレンは言った。

　いきなり彼女の口調に、かすかなアメリカ訛りが混じった。サタースウェイト氏は、彼女の舞台での物真似のひとつを思い出した。

「モンクトン大佐は、ご存知ですな」と、サタースウェイト氏がつづけた。「そしてこちらがブリストウさんです」

レディ・チャーンリーの頬に一瞬赤みがさしたのを、サタースウェイト氏は見逃さなかった。

「ブリストウさんとも、以前お目にかかったことがありますわ」と、彼女は言って、かすかに微笑んだ。「汽車のなかで」

「それから、ハーリ・クィンさんです」

彼女を観察していたが、クィン氏に対しては見覚えのあるそぶりすら見せなかった。

サタースウェイト氏は彼女の席を用意してから、自分も椅子に腰をおろし、咳払いをしてから、すこし落ち着かない様子で話しだした。「こ――これはやや奇妙な集まりになりましたな。みなさんが、こうしてお集まりになったのも、すべてはこの絵のためだ。わ――わたしとしては、もしよろしければ――すこし整理したいのだが」

「まさか、交霊会を始めるつもりではないだろうな、サタースウェイト?」モンクトン大佐はたずねた。「今晩のきみはひどく妙だぞ」

「いや」と、サタースウェイト氏は言った。「交霊会というわけではない。だが、わたしの友人のクィン氏は、そしてこれはわたしもそのとおりだと思うのだが、ひとは過去をふりかえることによって、見せかけの姿ではなく、物事の本質を見抜くことができると信じているのです」

「過去ですか？」レディ・チャーンリーは言った。

「あなたのご主人の自殺の件ですよ、アリックス。さぞやおつらいでしょうが――」

「いいえ」アリックス・チャーンリーは答えた。「つらくなどありません。今はもう、わたくしを苦しめるものなどなにもありませんわ」

サタースウェイト氏は、フランク・ブリストウの言葉を思い出した。〝彼女はまるで生身の人間ではないような、なんというか、影みたいだったのです。まるでケルトの妖精物語で丘から姿を現わすひとのようだった〟

彼は、彼女を影のようだと表現した。影はなにかべつの物の反映だ。では本物のアリックスはどこにいるのだ。答えは心の内ですぐに出た。「過去だ。われわれとは十四年の歳月で隔てられたところにいるのだ」

「まったく」彼は言った。「怖がらせないでください。それではまるで〝銀の水差しを持った泣き女〟だ」

ガチャン！　アスパージア・グレンのひじのそばにあったテーブルから、コーヒーカップが落ちて床で粉々になった。サタースウェイト氏は彼女の謝罪を退けた。彼は思った。「どんどん近づいている、一分ごとに近づいているぞ――だが、なにに近づいているのだろうか?」

「十四年前のあの晩をもう一度思い出してみましょう」彼は話の口火を切った。「チャーンリー卿がみずからの命を絶った。その理由は? だれにもわからない」

レディ・チャーンリーが椅子に座ったままもぞもぞ動いた。

「レディ・チャーンリーはご存知だ」フランク・ブリストウが唐突に言いだした。

「ばかなことを」と、モンクトン大佐は言ってから、口を閉じ、顔をしかめていぶかしげに彼女のほうを見た。

レディ・チャーンリーは部屋のむこうにいる画家を見ていた。まるで彼が、自分から言葉を引き出してくれるかのように。彼女はゆっくりとうなずきながら話しだした。その声は、まるで雪片のように冷たく柔らかかった。

「ええ、おっしゃるとおりですわ。わたくしは知っております。だからこそ、もう二度と、死ぬまでチャーンリー荘には戻ることができないのです。だからこそ、息子のディックが屋敷を再開してあそこで暮らしたいと言っても、それは無理なのだと答えるのです」

「その理由をお聞かせ願えますか、レディ・チャーンリー？」クィン氏は言った。

レディ・チャーンリーは彼を見た。そのあと、まるで催眠術にでもかかったように、彼女は子どものような静かな自然な調子で話しだした。

「お望みでしたら、お話ししますわ。今となってはなにもかもが、たいした問題ではないように思えます。夫の書類のなかから、一通の手紙を見つけて、わたくしはそれを燃やしてしまいました」

「どんな手紙です？」クィン氏はたずねた。

「女性からの手紙でした――あの哀れな娘からの。彼女は、メリアム家の保母兼家庭教師でした。夫は――あのひとは、彼女と関係を持っていました――そうです、わたくしとの婚約中に、結婚式の直前にです。そして彼女も――彼女も妊娠していました。その手紙にそう書いてあったのです。そして、わたくしにすべてを話すつもりだと。そのせいで、夫は銃で自殺したのです」

彼女は疲れはてたように、ぼんやりとした眼差しで一同を見まわした。まるで、もうすっかり覚えてしまった暗唱をもう一度やらされた子どものようだった。

モンクトン大佐が鼻をかんだ。

「なんと」と、彼は言った。「そうだったのか。なるほど、それなら復讐ということで説明がつくな」

「そうでしょうか？」サタースウェイト氏は言った。「一つだけ説明のつかないことがありますよ。なぜブリストウ氏があの絵を描いたかという説明がつかない」

「どういう意味だね？」

サタースウェイト氏は加勢を求めるようにクィン氏を見やった。どうやら望みはかなえられたようで、彼は先をつづけた。

「そう、みなさんは、わたしの頭がどうかしたと思われるでしょうが、あの絵こそ、すべての中心なのです。われわれが、今晩ここにこうしているのも、あの絵のためだ。あの絵は描かれるべきものだった——そういう意味なのです」

「つまり、オーク・パーラーの薄気味悪い影響だというのか？」と、言いだしたのはモンクトン大佐だった。

「いや」サタースウェイト氏は答えた。「オーク・パーラーではなく、テラス・ルームだ。そうなんですよ！　死んだ男の魂が、窓の外に立ってなかを覗きこみ、床に横たわる自分の死体を見ているのだ」

「それはありえない」大佐は言った。「死体があったのはオーク・パーラーのほうなのだから」

「仮にそうではなかったとしたら」サタースウェイト氏は言った。「もし仮に、死体がブリストウさんが見たまさにその場所にあったとしたら、つまり彼が想像のなかで、窓のそばの白黒の敷石の上にあるそれを、実際見ていたとしたらどうでしょう」

「きみの話はまったく意味をなさないね」と、モンクトン大佐は言った。「もし、死体がそこにあったなら、われわれがそれをオーク・パーラーで見つけるはずはないじゃないか」

「だれかがそこに死体を運んだのでなければ」サタースウェイト氏は言った。

「だが、もしそうならば、われわれはどうしてオーク・パーラーのドアを入って行くチャーンリー卿を目撃したのかね？」モンクトン大佐は質問した。

「だが、顔は見なかった、そうだったね？」サタースウェイト氏はたずねた。「つまり、きみは仮装舞踏会の衣装をつけた男がオーク・パーラーに入っていくのを見ただけなんじゃないかと思うんだ」

「錦《ブロケード》の衣装にかつら姿だ」と、モンクトンは言った。

「そのとおり、それできみは彼をチャーンリー卿だと思いこんだ。例の女性がチャーンリー卿と呼びかけたからだ」

「それに、数分後に部屋に押し入ったとき、そこにはチャーンリー卿の死体しかなかったからだよ。きみだって、その事実を無視することはできないだろう、サタースウェイト」

「そうだな」サタースウェイト氏は落胆して言った。「そのとおりだ――あの部屋に隠れる場所かなにかがないかぎり」

「あそこには、聖職者の隠れ穴があるっておっしゃいませんでしたか？」話に割り込んだのは、フランク・ブリストウだった。

「そうだ！」サタースウェイト氏は叫んだ。「もし仮に――？」彼は片手を振って全員を黙らせると、もう片方の手を額にあて、それからためらうように、おもむろに口を開いた。

「こういうのはどうだろうか――たんなる思いつきかもしれないが、つじつまは合うと思います。もし仮に、何者かがチャーンリー卿を撃ったとする。テラス・ルームで。そのあと、彼と――もう一人のだれかが――死体をオーク・パーラーまで引きずっていった。彼らは死体をそこに寝かせ、右手のそばに銃を置いた。そこでつぎの段階です。ぜったいに、まちがいなくチャーンリー卿が自殺したと見せかけなければならない。それはきわめてたやすいことだと思います。錦《ブロケード》の服にかつらをかぶった男がホールを通ってオーク・パーラーのドアロまで行き、より万全を期すために、だれかが階段上から彼にチャーンリー卿と呼びかければいいのです。男は部屋に入り、両方のドアに鍵をかけ、壁にむかって一発発砲する。あの部屋には、すでにいくつもの弾痕があったのを覚えているでしょう。それがもう一つ増えたところで、それに気づく者などいません。そのあと、男は秘密の小部屋に身を潜める。両方のドアをたたき壊してひとがなだれ込んでくる。あきらかに、チャーンリー卿は自殺をはかったように見える。ほかの仮説は検討すらされない」

「いや、それはたわごとだと思う」モンクトン大佐は言った。「きみは、チャーンリー卿には自殺するに足る充分な動機があったことを忘れているよ」

「あとから見つかった一通の手紙だ」と、サタースウェイト氏は言った。「他人《ひと》を苦しめるために書かれたにせの手紙だよ。いつの日かレディ・チャーンリーになるという野心を持つ、ひじょうに抜け目がなくて無節操な、卑しい女優が書いたものだ」

「それはつまり？」

「ヒューゴ・チャーンリーとぐるになっていた若い女のことですよ」と、サタースウェイト氏は言った。「覚えているだろう、モンクトン、あの男がならず者だということは有名だったじゃないか。彼は自分が爵位を継ぐものと信じていたのだ」彼はだしぬけにレディ・チャーンリーのほうに向き直った。「その手紙を書いた女性の名はなんといいましたかな?」

「モニカ・フォードですわ」と、レディ・チャーンリーが答えた。

「モンクトン、階段の上からチャーンリー卿と呼びかけた女は、モニカ・フォードではなかったかい?」

「そうだ、そう言われてみれば、たしかにそうだ」

「まあ、そんなはずはありませんわ」と、レディ・チャーンリーは言った。「わたくし——わたくしはその件で彼女に会いに行ったのですもの。すべて事実だと言われました。その後、彼女に会ったのは一度きりでしたけど、ずっと芝居をつづけていたなんて、無理ですわ」

サタースウェイト氏は部屋のむこうにいるアスパージア・グレンに目をやった。

「彼女にはできたと思います」彼は静かに言った。「彼女は、名女優の素質を持っていたのでしょう」

「まだ解決されていない点が一つある」と、フランク・ブリストウが言った。「テラス・ルームの床には血痕が残っていたはずだ。残っていなければならない。犯人たちが、その場でそれを拭き取ることなど不可能だ」

「おっしゃるとおりです」と、サタースウェイト氏は認めた。「だが、一つだけ方法がある——時間はものの数秒しかかからなかったはずだ——トルクメンの絨毯《ブハラ》を上にかぶせればいいのです。あの晩より前に、テラス・ルームであの絨毯を見た者はいない」

「きみの言うとおりだとは思う」と、モンクトンは言った。「だがそれでも、いつかは血痕を拭き取らねばならんだろう？」

「そのとおり」と、サタースウェイト氏は答えた。「真夜中だよ。水差しとたらいを手にした女性が一人、上階《うえ》から降りてきて、血の染みをきれいに掃除するのはたやすいことだ」

「だが、だれかに見られたら？」

「見られたってかまわないさ」サタースウェイト氏は説明した。「今わたしは、じっさいに起こったことを話している。水差しとたらいを手にした女と言った。だが、もしわたしが〝銀の水差しを持った泣き女〟と言ったとしたら、それこそ犯人たちの思うつぼなのだ」彼は立ち上がって、アスパージア・グレンに近づいた。「それがあなたのやったことだ、違いますか？」と、彼はたずねた。「今は〝スカーフの女〟として有名だが、あなたが初めて演じた役は、あの晩の〝銀の水差しを持った泣き女〟だった。さっき、コーヒーカップを落としてしまったのはそのせいだ。あの絵を見たとき、あなたは不安になった。だれかが知っている、と考えた」

レディ・チャーンリーは白い手を伸ばして指さした。

「あなた、モニカ・フォードだわ」彼女は小さな声で言った。「今ようやくわかった」

アスパージア・グレンは叫びながら椅子から飛び上がった。彼女は小柄なサタースウェイト氏を乱暴に押しのけ、クィン氏の前に立って身体を震わせた。

「思ったとおりだわ。やはりだれかが知っていた！ こんな猿芝居に騙されはしないわよ。こんなふうに事件を解決するふりをしても無駄」彼女はクィン氏を指さした。「あんた、あの場にいたんでしょう。窓の外から覗いていたのはあんただったのね。ヒューゴとわたしがしたことを、ぜんぶ見ていたのね。だれかが覗いているってわかっていたわ、ずっと感じていたんだもの。でも顔を上げるとだれもいなかった。だれかに見られているって知っていた。一瞬、窓越しに顔がちらっと見えたような気がしたわ。それ以来ずっと怖かった。なぜ今になって沈黙を破ったの？ わたしはそれを知りたいわ」

「おそらく、死者の魂が安らかに眠れるようにでしょうな」と、クィン氏は答えた。

突然、アスパージア・グレンはドアに突進すると、ドアロで立ち止まり、肩越しにふてぶてしい言葉を投げつけた。

「好きなようにするといいわ。これだけ証人がいるんだもの、言ってしまったことはしかたない。でもかまわない、どうでもいいの。わたしはヒューゴを愛していたから犯罪に手を貸したのに、あの男はわたしを捨てたのよ。あいつは去年死んだわ。警察にわたしを追わせたければ、好きなようにすればいい。でも、そこの干からびたチビが言ったように、わたしはとても巧い役者なの。警察だって、そう簡単にわたしを捕まえることなんかできないって気づくはずよ」彼女はドアを後ろ手に乱暴に閉め、まもなく正面ドアがたたきつけられる音が聞こえた。

「レジー」と、レディ・チャーンリーが叫んだ。「レジー」涙が頬をつたっていた。「ああ、あなた、愛しい方、わたくし、ようやくチャーンリー荘に戻ることができるのね。ディッキーとともに、あの場所で暮らせるのだわ。あの子に、お父様のことを、世界一すばらしい、立派な方だったと話してやれるのだわ」

「この一件については、これからどうすべきか、真剣に助言を求める必要がありますな」と、モンクトン大佐は言った。「アリックス、よろしかったら家までお送りして、ご相談にのりましょう」

レディ・チャーンリーは立ち上がった。サタースウェイト氏のところまで来ると、彼の両肩に手を置いて、とても優しくキスをした。

「長いことずっと死んでいたのですもの、生き返ることができるって、本当にすばらしいですわ」と、彼女は言った。「だって、本当に死んだも同然だったのですもの。ありがとうございました、サタースウェイトさん」彼女はモンクトン大佐とともに部屋から出ていった。サタースウェイト氏は彼らの後ろ姿をじっと見送った。いることすら忘れていたフランク・ブリストウのうなり声に、彼はさっとふりかえった。

「美しい女性《ひと》ですよね」青年は不機嫌そうな声で言った。「だが、以前の彼女に比べたら、興味はまったく薄れてしまったな」彼は、ふさぎこんだ顔をした。

「芸術家の発言ですな」サタースウェイト氏は言った。

「でも、本当です」と、ブリストウは答えた。「チャーンリー荘にひょっこり顔を出しても、きっと冷たくあしらわれるだけなんだろうなあ。歓迎されない場所にわざわざ行く趣味はありませんよ」

「まあまあ、お若い方」と、サタースウェイト氏は話しかけた。「今よりもうすこし、他人《ひと》にどう思われるかを気にしないように心がければ、あなたはもっと賢くて幸せな人間になれると、わたしは思いますよ。もう一つ、あなたのなかにある、きわめて時代遅れの概念を捨て去るのもいいことでしょう。たとえば、現代社会では氏素性《うじすじょう》などなんの重要性もないのだから。あなたは、多くの女性が魅力的だと感じるような、大柄で均整のとれた身体つきをした青年だし、たとえ確実とまではいかなくとも、おそらく天賦の才に恵まれている。それを三カ月間、毎晩ベッドに入る前に十回ずつ自分に言い聞かせてごらんなさい。それからチャーンリー荘のレディ・チャーンリーに会いにいくといい。これがわたしからのアドバイスです。これでもわたしは、かなりの人生経験を積んだ老人ですからな」

　画家の顔に、本当に魅力的な笑みがひろがった。

「あなたは、とてつもなくいいひとだ」青年は唐突に言った。サタースウェイト氏の手をとり、ぎゅっと握りしめた。「お礼の言葉もありません。では、そろそろ失礼します。経験したこともないような不思議な晩を、本当にありがとうございました」

　彼はもう一人にも挨拶しようと部屋を見まわして、ぎょっとした。

「あれ、お友だちはいつのまにか帰られたようですね。出ていくところは見なかったが。かなり変わったひとですよね？」

「あのひとは、突然やってきたかと思うと、いきなりいなくなるんですよ」と、サタースウェイト氏は答えた。「それが彼の特徴の一つなのです。だれにも気づかれずにどこからか来て、また行ってしまう」

「まるで道化役者《ハーリクイン》みたいに」と、フランク・ブリストウは言った。「あのひとは目に見えない存在だ」青年は自分の言った冗談に腹を抱えて笑った。

翼の折れた鳥

The Bird with the Broken Wing

1

サタースウェイト氏は窓の外に目をやった。雨が降りつづいている。彼は身震いした。ちゃんとした暖房設備のある田舎の家などめったにないものだ、とつくづく思った。二、三時間もすれば、ロンドンにむかっている、そう思うと元気が出た。六十の坂を越えた身には、ロンドンがどこよりも素晴らしい場所だった。

彼はすこし老いを感じ、感傷的になっていた。招待客のほとんどはとても若い。そのうちの四人は、降霊術をするといって図書室に行ったばかりだ。いっしょにどうかと誘われたが、丁重に断った。アルファベットの文字を単調に数えることや、その結果現われる、たいていは意味のない文字の寄せ集めには、楽しみを見いだすことができなかった。

そうだ、彼にとって、ロンドンほどいいところはなかった。三十分前、マッジ・キーリーからの電話でレイデル荘に招待されたとき、断わってよかったと思う。たしかに魅力的な娘だ、だが、ロンドンがいちばんいい。

サタースウェイト氏はまた身震いし、図書室の暖炉がいつも暖かいことを思い出した。彼はドアを開け、暗くした部屋におそるおそる足を踏み入れた。

「お邪魔でなかったら――」

「それ、Nだった？　それともM？　数え直さなくちゃ。お邪魔だなんてとんでもない、サタースウェイトさん。まあ、聞いてくださいよ、最高に面白いことになってるんです。霊は、自分はエイダ・スピアーズという名前で、ここにいるジョンがグレーディ・バンというひとと、すぐにでも結婚するって言っているんです」

サタースウェイト氏は、暖炉の前の安楽椅子に腰をおろしたが、まぶたが重くなり、居眠りをしてしまった。ときどきわれに返ると、断片的な会話が耳に入った。

「PABZLなんてありえないわ――ロシア人でもないかぎりね。ジョン、動かしたでしょ。あたし、見たんだから。やって来たのは、きっと新しい霊にちがいないわ」

またすこしうとうととした。すると一つの名前が耳に飛びこみ、彼はすっかり目を覚ました。

「Q・U・I・N。これでいい？」「ああ、たたいたのは一回、〝イエス〟という意味だ。クィン。ここにいるだれかに、メッセージを伝えたいのかい？　イエス。ぼくに？　ジョンに？　サラに？　エヴリンに？　ノー——でも、ほかにはだれもいないぞ。そうか！　ひょっとして、サタースウェイトさんに？　〝イエス〟だ。サタースウェイトさん、あなたにメッセージですよ」

「なんと言っていますか？」

サタースウェイト氏は今や完全に目覚め、しゃんと背筋を伸ばして目を輝かしながら椅子にすわっていた。

テーブルが揺れ、女の一人が文字を数えた。

「LAI——そんなはずないわ——意味をなさないもの。LAIではじまる言葉なんてないわ」

「つづけて」サタースウェイト氏が言った。その鋭い口調に気《け》おされ、相手はなにも言わずにしたがった。

「LAIDEL？　おまけに、もう一つL——さあ、これで全部らしいわ」

「つづけて」

「もうすこし話して、お願い」

間があった。

「これでおしまいらしいわ。テーブルがびくともしないもの。なんてばかげてるんでしょ」

「いや」サタースウェイト氏は考え深げに言った。「ばかげてるとは思いませんよ」

彼は立ち上がって部屋を出た。そして、まっすぐ電話のところに行った。電話はすぐにつながった。

「ミス・キーリーをお願いします。きみか、マッジ？　もしよかったら、思い直して招待を受けたいと思うんだが。ロンドンに帰るのは、思っていたほど急を要するものではなかったのでね。ああ――そうだ――夕食に間に合うように行く」

受話器を置くと、彼のしわくちゃな頰が紅潮していた。クィン氏――謎めいたハーリ・クィン氏。サタースウェイト氏は指を折りながら、その不思議な男と出会った回数を数えた。クィン氏に関係のあるところ――かならず事件が起きる。なにが起きたのだろう、もしくはなにが起こりかけているのだろう――レイデルで？

それがなんであれ、サタースウェイト氏には役目がある。どういう形にしろ、なにか重要な役割を演じることになるのだ。彼はそう確信していた。

レイデル荘は大きな屋敷だった。主《あるじ》のディヴィッド・キーリーは、家具の一部と見なされてしまいそうなほど個性のとぼしい、いわゆるおとなしい男だった。そういう男たちの印象の薄さも、知力とは無関係だ――ディヴィッド・キーリーはもっとも優秀な数学者で、人類の九十九パーセントにはまったく理解できないような本を書いたこともある。だが多くの卓越した頭脳の持ち主がそうであるように、肉体的な活力や魅力とは無縁だった。よく言われるジョークに、ディヴィッド・キーリーは本物の〝透明人間〟だというのがある。野菜を給仕する召使いは彼の席を素通りし、客たちは「こんにちは」や「さようなら」の挨拶すら言い忘れるというのだ。

娘のマッジはまったく違っていた。すらりとした上品な娘で、生き生きとして生気に満ちあふれている。心身ともに健康、そしてこのうえなく可愛らしかった。

到着したサタースウェイト氏を迎えたのは、この娘だった。

「嬉しいわ――やっぱり来てくださったのね」

「思い直してやって来てよかった。マッジ、きみ、とても元気そうだ」

「あら！　わたしはいつだって元気よ」

「そうだったね。だが、今日は格別だ。まるで――花が咲いたよう、この言葉を思い浮かべたよ。なにかあったのかね？　なにか――そのう――特別なことが？」

彼女は笑いだした――いくらか頬を紅潮させている。

「困ったわ、サタースウェイトさん。いつも図星なんですもの」

彼はマッジの手をとった。

「じゃあ、そうなんだね？　理想の男性が現われたんだね？」

古臭い言い回しだったが、マッジは嫌がらなかった。むしろ、サタースウェイト氏の古風なところが気に入っていた。

「ええ――そんなところよ。でも、だれも知らないはずよ。秘密なの。だけどあなたになら、知られてもかまわないわ、サタースウェイトさん。いつも、とても優しくて親切なんですもの」

サタースウェイト氏にとって、他人《ひと》のロマンスの話を聞くことはこのうえない楽しみだった。彼はセンティメンタルな、ヴィクトリア朝風の人間なのだ。

「その幸せな男がだれか、きいてはいけないんだろうね？　よし、それでは、彼がきみの尊敬に値する人物であることを祈っている、とだけ言わせてくれ」

おかしなひと、サタースウェイトさんって、マッジは心の内でつぶやいた。

「ええ、わたしたち、きっとうまくやっていけると思うわ。好みが同じだし、それはとても大切なことでしょ？　共通点がたくさんあるの――それに、相手のことをよくわかり合ってるし。じっさい、長いつき合いなの。そういうことって、ひとに安心感をあたえるものでしょ？」

「たしかにそうだ」と、サタースウェイト氏は答えた。「だが、わたしの経験からすると、他人のことなど完全には理解できないものなんだよ。それが人生の面白さであり、魅力なんだが」

「そうね、覚悟してるわ」と、マッジは笑いながら言った。そして二人は、夕食のための着替えをしに二階に上がった。

サタースウェイト氏は夕食の時間に遅れた。召使いを連れてこなかったし、慣れない者に荷ほどきしてもらうと、いつもまごまごしてしまう。階下《した》に下りると、みんなはもう集まっていて、マッジが現代風にこう言っただけだ。「あら！　サタースウェイトさんだわ。わたし、お腹ぺこぺこ。さあ、どうぞ」

彼女は長身で白髪まじりの婦人――人目を惹く婦人だ――と連れだって、先頭に立った。その老婦人は澄んだ、やや甲高い声の持ち主で、目鼻立ちのはっきりした、なかなかの美人だった。

「こんばんは、サタースウェイト」と、キーリーが声をかけた。

サタースウェイト氏はぎくりとした。

「こんばんは、気づかなかったよ」

「みんなそうだ」と、キーリーは悲しげに言った。

一同は部屋に入った。テーブルは低い楕円形のマホガニー製だ。サタースウェイト氏の席は、若い女主人と、背が低くて髪の黒い娘のあいだだった――遠慮のない娘で、その大きな声とよく響くはっきりした笑い声は、本当に楽しんでいるというより、なにがなんでも楽しもうと決心しているかのようだった。ドリスという名前らしいが、サタースウェイト氏がもっとも嫌いなタイプの娘だ。彼女の存在に美的な意義はない、彼はそう思った。

マッジの反対側は三十歳くらいの男で、白髪まじりの婦人に似ているところをみると、母子《おやこ》にちがいない。

彼の隣には――

サタースウェイト氏は息をのんだ。

なんと表現すればいいだろう。美ではない。なにかべつのもの――美よりもずっと漠然として、実体のないものだ。

彼女は首をすこしかしげ、キーリーの退屈な晩餐会用の会話に耳を傾けていた。彼女はそこにいる、サタースウェイト氏にはそう見えた――なのに、そこにいない！　楕円形のテーブルを囲むほかのだれより、なぜかずっと実体がなかった。けだるくかしげた姿がなんとも美しい――美しい以上だ。彼女が目を上げ――テーブルをはさんだサタースウェイト氏と一瞬目が合った――ふいに彼の探し求めていた言葉が思い浮かんだ。魔力――それだ。彼女には魔力のようなものがある。ひょっとすると、半分しか人間でないのかもしれない――うつろな森《ホロウ・ヒルズ》の隠遁者《ヒドゥン・ピープル》かも。彼女がいると、ほかの人間は現実的すぎるように見える……

だが同時に、彼女のことが妙にかわいそうになった。半分しか人間でないことが、ハンディキャップになっているような気がした。彼は言葉を探し、やっと見つけた。

「翼の折れた鳥」と、サタースウェイト氏はつぶやいた。

満足した彼は、ガール・スカウトの話題に戻った。うわの空だったことを、ドリスに気づかれていなければいいが。ドリスが反対側の男――サタースウェイト氏がほとんど気に留めていなかった男――に顔を向けると、彼はマッジのほうを向いた。

「お父さんのとなりにすわっている女性は、だれ？」彼は小声でたずねた。

「グラハム夫人のこと？　あら、違うわ！　メイベルね。彼女のこと、ご存じないの？　メイベル・アンズリーよ。クライズリー家の生まれ――あの不運なクライズリー家の一人なのよ」

彼ははっとした。不運なクライズリー家。記憶がよみがえった。兄はピストル自殺し、姉の一人は溺死、もう一人は地震で非業の死を遂げた。不思議な呪われた家族。この女はその末娘にちがいない。

いきなり現実に引き戻された。テーブルの下で、マッジが彼の手に触れたのだ。ほかの連中はおしゃべりをしている。マッジは首を軽く左にかしげた。

「あれ、彼」と、彼女は文法を無視してささやいた。

サタースウェイト氏は、了解のしるしにすばやくうなずいてみせた。すると、このグラハム青年がマッジの選んだ男というわけか。ふむ、見たかぎりでは申し分のない男を選んだものだ――しかもサタースウェイト氏には、ひとを見る目がある。愛想がよく、好ましい、どちらかといえば平凡な若者。この二人なら似合いの夫婦になりそうだ――どちらもバカな真似はしないだろう――健全で社交的な若者だ。

レイデル荘では古風なしきたり通りにことが運んでいく。女たちは先に食堂から出ていった。サタースウェイト氏は、グラハムのところに行って話しかけた。この青年に対する評価が間違っていないことはわかったが、どこかふだんの彼らしくないようで気になった。ロジャー・グラハムはぼんやりしていて、心ここにあらずといった様子で、そのうえテーブルにグラスを置く手が震えていた。

「なにか悩んでいるらしい」サタースウェイト氏は直感的にそう思った。「おそらく本人が思うほど深刻なことではあるまい。それにしても、いったいなんだろう」

サタースウェイト氏には食後に消化剤を飲む習慣がある。錠剤を持ってくるのを忘れたので、部屋へ取りにいった。

客間に戻る途中、彼は一階の長い廊下を通った。廊下のなかほどに、テラス・ルームと呼ばれる部屋がある。通りすがりに、開いているドアからなかを覗き、サタースウェイト氏はふと足をとめた。

月明かりが部屋に流れこんでいた。格子にはまった窓ガラスのせいで、奇妙な、リズミカルな模様が映しだされている。低い窓枠に腰かけ、からだをやや傾けてウクレレをつま弾く人影があった――ジャズのリズムとは違う、もっとずっと古い、妖精の丘を駆ける妖精の馬の足音だった。

サタースウェイト氏はうっとりして立ち尽くした。その女はくすんだ紺色のシフォンのドレスを着ていて、ドレスについたひだ飾りが鳥の羽根を思わせる。彼女は楽器の上にかがみこみ、優しく語りかけるように小声で歌っていた。

サタースウェイト氏は部屋に入っていった――ゆっくり、一歩ずつ。近くまできたとき、彼女が顔を上げてこちらを見た。はっとした様子もない、すこしも驚いていないようだった。

「お邪魔でなければいいが」と、サタースウェイト氏が声をかけた。

「どうぞ――おかけになって」

サタースウェイト氏は女のそばの、磨き上げられたオーク材の椅子に腰をおろした。

彼女は低い声でそっとハミングしていた。

「今夜はとても不思議な感じがするわ――そう思いません？」

「ええ、とても不思議な感じがします」

「みんなに、ウクレレを取ってくるよう頼まれたの」と、彼女は説明した。「で、ここを通ったとき、一人でここにいたらどんなにすてきかしら、と思ったの――明かりをつけずに、月の光を浴びていたら」

「でしたら、わたしは――」サタースウェイト氏は腰を浮かしかけたが、彼女が押しとどめた。

「行かないで。あなたは――あなたはなぜか、ここにぴったりだもの。変かもしれないけど、そうなのよ」

彼はまた腰をおろした。

「おかしな晩だったわ」と、彼女が言った。「今日の午後おそく、わたし、森にいたの。すると、一人の男のひとに出会ったの――とても不思議な感じのひと――背が高くて、髪が黒くて、まるで彷徨《さまよ》える魂みたいな。陽が沈みかけていて、木々のあいだから射し込む光のせいで、道化師《ハーリクイン》のように見えたわ」

「ほう！」サタースウェイト氏は身を乗り出した——好奇心が頭をもたげたのだ。

「わたし、そのひとと話がしたかったの——そのひと——そのひと、わたしの知ってるだれかにとてもよく似てたのよ。でも、木々のあいだで見失ってしまったの」

「わたしの知っているひとだと思います」と、サタースウェイト氏が言った。

「そうなの？　彼って——面白そうなひとね」

「ええ、面白いひとですよ」

沈黙がつづいた。サタースウェイト氏は落ち着かない気持ちになった。彼にはすべきことがある——そして、それがなにかわからない。だが、きっと——きっとこの娘に関係のあることだ。彼は口ごもりながら言った。

「ときには——ひとは不幸なとき——逃げだしたくなるものです——」

「そうね、そのとおりだわ」彼女ふっと押し黙った。「あら、あなたの言いたいことはわかったわ。でも、そうじゃないの。その反対よ。一人になりたかったのは、幸せだからなの」

「幸せ？」

「とっても幸せよ」

彼女の口調はおだやかだったが、サタースウェイト氏は衝撃を感じた。この不思議な娘の言う幸せと、マッジ・キーリーの言う幸せは、意味が違う。メイベル・アンズリーにとって、幸福とは強烈で生々しい恍惚感のこと……人間的なだけではなく、それ以上のものだ。サタースウェイト氏はすこしひるんだ。

「わ——わたしにはわからなかった」と、彼は口ごもりながら言った。

「もちろんよ。それにまだ——現実のことじゃないんですもの——今はまだ幸せとはいえない——でも、きっと幸せになるわ」彼女は身を乗り出した。「森のなかに立っているのがどんなか、ご存じ？——薄暗い森のなかで、うっそうとした木々に囲まれて——けっして抜け出せそうにない森——すると、急に——目の前に、夢に見た世界が現われる——輝くばかりに美しい——森のなかから、暗闇から、足を踏み出しさえすればいい、そうすれば、見つかるの……」

「美しく見えるものはいくらでもある」サタースウェイト氏が言った。「手が届かないうちはね。世界一醜いものでも世界一美しく見える……」

足音がした。サタースウェイト氏はふりかえった。間のぬけた、生気のない顔をした色白の男が立っていた。それは、食事中、サタースウェイト氏がほとんど気に留めていなかった男だった。

「みんなが待っているよ、メイベル」と、彼は言った。

彼女は立ち上がった。顔から表情が消え、抑揚のないおだやかな口調になっていた。

「すぐに行くわ、ジェラード。サタースウェイトさんとお話ししてたの」

彼女は部屋から出ていき、サタースウェイト氏はあとにつづいた。肩越しにふりかえると、彼女の夫の表情が目に入った。満たされない、絶望的な顔をしていた。

「魔力」と、サタースウェイト氏は心の内でつぶやいた。「あの男はそれをちゃんと感じとっている。かわいそうな男――かわいそうな男だ」

客間には光があふれていた。マッジとドリス・コールズが大声でなじった。

「メイベルったら、ひどいわ――遅かったじゃないの」

メイベルは低いストゥールに腰をおろし、ウクレレの音を調整してから、歌いだした。ほかのみんなも加わった。

「信じられない」と、サタースウェイト氏は思った。「恋人《マイ・ベイビー》を題材に、こんなにたくさんのばかげた歌が書けるなんて」

しかし、シンコペーションを使った、むせぶような調べの感動的なことは認めざるを得なかった。むろん、クラシックなワルツには比べようもないが。

曲はどんどん盛り上がっていった。シンコペーションのリズムがつづいている。「会話がない」と、サタースウェイト氏はつぶやいた。「いい音楽もない。平安もない」こんなに騒々しい世の中にならなければよかったのに、そう思っていた。

ふいにメイベル・アンズリーが歌をやめ、部屋の反対側から彼に微笑みかけると、グリーグの歌を歌い出した。

「わたしの白鳥――わたしの美しい白鳥……」

それはサタースウェイト氏のお気に入りだった。最後の部分の、不意打ちを食らわすような旋律が好きだった。

「あなたはただの白鳥なの？　白鳥なの？」

歌が終わると、パーティはお開きになった。マッジはみなに飲み物を勧め、その父親は置いてあったウクレレを手にとってなにげなく弦をはじいた。一同はおやすみの挨拶をかわしながら、ドアのほうに歩いていった。みんながいっせいにしゃべり合っている。

ジェラード・アンズリーは、一足先にこっそり出ていった。

客間を出たところで、サタースウェイト氏はグラハム夫人に丁重なおやすみの挨拶をした。階段は二つあり、一つはすぐ近くに、もう一つは長い廊下のはしにあった。後者が、サタースウェイト氏が自分の部屋へ行くときに使う階段だ。グラハム夫人とその息子は、おとなしいジェラード・アンズリーがすこし前に使った、手前の階段を上がっていった。

「ウクレレを持ってったほうがいいわ、メイベル」マッジが声をかけた。「でないと、明日の朝、忘れちゃうわよ。早く発《た》たなきゃならないんでしょ」

「行きましょ、サタースウェイトさん」ドリス・コールズがそう言って、乱暴に腕をつかんだ。「早寝すれば――なんとやら、って言うわよ」

マッジがもう一方の腕をとり、三人はドリスのけたたましい笑い声に合わせて、廊下を歩いていった。廊下のはしまで来ると、彼らは足をとめ、電灯を一つ一つ消しながらゆっくりついてくる、ディヴィッド・キーリーを待った。四人は連れだって二階へ上がった。

2

翌朝サタースウェイト氏が朝食に下りていく支度をしていると、ドアを軽くノックする音がしてマッジが入ってきた。顔は蒼白で、全身をわなわなと震わせている。

「ああ、サタースウェイトさん」

「マッジ、どうしたんだ？」彼はマッジの手をとった。

「メイベルが――メイベル・アンズリーが……」

「どうした？」

なにが起こったんだ？　なにが？　なにか恐ろしいこと――それはわかっていた。マッジは口もきけない様子だった。

「メイベルが――昨夜、首を吊ったの……ドアの後ろで。ああ、なんて恐ろしい」彼女はこらえきれず――泣きじゃくった。

首を吊った。そんなばかな。理解できない！

彼はマッジに言い古された慰めの言葉を二言三言かけると、急いで階下に行った。ディヴィッド・キーリーが、途方に暮れた顔でおろおろしていた。

「警察には電話した、サタースウェイト。その必要があるらしい。医者がそう言うんだ。

医者はたった今終えたところだ——そのう——検死のことだが、いやな仕事だ。彼女はひどく不幸だったにちがいない——こんなことをするなんて——昨夜のあの歌も妙だった。白鳥の歌だよ。彼女はどこか白鳥に似ていた——黒い白鳥にね」

「そうだな」

「白鳥の歌」キーリーは繰りかえした。「彼女の心のなかを歌っていたんだな」

「そうらしいな——ああ——きっと、そうだろう」

彼はすこしためらってから、見せてもらえないだろうか、とたずねた——つまり……

主人はこの遠慮がちな頼みごとの意味を理解した。

「お望みなら——きみが人間にまつわる悲劇に、興味を持っているということを忘れていたよ」

彼は広い階段を先に立って上がっていった。サタースウェイト氏はあとにつづいた。階段を上がりきったところにロジャー・グラハムの部屋があり、廊下をはさんだそのむかい側は母親の部屋だった。その部屋のドアがすこし開いていて、そこからひとすじの煙が漂ってきた。

サタースウェイト氏は一瞬びっくりした。グラハム夫人が朝からタバコを吸うような女には見えなかったのだ。じつのところ、まったく吸わないと思っていた。

二人は突き当たりから二番目のドアの前まで来た。ディヴィッド・キーリーが部屋に入り、サタースウェイト氏もそれにつづいた。

部屋はそれほど大きくはなく、男の部屋であることを示していた。壁のドアはつぎの部屋に通じている。ドアの上のほうにあるフックから、ロープの切れはしがぶら下がったままだ。そして、ベッドの上には……

サタースウェイト氏は丸まったシフォンの布を見下ろしながら、しばらくその場に立ちすくんでいた。その布地には、鳥の羽根を思わせるひだ飾りがついていた。顔に一度だけちらりと目をやったものの、そのあとは二度と見なかった。

彼はロープの下がっているドアから、自分たちが入ってきた連絡ドアに目を移した。

「あそこは開いてたのか？」

「ああ、すくなくとも、メイドはそう言ってる」

「アンズリーはそこで寝ていたんだろう？　なにか聞いてないのか？」

「聞いてない――と、言ってる」

「信じられないな」サタースウェイト氏はつぶやいた。そして、ベッドの上のものに視線を戻した。

「どこにいるんだ？」

「アンズリーか？　医者といっしょに階下にいる」

二人が階下に下りると、警部が到着していた。それが旧知のウィンクフィールドだとわかったのは、嬉しい驚きだった。警部は医師といっしょに二階へ上がったが、二、三分すると、パーティの客はみな客間に集まるようにと言ってよこした。

ブラインドが下ろされ、部屋じゅうが葬式のような重苦しさに満ちていた。ドリス・コールズが怯えて小さくなっている。ときどきハンカチで目を押さえていた。マッジも今は感情を抑え、決意をにじませた表情で緊張している。グラハム夫人はいつものように落ち着いていて、威厳のある、冷静な顔をしていた。この悲劇でいちばん打撃を受けたようにみえるのは、彼女の息子だった。今朝はまるで抜け殻のようだ。ディヴィッド・キーリーは、いつものように背景に溶けこんでいた。

妻に先立たれた夫は、ほかの者からすこし離れて一人ですわっていた。妙にぼんやりした顔をして、起こったことがよく理解できていないようだった。

サタースウェイト氏は、表面的には落ち着き払っていたものの、これから果たさなければならない任務の重さを考えると、内心の興奮を抑えることができなかった。

ウィンクフィールド警部がモリス医師をしたがえて入ってきて、ドアを閉めた。彼は咳払いをして話しだした。

「たいへん悲しいことが起こりました——じつに悲しいことです。こういう状況ですので、みなさんに二、三、質問をさせていただかなくてはなりません。異存はないでしょうね。最初はアンズリーさんにおうかがいします。失礼ですが、今まで、奥様が自殺をほのめかしたことはありませんでしたか？」

サタースウェイト氏は思わず口をひらきかけたが、すぐに思い直した。時間はたっぷりある。あわてて口をはさまないほうがいい。

「いや——いいえ、ないと思いますが」

その口調があまりにもぎこちなくて妙な感じだったので、だれもが彼のほうを盗み見た。

「確信がないんですか？」

「いいえ——わたしは——確信はあります。そんなことはありませんでした」

「わかりました。奥様がなんらかの理由で不幸だったことに、気づいていましたか？」

「いいえ。そのう——いいえ、気づきませんでした」

「奥様はあなたになにも言わなかったのですね。たとえば、気持ちが浮かないとか？」

「それは——いいえ、なにも」

どう思ったのかわからないが、警部はなにも言わなかった。そのままつぎの質問に移った。

「昨夜のことを、簡単に話していただけませんか？」

「わたしたちは――みんな二階に寝に行きました。わたしはすぐに眠ってしまったので、なにも聞いていません。今朝になって、メイドの悲鳴で目を覚ましたのです。急いでとなりの部屋に行くと、家内が――家内が――」

彼は声をつまらせた。警部はうなずいた。

「わかりました、もう結構です。その先は必要ありません。ところで、昨夜、最後に奥様を見かけたのは何時ごろですか？」

「それは――階下にいたときです」

「階下に？」

「ええ、わたしたちはみんないっしょに客間を出ました。ホールでおしゃべりをしている人たちを残して、わたしはすぐに二階へ上がったのです」

「で、それが最後だった？　奥様は二階へ上がってから、あなたにおやすみを言わなかったのですか？」

「家内が来たとき、わたしはもう眠っていました」

「でも、あなたが二階へ上がってから、ものの二、三分で奥様も上がっていったのですね。そうでしたね？」警部がディヴィッド・キーリーに目を向けた。

「家内は三十分たっても上がってきませんでした」

アンズリーは頑固に言い張った。警部は視線をそらしてグラハム夫人に向けた。

「あなたの部屋でおしゃべりをしていたのではありませんか、マダム？」

サタースウェイト氏の思い過ごしだろうか、グラハム夫人がいつもの冷静できっぱりとした態度で口をひらく前に、一瞬の間《ま》があったような気がする。

「いいえ、わたしはすぐに部屋に入ってドアを閉めましたわ。なにも聞いていません」

「そしてあなたは」――警部はアンズリーに視線を戻した――「眠っていて、なにも聞こえなかったと言うのですね。あいだのドアは開いてたんでしょう？」

「ええ――そう思います。でも、家内は廊下側の、もうひとつのドアから入ったんでしょう」

「だとしても、なにか物音がしたはずです――苦しんでゼイゼイいう音とか、かかとがドアにぶつかる音とか――」

「いいえ」

こらえきれなくなって思わず口をはさんだのは、サタースウェイト氏だった。びっくりしたみんなの視線が彼に集中した。彼はどぎまぎして口ごもり、頬を紅潮させていた。

「あの――失礼ですが、警部。どうしても聞いていただきたいことがあります。あなたは間違った線を追っています――根本から間違っているのです。アンズリー夫人は、自殺したのではありません――わたしは確信しています。彼女は殺されたのです」

一同はしんと静まりかえった。やがて、ウィンクフィールド警部が静かに口をひらいた。

「どうして、そうおっしゃるのですか？」

「それは――そう感じるのです。とても強く感じるのです」

「だが、それだけではないでしょう。なにか特別な理由があるはずです」

そう、たしかに特別な理由があった。クィン氏からの謎めいたメッセージが。だが、警部にそれを言うわけにはいかない。サタースウェイト氏は必死で考えたあげく、思いついたのは説得力のないものだった。

「昨夜――二人でおしゃべりしたとき、彼女はとても幸せだと言ってました。とても幸せ――まさにこれです。自殺を考えている女性とは思えません」

サタースウェイト氏は得意になって言い足した。

「彼女は翌朝忘れるといけないので、ウクレレを取りに客間に戻りました。この点も、自殺らしくありません」

「ええ」警部は認めた。「そうかもしれません」そして、ディヴィッド・キーリーに顔を向けた。「彼女は二階に上がるとき、ウクレレを持っていきましたか？」

数学者は思い出そうとした。

「たぶん——ええ、そうでした。片手で持っていきました。階下の明かりを消す前、彼女が階段のかどを曲がるときに見たおぼえがあります」

「あら！」マッジが大声を上げた。「でも、今はここにあるわ」

彼女は大げさな身ぶりで、テーブルの上のウクレレを指さした。

「妙ですな」警部は言った。そして足早に部屋を横切ると、ベルを鳴らした。

朝の掃除をするメイドを連れてくるように、という簡潔な指示が執事に伝えられた。やって来たメイドはきっぱりと答えた。彼女が朝早く掃除をしたとき、すでにウクレレはこの部屋にあった。

メイドを下がらせると、ウィンクフィールド警部がそっけなく言った。

「サタースウェイトさんと個人的に話したいのですが。みなさんはお引き取りになってけっこうです。ただし、どなたもこの屋敷を離れないようにしてください」

一同が部屋を出てドアを閉めたとたん、サタースウェイト氏は堰《せき》を切ったようにしゃべりだした。

「し——信じています、警部、あなたならきちんと捜査してくださるはずだ。きちんと、です。わたしは感じるんです——さっきも言ったように、強く感じるんです——」

警部が片手を上げて制した。

「まったくそのとおりです、サタースウェイトさん。あの女性は殺されたんです」

「知っていたんですか?」サタースウェイト氏はがっかりした。

「モリス医師が不審に思っている点がいくつかあります」警部が居残っている医師のほうに目を向けると、医師はうなずいて同意を示した。「わたしたちは徹底的に調べ上げました。彼女の首に巻きついていたロープは、彼女を絞め殺すのに使われたものではありません——使われたのは、もっと細い、針金のようなものです。肉にしっかり食いこんでいますからね。ロープの痕は、その傷に重ねられていました。彼女は絞殺され、自殺に見せかけるために、あとからドアに吊るされたのです」

「でも、だれが——?」

「そうです」と、警部が言った。「だれが? それが問題です。ご主人はどうでしょうか? 隣の部屋で眠っていて、妻におやすみも言わず、なにも聞いていない。まあ、調べるのに時間はかからないでしょう。二人の関係がどんなものだったか、探る必要があります。そこで、あなたの力をお借りしたいのです、サタースウェイトさん。あなたはこの家のフリー・パスをお持ちなんですから、こちらの知らないコツを心得ていらっしゃるはずです。二人の関係がどうだったか、探り出してくれませんか」

「あまり、気が進み――」サタースウェイト氏は緊張して、そう言いかけた。

「殺人事件で協力していただくのは、これがはじめてじゃありませんし。ストレィンジウェイズ夫人の事件を覚えていますよ。あなたはこの種のことに天性の嗅覚があるんです。まさに天性の嗅覚ですよ」

そう、それは事実だ――彼には天性の嗅覚があった。彼は静かに口をひらいた。

「最善を尽くしましょう、警部」

ジェラード・アンズリーが妻を殺したのだろうか？ 彼が？ サタースウェイト氏は、昨夜のあの惨めな表情を思い起こした。彼は妻を愛していた――それで苦しんでいた。苦悩がひとを異常な行動に駆り立てることはありうる。

だが、それだけではない――まだなにか、べつの要因がある。メイベルは自分が森から出ていくと言っていた――幸福を待ちこがれていた――おだやかで理性的な幸福ではない――むしろ、理性を失った幸福――狂気じみた恍惚感……

ジェラード・アンズリーの話が真実だとすれば、メイベルは夫が部屋に戻ってから、すくなくとも三十分は戻ってこなかったのだ。ところが、ディヴィッド・キーリーは階段を上がるメイベルを見かけている。あの棟では、ほかに二つの部屋が使われていた。グラハム夫人の部屋とその息子の部屋だ。

息子の部屋。しかし、彼とマッジは……

マッジが気づいたはずだ……だが、マッジは邪推するような娘じゃない。それでも、火のないところに煙は立たない——煙！

そうだった！　彼は思い出した。グラハム夫人の部屋のドアから漂ってきた、ひとすじの煙。

サタースウェイト氏はとっさに行動を起こした。そのまま階段を上がり、夫人の部屋に入った。部屋は空《から》っぽだった。彼はドアを閉めると、鍵をかけた。

まっすぐ暖炉にむかった。ひとかたまりの燃えかすが残っていた。彼は細心の注意を払って、かたまりを指で探ってみた。運がよかった。真ん中に、燃え残った切れはしが数枚あった——手紙の切れはしが……

ばらばらになった切れはしだが、重要なことを語ってくれた。

人生は素晴らしいものなのね、愛しいロジャー。今まで知らなかった……あなたに出会うまで、わたしの人生は幻想だったの、ロジャー……

……ジェラードは知ってると思うわ……気の毒だけど、わたしになにができるの？

わたしにとって、本物はあなただけなの、ロジャー……早くいっしょになりましょうね

レイデル荘で、彼になにを言うつもりなの、ロジャー？　あなたの手紙、いつも変よ——でも、わたし、怖くないわ……

サタースウェイト氏は、ライティング・テーブルにあった封筒に注意深く切れはしを収めた。出口に近づき、鍵をはずしてドアを開けると、いきなりグラハム夫人と鉢合わせした。

気まずい瞬間だった。一瞬サタースウェイト氏は色を失った。だが結局、正攻法でいくことにした。たぶん、それがいちばんいいだろう。

「あなたの部屋を調べていたんです、グラハム夫人。あるものを発見しました——燃え残った手紙の束です」

彼女の顔に驚愕の色が走った。それは一瞬だったが、まちがいなくそこにあった。

「アンズリー夫人からあなたのご子息に宛てた手紙です」

彼女はちょっとためらったが、やがて静かに口をひらいた。「そうですか。わたし、燃やしてしまったほうがいいと思ったのです」

「なぜです？」

「息子は婚約しているのです。その手紙――あの気の毒なひとが自殺したことで、公表されでもしたら――たくさんの苦しみやもめ事を引き起こすかもしれません」

「ご子息が自分で燃やすこともできたでしょうに」

彼女は答えに窮した。サタースウェイト氏は攻撃の手をゆるめなかった。

「あなたはこの手紙をご子息の部屋で見つけ、ご自分の部屋へ持ち帰って燃やしたのですね。なぜですか？　怖かったんでしょう、グラハム夫人」

「わたしは怖がるような人間ではありません、サタースウェイトさん」

「そうですね――でも、今度ばかりは絶望的な状況でしたから」

「絶望的？」

「ご子息が逮捕されるかもしれなかった――殺人容疑で」

「殺人ですって！」

夫人の顔がみるみる蒼白になった。彼はたたみかけるように言った。

「昨夜、アンズリー夫人がご子息の部屋に入るのが聞こえたのですね。ご子息は彼女に、婚約のことを話してあったんですか？　いや、話してなかったのでしょう。そのとき始めて話したのですね。それで喧嘩になって、ご子息は……」

「嘘です！」

二人は夢中で言い争っていたので、近づいてくる足音が耳に入らなかった。いつの間にか、ロジャー・グラハムが二人の後ろに来ていた。

「いいんだ、母さん。心配——しないで。ぼくの部屋へどうぞ、サタースウェイトさん」

サタースウェイト氏はロジャーのあとから部屋に入った。グラハム夫人は顔をそむけ、入ろうとしなかった。ロジャー・グラハムがドアを閉めた。

「サタースウェイトさん、あなたはぼくがメイベルを殺したと思っているんですね。彼女を絞め殺したと——ここで——そして、彼女を運んであのドアに吊るしたと——あとで——みんなが寝静まってから」

サタースウェイト氏は彼をじっと見据えた。やがて口をひらくと、意外なことを言った。

「いいえ、そうは思っていません」

「それはありがたい。ぼくには、メイベルを殺すことなんてできませんでした。ぼくは——ぼくは彼女を愛していたんです。それとも、愛していなかったのかな？　ぼくにはわからないのです。こんがらがっていて、うまく説明できないんです。ぼくはマッジが好きです——昔からそうでした。それに、彼女はあんなにいいひとです。ぼくたち、気が合うんです。でも、メイベルは違います。それは——うまく説明できないんですが——魔力のようなものです。ぼくは、きっと——彼女が怖かったんです」

サタースウェイト氏はうなずいた。

「それは狂気でした——目のくらむような恍惚感……でも、無理でした。うまくいくはずがありません。そんなものが——長続きしっこないんです。魔法をかけられるのがどういうことか、今頃になってわかりました」

「ええ、そういうことかもしれないですね」サタースウェイト氏は考え深げに言った。

「ぼく——ぼくは、そういうものすべてから逃げ出したかったんです。メイベルに話すつもりでした——昨夜」

「でも、話さなかった？」

「ええ、話しませんでした」と、グラハムはゆっくり言った。「誓って言いますが、サタースウェイトさん、階下でおやすみを言ってから、一度も彼女に会わなかったんですよ」

「信じますよ」と、サタースウェイト氏は言った。

彼は立ち上がった。メイベル・アンズリーを殺したのは、ロジャー・グラハムではない。メイベルから逃げることはできただろうが、彼女を殺すことはできなかったはずだ。彼はメイベルを恐れていた。彼女の野性的で得体の知れない、妖精のようなところが怖かったのだ。その魔力に気づいて、彼は背を向けたのだ。うまくいくことがわかっている、安全で実体のあるものに目を向け、どこへ向かうかわからない、実体のない夢を捨てたのだ。

彼は分別のある若者だった。そういうところが、人生の芸術家であり、鑑定家であるサタースウェイト氏にはつまらなかった。

彼はロジャー・グラハムを部屋に残して階下に行った。客間にはだれもいなかった。メイベルのウクレレが窓際のストゥールに置かれている。彼はウクレレを手に取り、何気なく弦をはじいてみた。楽器のことはなにも知らなかったが、彼の耳にも音が狂っているのはあきらかだった。ためしにつまみを回してみた。

ドリス・コールズが部屋に入ってきて、とがめるような目つきで、サタースウェイト氏を見つめた。

「かわいそうなメイベルのウクレレ」

あからさまに非難され、サタースウェイト氏は意地になった。

「音を合わせてくれ」そう言って、さらに言い添えた。「もし、できるならね」

「もちろんできるわよ」と、ドリスは言った。どんなことでも、無能呼ばわりされると腹を立てるのだ。

彼女はウクレレを受け取ると、弦を一本はじいてから、威勢よくつまみを回しはじめた――すると、弦がプッッと切れてしまった。

「まあ、こんなことって。あら！　わかったわ――でも、変ね！　弦が間違ってるわ――太すぎるのよ。これはAの弦よ。こんなのをつけるなんて、なんてバカなの。これで音を合わせようとしたら、切れるのはあたりまえよ。人間って、なんてバカなことをするのかしら」

「そうだよ」と、サタースウェイト氏が口をはさんだ。「バカなことをするものだ――うまくやろうとしているときでさえもね」

その口調があまりにも奇妙だったので、ドリスはまじまじと彼を見つめた。サタースウェイト氏は、彼女の手からウクレレをとって切れた弦をはずした。そして、それを手に部屋から出ていった。図書室に、ディヴィッド・キーリーがいた。

「そら」と、サタースウェイト氏が言った。

彼が弦をさしだすと、キーリーはそれを手にとった。

「なんだ、これは？」

「切れたウクレレの弦だ」彼は一呼吸置いて言葉をつづけた。「もう一本はどこへやったんだね？」

「もう一本？」

「きみが彼女を絞め殺すのに使ったやつだ。きみはとても頭がいい、そうだろう？　あっという間にやってのけた――わたしたちがホールで笑ったりおしゃべりをしたりしていた、あの短い時間にね。

メイベルはウクレレをとりに客間に戻った。そのすこし前、きみはウクレレをいじくりながら、弦をはずしておいた。それを彼女の首に巻きつけて、絞め殺したんだ。そして部屋を出ると、ドアに鍵をかけてわたしたちに合流した。あとで真夜中になってから、一階へ下りた――そして、遺体を始末するために、彼女の部屋のドアに吊るしたんだ。そのあとで、ウクレレにかわりの弦をつけた――だが、それは違う弦だったんだよ。つまり、きみはバカなことをしたんだ」

間があった。

「それにしても、なぜあんなことをしたんだ?」と、サタースウェイト氏がたずねた。

「いったい、なぜ?」

キーリーが笑いだした。奇妙な弱々しいくすくす笑いで、サタースウェイト氏はなんだか吐き気がしてきた。

「じつに簡単だった」と、彼は言った。「それが理由さ。しかも、わたしに目を留める者なんかいないんだ。わたしのしていることには、だれ一人気づかないんだ。わたしは――わたしはみんなを笑い返してやろうと思ったんだ……」

そしてまたあの弱々しいくすくす笑いを洩らすと、狂気じみた目でサタースウェイト氏を見つめた。

そのとき、ウィンクフィールド警部が部屋に入ってきたので、サタースウェイト氏はほっとした。

3

二十四時間が過ぎた。ロンドンへ向かう列車のなかで、居眠りをしていたサタースウエイト氏が目を覚ますと、向かいの席に長身で髪の黒い男がすわっていた。サタースウェイト氏はすこしも驚かなかった。

「やあ、クィンさん！」

「ええ、来ましたよ」

サタースウェイト氏はおずおずと言った。「あなたの顔がまともに見られませんよ。お恥ずかしい——失敗してしまいました」

「本当にそう思っているんですか？」

「彼女を救えなかったんです」

「でも、真相をつきとめたんでしょう？」

「ええ——そのとおりです。あの若者のどちらかが嫌疑をかけられていたかもしれない——有罪になる可能性だってあったんです。ですから、まあ、ひとの命を救ったことにはなりますがね。でも、彼女を——彼女を——あの不思議な魔性のものを……」彼は声をつまらせた。

クィン氏は彼を見つめた。

「人間の身に起こりうることで、死は最大の不幸でしょうか？」

「いや——そのう——たぶん——そうではない……」

サタースウェイト氏は思い起こした……マッジとロジャー・グラハム……月明かりを浴びたメイベルの顔――そのおだやかな至福の表情……

「いいえ」彼は認めた。「いいえ、たぶん死は最大の不幸ではありません……」

彼はメイベルの、ひだ飾りのついた青いシフォンのドレスを思い出した。それはまるで鳥の羽根のように見えた……翼の折れた鳥……

顔を上げてみると、彼は一人だった。クィン氏はもはやいなくなっていた。

だが、彼はあるものを残していった。

くすんだ青い石でできた、素朴な鳥の彫刻がシートに置かれていた。たいした芸術的価値はないかもしれないが、べつのものを秘めていた。

得体の知れない魔力を秘めている。

サタースウェイト氏は、そう独り言を言った――サタースウェイト氏は鑑定家だった。

世界の果て
The World's End

公爵夫人のせいで、サタースウェイト氏はコルシカ島に来ていた。ここは、彼の縄張りではなかった。リヴィエラでなら、彼は快適にすごすことができたし、快適にすごすということが、彼にとってはなにより大事だった。しかし、快適さも大事だったが、それ以上に彼は公爵夫人という肩書きに弱かった。いかにもサタースウェイト氏らしく、あたりさわりなく、紳士的に、昔ながらに、彼は貴族を崇拝していた。彼は上流階級の人たちが好きだった。リース公爵夫人は、正真正銘の公爵夫人だった。彼女の先祖には、シカゴの豚肉屋などいなかった。彼女は公爵の妻であるとともに、公爵の娘でもあった。

実物の彼女は、かなりみすぼらしい老婦人で、服の縁飾りに黒いビーズをつけたりするのが好きだった。古めかしい細工のダイヤモンドをたくさん持っていて、それを母親が昔やっていたのと同じように、手当たりしだいにからだじゅうにつけていた。公爵夫人が部屋の真ん中に立ち、メイドがでたらめにブローチを投げつけるのだ、と言った者もいた。彼女は慈善事業に惜しみなく寄付をしたし、小作人や使用人の世話もよくみたが、細かい金のことになると、ひどくけちだった。車に乗るときは、友人にたのんで乗せてもらい、買い物は地下の特売場ですませた。

どういうわけか、公爵夫人はコルシカ島に行こうと思いたった。カンヌは退屈なうえ、ホテルの主人と、宿泊料のことで大喧嘩したのだった。

「あなたも連れていってあげるわ、サタースウェイトさん」と、彼女はきっぱり言った。「わたしたちの年になると、世間の噂なんて気にする必要はありませんからね」

サタースウェイト氏は、ちょっぴり得意になった。これまで、彼が世間の噂の種になることなど、一度もなかった。それほど彼は取るに足らぬ人間だった。世間の噂になる――しかも公爵夫人と――素晴らしいことではないか！

「景色がきれいだけど」と、公爵夫人は言った。「山賊が出るらしいの。でも、とにかく安くすむらしいわ。今朝のマニュエルの厚かましさときたら。ああいうホテルの主人は、うんとこらしめてやらないと。あんなふうじゃ、上流のお客を集めることはできませんよ。はっきりそう言ってやりました」

「飛行機だと」と、サタースウェイト氏は言った。「アンティーブから楽に行けるそうですね」

「きっと料金が高いんでしょうね」と、公爵夫人は鋭く言った。「調べてくださる?」

「はい、さっそく」

自分の役割がお供の雑用係にすぎなくとも、サタースウェイト氏は満足だった。

空路の旅費の金額を知った公爵夫人は、即座にそのプランを却下した。

「あんな危なっかしい乗り物に、そんな大金を払ってまで乗りたいとは思いませんよ」

そこで彼らは船で行き、サタースウェイト氏はつらく苦しい十時間の船旅に耐えた。まず、船は七時に出たので、彼は船内で夕食が出るものと思いこんでいた。ところが、食事は出なかった。船は小さく、海は荒れていた。早朝、アヤッチオに放り出されたとき、サタースウェイト氏は立っているのもやっとだった。

ところが、公爵夫人は元気いっぱいだった。彼女は金さえ倹約できれば、どんな難儀も苦にしなかった。ヤシの木々と朝日という波止場の眺めに、うっとりと見入っていた。船の入港を島民が総出で出迎えたかと思えるほどの人出で、舷門が降ろされると、どよめきが起こり、指図の声が飛び交った。

「いやはや《オン・ディレ》」と、彼らのかたわらにいた、太ったフランス人が言った。「こんな扱いを《ク・ジャメ・アヴォン・》受けたのは初めてだ《オ・ナ・フエ・セツト・マヌーヴル・ラ》！」

「わたしのメイドったら、ひと晩じゅう船酔いにかかっていたのよ」と、公爵夫人が言った。「まったく情けないわ」

サタースウェイト氏は、青ざめた顔で弱々しく微笑んだ。

「せっかくの食事を無駄にしてしまって」公爵夫人は元気よくつづけた。

「あの娘には、なにか食べ物が出たんですか？」と、サタースウェイト氏はうらやましそうにたずねた。

「たまたま、わたしがビスケットとチョコレートをすこし持ってきていたんです」と、公爵夫人は言った。「夕食が出ないとわかったので、それをあの娘にあげたんですよ。下々《しもじも》の者は、食事をとれないと、すぐに文句を言いだすから」

舷門が無事に陸地に届くと、歓声があがった。ミュージカルのコーラス隊みたいな男たちが船に乗りこんできて、乗客たちの手からわれさきに荷物をもぎ取った。

「さあ、行きましょう、サタースウェイトさん」と、公爵夫人は言った。「まずお風呂に入って、それからコーヒーが飲みたいわ」

サタースウェイト氏も同じ気持ちだった。しかし、彼の希望は容易にはかなえられなかった。ホテルに着いた二人は、腰の低い支配人に迎えられ、それぞれの部屋に案内された。公爵夫人の部屋には浴室がついていたが、サタースウェイト氏は他人の寝室の風呂に連れていかれた。こんな朝早くに熱い風呂に入りたいと思うことが、そもそも間違いだったのだろう。入浴後に、彼はふたのないポットに入れて出された、濃厚なブラック・コーヒーを飲んだ。部屋のよろい戸と窓は開け放たれ、朝のすがすがしい空気が入ってきた。まばゆいほどの青空と緑が、目に飛びこんできた。

ウェイターが大げさな手ぶりで、美しい景色を指し示した。

「アヤッチオ」と、彼はもったいぶって言った。「世界中でいちばん美しい港《ル・プリュ・ボー・ポール・デュ・モンド》！」

それだけ言うと、彼はぷいと出ていった。

雪をいただく山々を背景にした、紺碧の入り江を眺めながら、サタースウェイト氏はウェイターの意見に同感した。コーヒーを飲み終えた彼は、ベッドに横になり、そのまま眠りこんだ。

昼食《デジュネ》のとき、公爵夫人は上機嫌だった。

「あなたはもっとこういう旅をすべきだわ、サタースウェイト」と、彼女は言った。「あんな年寄りくさい暮らしはもうおやめなさい」彼女は柄付きの眼鏡で部屋を見まわした。「まあ、あそこにネオーミ・カールトン・スミスがいるわ」

出窓のテーブルに一人ですわっている娘を、彼女は指差した。娘は猫背で、前かがみにすわっている。粗い麻地の茶色い服を着ていて、短い黒髪の毛先が不揃いだった。

「芸術家ですか？」と、サタースウェイト氏はたずねた。

彼はひとを見て、その人となりを言い当てるのが、いつも得意だった。

「当たりよ」と、公爵夫人は言った。「自称芸術家ではあるけれど。怪しげな場所をうろつきまわっているのは知っていたわ。すっからかんの貧乏で、魔王のように傲慢で、それにカールトン・スミス家の人たちはみんなそうだけど、妙な考えにとり憑かれていて。あの娘の母親は、わたしのいとこなの」

「では、彼女はカールトン一族の一人なんですね？」

公爵夫人はうなずいた。

「自分から貧乏くじばかり引いているのよ」と、彼女はしゃべりまくった。「頭のいい娘なんだけど。ろくでもない男とかかわって。チェルシーにたむろしてるような連中の一人で、芝居だの、詩だの、不道徳なものを書いていたの。もちろん、だれにも相手にされなかったわ。ところが、その男がだれかの宝石を盗んで、捕まってしまったのよ。どんな刑を受けたのだったかしら？　たしか、五年の刑だったと思うわ。あなた、覚えていない？　去年の冬のことでしたよ」

「去年の冬は、エジプトにいました」と、サタースウェイト氏は説明した。「一月の末に、ひどい流感にかかって。病後に、医者がエジプトに行けとうるさかったものですから。ずいぶん損しましたよ」

彼の声は本当に残念そうだった。

「なんだかあの娘、ふさいでいるみたいだわ」公爵夫人は柄のついた眼鏡をもう一度目に当てた。「放っておくわけにもいかないわね」

食事を終えた彼女は、ミス・カールトン・スミスのテーブルに立ち寄り、娘の肩を軽くたたいた。

「ねえ、ネオーミ、わたしの顔を忘れているようね」

ネオーミはしぶしぶ立ち上がった。

「忘れてはいません、公爵夫人。あなたが入ってくるのを見かけました。あなたのほうこそ、わたしを覚えてはいないだろうと思ったんです」

彼女はいかにも面倒臭そうに言った。

「食事が終わったら、テラスにいらっしゃい」と、公爵夫人は命令した。

「わかりました」

ネオーミはあくびをした。

「なんて無作法なのかしら」歩きながら、公爵夫人はサタースウェイト氏に言った。

「カールトン・スミス家の人間は、みんなああなのよ」

ひなたのテラスで、二人はコーヒーを飲んだ。数分後、ネオーミ・カールトン・スミスがホテルからぶらりと出てきて、彼らに加わった。彼女は椅子にだらしなくすわり、両脚を行儀悪く伸ばした。

妙な顔だ――あごが突き出て、灰色の目がくぼんでいる。聡明そうで、不幸な顔――あともうちょっとのところで、美しいとは言えない顔だった。

「それで、ネオーミ」と、公爵夫人は歯切れよく言った。「今、どうしているの？」

「べつに、なにも。ぶらぶらしているだけです」

「まだ絵を描いているの？」

「すこしは」

「見せてちょうだい」

ネオーミはにやりと笑った。独裁者の前でも、彼女は物怖じせず、むしろ面白がっていた。ホテルに入っていった彼女は、作品を入れた画集を手にして戻ってきた。

「あなたのお気には召さないでしょうね、公爵夫人」と、彼女はあらかじめことわるように言った。「なんとでも好きなように批評してください。気を悪くしませんから」

サタースウェイト氏はすこし椅子を近づけた。彼は興味をそそられた。しばらくすると、彼の興味はさらに募った。公爵夫人は、容赦なく思ったままを口にした。「それになんなのこれ、どっちが上か下かわからないわ」と、彼女はこきおろした。「それにまあ、こんな色の空なんてありえないわ——海の色にしたって」

「それがわたしの見方なんです」と、ネオーミは平然と言った。

「うわっ、いやだ！」べつの絵を見て、公爵夫人が言った。「ぞっとするわ、これ」

「それが狙いなんです」と、ネオーミは言った。「自分では気づかずに、わたしを褒《ほ》めているんですよ」

それはウチワサボテンを描いた、奇妙な渦巻き派の習作で、サボテンだということがかろうじてわかるものだった。強烈な色をしみのように散らせた灰緑色の地に、サボテンの実が宝石のように輝いていた。悪の塊が渦巻き、ぶよぶよして——ただれていた。

サタースウェイト氏は身震いし、顔をそむけた。

ネオーミは彼を見て、わかっているというようにうなずいた。

「そうなんです」と、彼女は言った。「本当に毒々しいんです」

公爵夫人が咳払いをした。

「近頃じゃ、芸術家になるのは簡単なようね」と、彼女は手厳しく批評した。「物を写すということをしないいんだから。ただ絵の具を塗ったくって——えーと、絵筆じゃなくて、なんだったかしら——」

「パレット・ナイフです」ネオーミはまたにんまりして言った。

「そう、それでこってりと塗りたくるのよ」と、公爵夫人はつづけた。「山盛り塗って、はい、できあがり！　それを見て、だれもが〝しゃれた絵だ〟などと言うのよ。わたしに言わせれば、そんなものは絵じゃないわ。わたしが好きなのは——」

「エドウィン・ランドシアの犬か馬のきれいな絵でしょう？」

「そうですとも」と、公爵夫人は問いただした。「ランドシアのどこが悪いの？」

「どこも悪くないわ」と、ネオーミは言った。「彼は立派な画家よ。あなただってご立派だわ。なんでも頂点にあるものは、いつだってぴかぴかに輝いているわ。公爵夫人、あなたは権力を持っていて、恵まれた人生をおくって、頂点に君臨している。でもね、下にいる人たちは、物事の裏側を見てるのよ。それもけっこう面白いものだわ」

公爵夫人は彼女をまじまじと見つめた。

「なにを言ってるんだか、わたしにはさっぱりわからないわ」と、彼女は言った。

サタースウェイト氏はまだ彼女の絵を鑑賞していた。公爵夫人と異なり、彼は絵の背後にある技巧の完璧さに気づいていた。彼は驚くと同時に、嬉しくなった。彼は娘を見上げた。

「一枚売ってくれませんか、カールトン・スミスさん？」

「一枚五ギニーで、どれでもお好きなのを選んでください」と、娘は無関心そうに言った。

サタースウェイト氏はすこし迷ってから、ウチワサボテンとアロエの習作を一枚選んだ。前景に、明るい黄色のミモザの花がぼかすように描かれ、深紅のアロエの花が画面のあちこちに躍り、背景となる全面に描かれた、楕円形のウチワサボテンと剣のようなアロエの葉が、全体の基調をなしていた。

彼は娘に軽く頭を下げた。

「これを手に入れることができて、とても嬉しいです、カールトン・スミスさん。掘り出し物をしました。将来、この絵を売ったら、大儲けができるでしょう——売る気になればね！」

娘は身を乗り出し、彼がどの絵を選んだのかを見ようとした。彼女の表情が変わった。このとき初めて、彼女は本当に彼の存在に気づいた。そして尊敬をこめて彼を一瞥した。

「いちばん出来のいい絵だわ」と、彼女は言った。「わたし——嬉しいわ」

「まあ、あなたがなにをしようと勝手ですけど」と、公爵夫人は言った。「それに、たぶんあなたの目のほうが正しいんでしょう。あなたはたいした目利きだそうだから。でも、こんなわけのわからないものは芸術なんかじゃないわ。まあいいわ、もうこの話はよしましょう。それよりも、ここには二、三日しかいないつもりなんだけど、ちょっと島を見物してみたいわ。車を持ってるんでしょ、ネオーミ?」

娘はうなずいた。

「ちょうどよかった」と、公爵夫人は言った。「明日、どこかにドライヴに行きましょう」

「でも、二人乗りなの」

「かまわないわ。補助席があるでしょう。サタースウェイトさんはそれでいいわよ」

サタースウェイト氏は震えあがった。今朝、彼はコルシカ島の道路の状態に目を留めていた。ネオーミはそんな彼の表情を見ながら言った。

「わたしの車じゃあんまりだわ。もうがたがたのポンコツで、ただ同然で買ったものなんです。わたし一人なら、どうにかなだめすかして坂を上がれるけれど、だれかを乗せるのはとても無理だわ。でも、町にはいい貸し自動車屋があるから、そこで一台借りたらいいでしょう」

「借りるですって?」公爵夫人は考えられないという顔をした。「とんでもない。ねえ、昼食前に四人乗りの車で乗りつけた、あのちょっと顔の黄色い、ハンサムなひとはだれなの？」

「トムリンスンさんのことでしょう、きっと。インドの判事を退官なさった方よ」

「それで顔が黄色いのね」と、公爵夫人は言った。「黄疸かと思ったわ。なかなか感じのよさそうなひとね。あとで話しかけてみようかしら」

その晩、サタースウェイト氏が夕食に降りていくと、公爵夫人は黒いビーズとダイヤモンドを燦然《さんぜん》と光らせて、例の四人乗り自動車の持ち主と熱心に話しこんでいた。彼女は横柄に手招きした。

「こっちにいらっしゃい、サタースウェイトさん。トムリンスンさんから、とても面白い話をうかがっているの。それとね、明日、この方がわたしたちをドライヴに連れていってくださるんですって」

サタースウェイト氏は彼女の手並みに感心した。

「さあ、食事に行きましょう」と、公爵夫人は言った。「ぜひ、わたしたちのテーブルに来て、お話の続きを聞かせてくださいな、トムリンスンさん」

「本当に感じのいい方だわ」二人きりになったとき、公爵夫人はそう言った。

「本当に感じのいい車を持ってますしね」と、サタースウェイト氏はやり返した。

「意地悪ね」と言うと、公爵夫人はいつも持ち歩いている、薄汚れた黒い扇子で、彼の手の甲をぴしゃりとたたいた。サタースウェイト氏は痛みに顔をしかめた。「ネオーミもいっしょに行くわ、自分の車で」と、公爵夫人は言った。「あの娘には気分転換が必要だわ。すごくわがままなのよ。自分本位ではないけれど、だれにも、なんにも、まるで無関心なの。そう思わない？」

「そんなことはありえないはずなんですがね」と、サタースウェイト氏はおもむろに言った。「つまり、だれだってかならずなにかしらに関心を持つはずなんです。たしかに、自分本位のひとはいますが、あなたがおっしゃるように、彼女はそんなタイプではありません。あのひとは自分自身にまったく興味を失っていますね。それでいながら、芯の強さがある——なにかを一途に思いつめているような。はじめは、芸術に対して一途なのかと思いましたが、そうではありません。あれほど生きることに執着しないひとを見たのは初めてです。あれじゃ、危険ですよ」

「危険？　どういうこと？」

「そのう——なにか強迫観念を持っているにちがいありません。この強迫観念というのは、いつだって危険なものなんです」

「サタースウェイトさん」と、公爵夫人は言った。「ばかなことを言わないで。それよりも、明日のことだけど——」

サタースウェイト氏は耳を傾けた。ひとの話を聞くのが、つねに彼の役割だった。

翌朝早く、彼らは昼食を持って出発した。この島に来て六ヵ月になるネオーミが、案内をすることになった。出発を待っている彼女に、サタースウェイト氏は話しかけた。

「あなたの車に乗せてもらうわけにはいきませんか？」と、彼は物足りなそうに言った。

彼女は首を振った。

「あっちの車の後部座席のほうが、ずっと乗り心地がいいですよ。座席のクッションもいいし。この車は本当におんぼろだから、でこぼこ道だと飛び跳ねてしまうわ」

「それに、坂道もありますしね」

ネオーミは笑った。

「あら、ああ言ったのは、あなたを補助席に乗せないためよ。あの公爵夫人なら、車を一台借りるくらい、なんでもないはずなのに。イギリス一のけちんぼうだわ。でも、あのお婆さん、けっこう可愛いところがあって、憎めないひとね」

「じゃあ、あなたの車に乗せてもらえるんですね？」と、サタースウェイト氏は意気込んで言った。

彼女は不思議そうに彼を見つめた。

「なぜそんなにわたしといっしょに行きたがるの？」

「なぜって、決まっているじゃないですか」サタースウェイト氏は珍妙で時代遅れのおじぎをしてみせた。

彼女は微笑んだが、首を振った。

「冗談がお上手ね」と言って、彼女は首をかしげた。「妙だわ……でも、やっぱりいっしょには行けません――今日は」

「では、またの機会に」と、サタースウェイト氏は礼儀正しく言った。

「まあ、またの機会ですって！」急に彼女は笑いだした。妙な笑い方だ――と、サタースウェイト氏は思った。「またの機会ね！　さあ、それはどうかしら」

彼らは出発した。町中を走り抜け、湾の周囲をめぐり、内陸に入って川を渡り、それからふたたび、無数の砂地の入り江がある海岸に出た。そのあと、車は坂道を登りはじめた。どこまでもうねうねとつづくカーヴを曲がりながら、車は坂を上がっていった。青い湾がはるか下のほうに見え、反対側には、アヤッチオの町並みが、おとぎ噺の町のように、陽光を受けて白くきらめいていた。

カーヴを曲がるたびに、崖っ縁に寄ったり、崖から離れたりしているうちに、サタースウェイト氏はめまいがして、気分が悪くなってきた。さほど広くない道を、車はただひたすら登っていった。

しだいに寒くなった。雪が積もった山頂から、風が吹きつけてくる。サタースウェイト氏はコートの襟を立て、あごの下まできっちりボタンをかけた。とても寒い。海面をへだてて、アヤッチオの町はまだ陽光を浴びていたが、このあたりでは、流れてくる厚い灰色の雲が、太陽の光をさえぎっていた。サタースウェイト氏は景色を楽しむどころではなくなり、暖房が効いているホテルと、心地よいアームチェアが恋しくなった。

ネオーミの二人乗りの車が先頭を走りつづけた。ひたすら坂道を上がってきて、今、ようやく世界の頂上に来た。両側は低い丘ばかりで、斜面が谷までつづいている。彼らの眼前に、雪をいただいた山頂があった。ナイフのように鋭く冷たい風が、容赦なく吹きつけてきた。突然、ネオーミの車が止まり、彼女がふりかえった。

「着いたわ」と、彼女が言った。「〝世界の果て〟よ。あいにくのお天気だけど」

彼らはみな車から降りた。彼らが着いたのは、数軒の石造りのコテージがあるだけの、小さな村だった。高さ一フィートもある文字で、〈コチ・キャヴェエリ〉という村の名前が書き記されていた。

ネオーミは肩をすくめた。

「あれが正式の名前だけど、わたしは〝世界の果て〟と呼んでいるの」

彼女は数歩進み、サタースウェイト氏は彼女にならんだ。二人は家々の前を通り過ぎていた。道は行き止まりだった。ネオーミが言ったように、ここで終わりだった——その先は、無の世界の入り口だった。背後には、白いリボンのような道。前には——なにもない。ただはるか下に、海が見えるだけ……

サタースウェイト氏は深く息を吸いこんだ。

「想像を絶するところですね。ここならどんなことでも起こりそうな気がします——どんなひとにでも会いそうな——」

彼は言葉を飲みこんだ。すぐ目の前の岩に、一人の男が海のほうを向いてすわっていた。まるで手品のように、突然、気がつくとそこに男がいた。どこからともなく忽然と現われた、という形容がぴったりだった。

「はて、いつのまに——」と、サタースウェイト氏はつぶやいた。

するとそのとき、男がふりむき、サタースウェイト氏はその顔を見た。

「おや、クィンさん！　こんなところであなたに会うとは。カールトン・スミスさん、友人のクィンさんを紹介しましょう。彼は不思議な男でしてね。ねえ、クィンさん、あなたはいつだってきわどいときにひょっこりと現われて——」

自分がなにかとほうもなく重大なことを言ったような気がして、彼は口をつぐんだが、それがなにかはわからなかった。

ネオーミはいつものぶっきらぼうな態度で、クィン氏と握手をしていた。

「ここにピクニックに来たんです」と、彼女は言った。「でも、寒くて骨まで凍ってしまいそうだわ」

サタースウェイト氏は身震いした。

「たぶん」彼は確信なく言った。「どこかに風のあたらない場所があるのでは？」

「ここはだめね」ネオーミは同意した。「でも、ここの眺めは壮観でしょう？」

「ええ、まったく」サタースウェイト氏はクィン氏をふりかえった。「カールトン・スミスさんはここを〝世界の果て〟と呼んでいるんです。まったくうまい名前でしょう？」

クィン氏は何度もゆっくりうなずいた。

「ええ――ひじょうに暗示的な名前です。一生に一度でしょうね、ひとがこんな場所に――これ以上はもう先に進めない場所に来るのは」

「どういう意味です？」ネオーミが鋭く質問した。

クィン氏は彼女のほうを向いた。

「つまり、普通なら選択の余地がある、そうでしょう？　右か左か、前か後ろか。でも、ここでは——後ろに道はあるが、前には——なにもありません」

ネオーミは彼を見つめた。突然、彼女は身震いし、ほかの人たちのところにひきかえしはじめた。二人の男たちも、いっしょに歩きだした。クィン氏はすっかりうちとけた口調で話しつづけた。

「あの小型車はあなたのですか、カールトン・スミスさん？」

「ええ」

「自分で運転をするんですか？　このあたりを走るには、そうとうの度胸がいるでしょうね。なにしろカーヴがきついですから。なにかに気をとられたり、ブレーキが効きそこなったりしたら、崖から落ちて——そのまま、まっさかさまに転落してしまいます。事故は——容易に起きるでしょう」

三人がほかの連中と合流すると、サタースウェイト氏は友人を紹介した。だれかが彼の腕を引っ張った——ネオーミだった。彼女はサタースウェイト氏をわきに引っ張っていった。「あのひと、何者なの？」彼女は激しい口調でたずねた。

サタースウェイト氏は、あっけにとられて彼女を見つめた。

「さあ、よくは知らないんです。そのう、数年前に知り合ったんですが——以来、ときおり顔を合わせるだけで、彼のことをくわしく知っているわけでは——」

彼は話すのをやめた。くだらない説明だったし、当の娘は聞いていなかった。彼女はうつむいて、両わきに手を握りしめて立っていた。

「彼はいろんなことを知ってるのよ」と、彼女は言った。「いろんなことを……どうして知ってるのかしら？」

サタースウェイト氏は答えられなかった。彼女が動揺している理由がわからないまま、ただ黙って彼女を見つめるしかなかった。

「こわいわ」と、彼女がつぶやいた。

「クィンさんがですか？」

「あのひとの目がこわいの。なにもかも見透かされているようで……」

冷たくて湿ったものが、サタースウェイト氏の頬に落ちた。彼は空を見上げた。

「おや、雪ですよ」彼はびっくりして叫んだ。

「とんだ日にピクニックに来たものね」と、ネオーミが言った。

彼女はようやく平静をとりもどしていた。

さて、どうしたらいいだろう？　だれもが勝手なことを言いだした。雪が本降りになってきた。クィン氏の提案に、みんなが賛成した。ならんでいる家のはしに、一軒の安食堂があった。彼らはその店に突進した。

「食べ物はあるのですから」と、クィン氏が言った。「そこでコーヒーを注文しましょう」

そこは小さな店で、小さな窓が一つしかなかったので、なかは薄暗かった。しかし部屋のすみから、暖気が漂ってきた。コルシカ人の老女が、ひと握りの小枝を炉に投げこんでいた。炎がぱっと燃え上がり、その光で、サタースウェイト氏たちは先客がいることに気づいた。

三人の客が、むきだしの木のテーブルのはしにすわっていた。サタースウェイト氏には、その光景は非現実的に思え、その客たちはさらに実在感がなかった。

テーブルのはしにすわっている女は、まるで公爵夫人のようだった——つまり、だれもが想像のなかで思い描く公爵夫人の姿に近かった。芝居に出てくる貴婦人そのものだった。いかにも気位が高そうにつんとすまし、美しく結い上げられた髪が雪のように白い。グレーの服を着ていて——柔らかな布地が、からだの線に沿って見事な襞《ひだ》をつくっていた。長く白い手をあご先に添え、もう一方の手でフォアグラのパテを塗ったロールパンを持っていた。彼女の右には、べっこう縁の眼鏡をかけた、顔が真っ白で髪が真っ黒な男がすわっていた。その男の身なりは見とれるほど素晴らしかった。彼は頭を反らし、熱弁をふるおうとするかのように左腕を突き出していた。

白髪の貴婦人の左には、禿げ頭の陽気そうな小男がいた。最初に一瞥したあとは、だれも彼に注目しなかった。

一瞬ためらったあと、公爵夫人（本物の公爵夫人）がきりだした。

「この嵐には驚きましたわね」と言いながら、彼女は前に進み出て、愛想よく微笑みかけた。この微笑は、福祉事業や他の委員会に出たときにふりまくと、いつも効果てきめんだった。「あなたがたも雪に降りこめられてしまったんですね？　でも、コルシカは素晴らしいところですわ。今朝、着いたばかりですの」

黒髪の男が立ち上がったので、公爵夫人はにっこりして彼の席にすべりこんだ。

白髪の貴婦人が言った。

「わたしたちはこちらに来て、一週間になりますわ」

サタースウェイト氏ははっとした。この声を一度聞いたら、忘れられる者などいるだろうか？　その声は、情感を――えもいわれぬ哀感をこめて、石の部屋に響いた。彼女がなにか含蓄のあることを言ったように、彼には思えた。彼女は心の底から言葉を発していた。

彼は急いでトムリンスン氏に耳打ちした。

「あの眼鏡をかけた男は、ヴァイズ氏ですよ――プロデューサーの」

退官した元インド判事は、嫌悪感をあらわにしてヴァイズ氏を見ていた。

「いったいなにを作《プロデュース》るんです？　子供ですか？」

「いやいや、そうじゃありません」ヴァイズ氏に対するあまりに下品な発言に、サタースウェイト氏はショックを受けた。「劇ですよ」

「わたし、やっぱり外にいます。ここは暑すぎるわ」と、ネオーミが言った。

彼女のとげとげしい口調に、サタースウェイト氏はびっくりした。彼女はトムリンスン氏を押しのけるようにして、外に出ていこうとした。しかし、入り口で顔を合わせたクィン氏が、彼女を押しとどめた。

「戻っておすわりなさい」

彼の声は威厳に満ちていた。サタースウェイト氏が驚いたことに、娘はすこしためらってから、クィン氏の言葉にしたがった。彼女はできるだけほかの人たちから離れて、テーブルの末席にすわった。

サタースウェイト氏は前に進み出て、プロデューサーに話しかけた。

「覚えていらっしゃらないでしょうが、わたしはサタースウェイトと言います」

「忘れるものですか！」骨張った長い手が、サタースウェイト氏の手をぎゅっと握りしめた。「こんなところで会うとは奇遇ですね。もちろん、ミス・ナンをご存知ですよね？」

サタースウェイト氏は飛び上がった。声に聞き覚えがあったのは当然だった。イギリスじゅうの演劇ファンが、情感のこもった彼女の芝居に感動したのだ。ロジーナ・ナン！　イギリス最高の叙情派の女優。サタースウェイト氏も彼女の虜《とりこ》になったことがあった。役柄の解釈にかけて、意味合いの微妙なニュアンスを出すことにかけて、彼女の右に出る者はいない。彼はつねづね彼女のことを、知的な女優であり、役柄を深く理解し、その役になりきることのできる女優だと考えていた。

彼が気づかなかったのも無理はなかった。ロジーナ・ナンは外見がしょっちゅう変わった。二十五歳まではブロンドだったが、アメリカ巡業のあと、黒髪で戻ってきて、本気で悲劇を演じはじめた。今回の〝フランスの公爵夫人風〟のスタイルは、最近の彼女の気まぐれだった。

「ああ、それから、彼はジャッドさん――ミス・ナンのご主人です」と、ヴァイズは禿げ頭の男を無造作に紹介した。

ロジーナ・ナンが何度か夫を替えたことは、サタースウェイト氏も知っていた。ジャッド氏は、彼女のいちばん新しい夫のようだった。

ジャッド氏は、そばのバスケットからとりだした包みを開けるのに忙しかった。彼は妻に話しかけた。「ねえ、パテをもっと塗ってあげよう。それじゃ塗り方が薄いから」

ロジーナ・ナンはロールパンを彼に渡し、あっけらかんと言った。「ヘンリーはとてもおいしい食事を考えてくれるので、食べ物のことはいつも彼まかせなんです」

「餌係ですよ」と言って、ジャッド氏は笑い、妻の肩を軽くたたいた。

「まるで飼い犬扱いだ」サタースウェイト氏の耳もとで、ヴァイズ氏が不機嫌そうにつぶやいた。「彼女のために、食べ物を切ってやったりするんだ。妙な生き物だ、女ってやつは」

サタースウェイト氏とクィン氏は、二人で昼食の包みを開けた。ゆで卵、ハム、グリュイエール・チーズが、テーブルに配られた。公爵夫人とミス・ナンは、ひそひそと内緒話に熱中していた。女優の低いコントラルトの声が、きれぎれに聞こえてきた。

「パンを軽くトーストするんです。それからマーマレードをごく薄く塗って。それを巻いて、オーヴンに入れるんです、きっかり一分間――それ以上はだめ。本当においしいですよ」

「あの女は食い物のために生きてるんだ」と、ヴァイズ氏がつぶやいた。「食い物のこと以外は、なにも考えられないんだ。〈海に乗りゆく人〉のときだったよ――ほら、

〝楽しく静かなときを過ごしますわ〟ってところで、どうしても狙ってる効果が出せなくてね。ついにあの女に、ペパーミント入りのチョコレート菓子のことを考えてみろと言ったんだ——彼女はあの菓子が大好きでね。すると効果はてきめんだった——心の奥にぐっとくる、遠くを見つめる目をしたんだ」

サタースウェイト氏は黙っていた。彼は記憶の糸をたぐっていた。

向かいのトムリンスン氏が、咳払いをしてから会話に加わった。

「劇の演出をされるそうですね。わたしもいい芝居が好きですよ。〈ジム・ザ・ペンマン〉、あれはいいですねえ」

「話にならん」ヴァイズ氏の全身に身震いが走った。

「ニンニクをひとかけら」と、ミス・ナンは公爵夫人に言った。「コックに言ってごらんなさい。それはおいしいですから」

彼女は思い出して嘆息し、それから夫をふりかえった。

「ヘンリー、ねえ、キャヴィアはどこなの？」

「すぐ近くにあるじゃないか、おまえ」と、ジャッド氏は愉快そうに言った。「自分で椅子の後ろに置いたよ」

ロジーナ・ナンは急いでそれをとりだし、晴れやかにテーブルを見まわした。

「ヘンリーって本当に素晴らしいわ。わたしはとてもうっかり者で、物の置き場所を、すぐに忘れてしまうんです」

「真珠を化粧ポーチにしまいこんだこともあったね」と、ヘンリーはおどけて言った。「そしてそれをホテルに忘れてきてしまった。おかげであの日は、電報を打ったり電話をかけたりと大変だったよ」

「あれには保険がかかっていたわ」と、ミス・ナンはぼんやりと言った。「わたしのオパールとは違ってね」

悲痛に満ちた表情が、彼女の顔によぎった。

クィン氏といっしょにいるとき、サタースウェイト氏は芝居を演じているような気分になったことが、これまでに何度かあった。今も、そんな感じがしてならなかった。これは夢なのだ。だれもが自分の役を演じている。〝わたしのオパール〟という言葉が、彼の出番の合図だった。彼は身を乗り出した。

「あなたのオパールですって？　ミス・ナン」

「ヘンリー、バターをちょうだい。ありがとう。ええ、わたしのオパールです。盗まれてしまって、とうとう返ってきませんでした」

「話を聞かせてください」と、サタースウェイト氏は言った。

「そうね——わたし、十月生まれなんです——だからオパールをつけると縁起がいいんです。それで美しいオパールが欲しくって、長いあいだ待ったんです。あれほど完璧なものはそうそうないだろうと言われました。それほど大きくはないの——二シリング銀貨ほどの大きさで——でも、ああ！　その色と輝きといったら」

　彼女はため息をついた。サタースウェイト氏は、公爵夫人がもぞもぞと居心地悪そうにしているのに気づいたが、もうミス・ナンの話を止めるわけにはいかなかった。彼女は話しつづけ、その抑揚たっぷりな話しぶりは、もの悲しい北欧伝説を語っているかのようだった。

「アレック・ジェラードという若い男に盗まれたんです。その男は脚本を書いていました」

「たいへんいい脚本をね」と、ヴァイズ氏は玄人らしい批評をした。「なにね、一度はやつの脚本を半年ぐらい暖めてたことがあったんです」

「上演したんですか？」と、トムリンスン氏がたずねた。

「いやいや！」と、ヴァイズ氏は打ち消した。「でもね、一度は本気で上演しようかと思ったんですよ」

「それには、わたしのために素晴らしい役があったんです」と、ミス・ナンは言った。

〈レイチェルの子供たち〉というタイトルで——劇にはレイチェルという名前の人物は出てこないんですけどね。その脚本のことで、彼はわたしに会いにきたんです——劇場に。感じのいい青年でした。ハンサムで、それにすごく内気で。たしかあのとき——」彼女は遠くを見つめるような表情をした。「彼はペパーミント入りのチョコレート菓子を持ってきてくれました。オパールは鏡台の上に置いてあったんだわ。彼はオーストラリアに行ったことがあって、オパールにはちょっとくわしかったの。明るいところに持っていって、それを眺めてました。きっと、そのときにポケットにすべりこませたのね。彼が帰ってから、オパールが失くなっているのに気づいたんです。それからが大騒ぎだったわ。あなた、覚えているでしょう？」

彼女はヴァイズ氏にむかって言った。

「ええ、覚えてますよ」と、ヴァイズ氏はうめくように言った。

「そのひとの部屋で、空《から》のケースが見つかったんです」と、女優はつづけた。「ひどくお金に困っていたのに、翌日には、銀行に大金を払いこんだのよ。友だちがかわりに競馬に賭けてくれたんだなんて言い訳しようとしたけど、その友だちを連れてくることはできませんでした。間違ってケースをポケットに入れたにちがいないって言ってましたけど、そんな理屈は通りませんよねえ。もうちょっとましな嘘をついてもよさそうなのに……わたしは裁判所に行って、証言しなくちゃなりませんでした。わたしの写真が新聞に出たので、劇団のプレス担当係はいい宣伝になると言ってましたけど、わたしはオパールが返ってくるほうが嬉しいわ」

彼女は悲しそうに首を振った。

「ねえ、ドライ・パイナップルをお食べ」と、ジャッド氏が言った。

ミス・ナンの顔が明るくなった。

「どこにあるの？」

「今、出してあげたよ」

ミス・ナンは前後を見て、シルク地のグレーのポシェットに目をやり、それからそばの床に置いてあった、シルク製の紫色の大きなバッグをゆっくり持ち上げた。彼女はバッグの中身を一つずつテーブルに出していったが、これはサタースウェイト氏の興味を引いた。

パウダー・パフ、口紅、小さな宝石箱、一巻きの毛糸、パウダー・パフがもう一つ、ハンカチが二枚、チョコレート菓子が一箱、七宝のペーパー・ナイフ、鏡、茶色い木の小箱、手紙が五通、クルミが一つ、モーヴ色のクレープ・デシンの小判スカーフ、リボンが一本、クロワッサンの食べ残し。最後にドライ・パイナップルのかけらが出てきた。

「ユーレカ」と、サタースウェイト氏はそっとつぶやいた。

「なんですって？」

「いや、なんでもないです」サタースウェイト氏はあわてて言った。「きれいなペーパー・ナイフですね」

「ええ、だれかにもらったのよ。だれだったか思い出せないけど」

「それはインド製の箱ですね」と、トムリンスン氏が言った。「精巧にできてるじゃないですか」

「それもだれかにもらったものだわ」と、ミス・ナンは言った。「ずっと昔に。いつも楽屋の鏡台の上に置いていたんです。でも、たいしてきれいじゃないわね」

その箱は、なんの装飾もない茶色い木でできていた。横を押すと、開くようになっている。上面に、木のつまみが二つついていて、くるくる回るようになっていた。

「きれいとは言えませんが」トムリンスン氏は含み笑いしながら言った。「でも、こんなのは見たことがないでしょう」

サタースウェイト氏は身を乗り出した。彼は興奮してきた。

「精巧にできてるとは、どういうことです？」と、彼はたずねた。

「だって、そうでしょう？」と、判事はミス・ナンに同意を求めたが、彼女はぽかんと彼を見つめた。

「ここで仕掛けを見せちゃまずいでしょう?」それでも、ミス・ナンはまだぽかんとしている。

「どんな仕掛けです?」と、ジャッド氏がたずねた。

「驚いたな。じゃ、知らないんですか?」

彼は、みんなのいぶかしげな顔を見まわした。

「なんだ、知らなかったんですか。ちょっとその箱を貸してもらえますか? ありがとう」

彼は箱を押し開けた。

「さてと、このなかに入れるものを、だれかくれませんか――あまり大きくないものを。ああ、ここにグリュイエール・チーズのかけらがある。これでやってみましょう。これをなかに入れて、箱を閉めます」

彼は両手で箱をいじくった。

「さあ、これでよし」

彼はふたたび箱を開けた。なかは空《から》だった。

「へえ、失くなってる」と、ジャッド氏は言った。「どうやるんですか?」

「なに、簡単ですよ。箱を裏返して、左のつまみを半分まわし、それから右のつまみを引っ込めるんです。さて、チーズのかけらをふたたび取り出すためには、その逆をしなくちゃいけません。右のつまみを半分まわして、左のを引っ込め、そのまま箱を裏返す。そうすれば——ほら、どうです！」

箱が開いた。テーブルを囲んでいた全員が、はっと息を飲んだ。箱のなかには、たしかにチーズが入っていたが——それだけではなかった。虹のように七色にまたたく、丸いものが。

「わたしのオパール！」

その声は部屋じゅうに響き渡った。ロジーナ・ナンは直立し、両手を胸に抱きしめた。

「わたしのオパール！　でもどうしてそれがここに？」

ヘンリー・ジャッドが咳払いをした。

「どうやら——そのう、ロージー、おまえが自分でそれをそこに入れたんだろう」

だれかがテーブルから立ち上がり、外に飛び出していった。ネオーミ・カールトン・スミスだった。クィン氏があとを追った。

「でも、いつのこと？　まさか——」

サタースウェイト氏が見守っているあいだに、彼女はようやく真実に気づいたが、それまでに、二分以上かかった。

「去年――劇場で」

「なにしろ」ヘンリーはかばうように言った。「おまえはなんでもいじる癖があるからねえ、ロージー。ごらん、さっきのキャヴィアだって」

ミス・ナンは事の次第を必死に整理しようとした。

「知らずにそのなかに入れて、それから箱をひっくり返して、うっかりあんなふうにしたのね。でも、そうだとしたら――だとしたら――」やっと真実に気づいた。「じゃあ、アレック・ジェラードは盗んでいなかったのね。ああ！」――部屋の空気を引き裂くような、悲痛な叫び声をあげた――「なんてひどいことを！」

「でもまあ」と、ヴァイズ氏が言った。「これで間違いを正せるわけだ」

「ええ、でも彼は丸一年も刑務所に入っているのよ」それから、みんなは彼女の言葉にはっとした。彼女は公爵夫人に問いただした。「あの女の子は――さっき出ていった女の子はだれなの？」

「ミス・カールトン・スミスは」と、公爵夫人は言った。「ジェラードさんと婚約していました。あの娘は――あの事件でひどく打ちのめされたんです」

サタースウェイト氏はこっそり抜け出した。雪はやんでいた。ネオーミは石垣の上にすわっていた。彼女はスケッチブックを手にしていて、数本のクレヨンがまわりに散らばっていた。クィン氏が彼女のかたわらに立っていた。

彼女はスケッチブックをサタースウェイト氏にさしだした。それは素描だったが――非凡な才能を感じさせた。雪片が万華鏡のように渦巻いている紙面の中央に、一人の人物が描かれていた。

「じつに見事だ」と、サタースウェイト氏は言った。

クィン氏が空を見上げた。

「嵐はやみました」と、彼は言った。「道はすべるでしょうが、事故は起こらないでしょう――もう今では」

「事故は起こらないわ」と、ネオーミが言った。その言葉には、サタースウェイト氏にはわからない意味がこもっていた。彼女はふりむいて彼に微笑みかけた――まばゆいほどの晴れやかな微笑だった。「帰りは、わたしの車にサタースウェイトさんを乗せてあげてもいいわ」

このとき彼は、彼女が今までどれほど絶望していたかを悟った。

「さて」と、クィン氏が言った。「わたしはこれで失礼します」

彼は去っていった。

「どこに行くんだろう？」彼の後ろ姿を目で追いながら、サタースウェイト氏はつぶやいた。

「もといた場所に帰るんでしょう」ネオーミが妙な声で言った。

「しかし——あそこには、なにもない」と、サタースウェイト氏は言った。クィン氏は、二人が最初に彼を見かけた、あの崖の縁にむかっていた。「あなただって、あそこはこの世の果てだと言ってたでしょう」

彼はスケッチブックを返した。

「素晴らしいラフスケッチですね」と、彼は言った。「彼の特徴をよくとらえている。でも、どうして——そのう——仮装の衣装を着せて描いたんです？」

彼女はちらっと彼と目を合わせた。

「わたしには、あのひとがそんなふうに見えるんです」と、ネオーミ・カールトン・スミスは言った。

道化師の小径

Harlequin's Lane

サタースウェイト氏は、なぜデンマン家に滞在するのか、自分でもその理由がよくわからなかった。デンマン夫妻は、彼がつき合いたいタイプの人々ではなかった——つまり、彼らは上流社会の人間でもないし、もっと興味のある芸術家でもなかった。彼らは俗物——それも退屈な俗物だった。サタースウェイト氏は保養先のビアリッツで知り合い、招かれて夫妻の家に滞在したものの、退屈でうんざりした。それなのに、どういうわけか、また二度、三度と訪問を重ねていた。

なぜだろう？　今日、六月二十一日に、自分のロールスロイスでロンドンを出ながら、彼は自問自答していた。

ジョン・デンマンは四十歳で、実業界では堅実な経営者として尊敬を受けていた。サタースウェイト氏とは、つき合っている友人も違い、考え方にいたってはなおさらだった。彼は仕事ではやり手だったが、それ以外では創造性に欠けていた。

自分はどうしてこんなことをしているのだろう？　サタースウェイト氏はもう一度自分に問いかけた——だが、頭に浮かんだ唯一の答えは、あまりに漠然としていて、そのうえばかばかしかったので、彼はすぐに打ち消そうとした。その理由とは、夫妻の家(居心地のいい、設備のととのった家だった）の部屋の一つが、彼の好奇心を掻きたてたという事実だった。その部屋は、デンマン夫人の居間だった。

その部屋が彼女の個性を表わしているとは言いがたかった。というのも、サタースウェイト氏が判断するかぎりでは、彼女には個性などなかった。これほど表情にとぼしい女性を、彼は見たことがなかった。彼女の生まれはロシアだった。ジョン・デンマンは、欧州大戦が勃発した頃、ロシアにいた。彼はロシア軍に加わって戦い、革命勃発の際、あやうく命拾いして、一文無しの亡命者となったこのロシア娘を連れて帰ってきた。そして両親の反対にもかかわらず、彼は彼女と結婚した。

デンマン夫人の部屋は、とくに注目に値するものではなかった。上等のヘップルホワイト式の家具が置かれた、重厚感のある部屋で、どちらかというと男性的な雰囲気だった。しかしそこには、一つだけ不釣合いな品があった——中国製の漆塗りの衝立《ついたて》で、クリーム・イエローの地に淡い色のバラが描かれていた。どこの美術館でもよろこんで買い入れただろう。収集家が目をつけそうな、美しい珍品だった。

それは、重厚な英国風の背景にはそぐわなかった。これを部屋の基調にして、ほかの家具を合わせるべきだった。だからといって、デンマン夫妻に美的センスが欠けているわけではない。この衝立を除けば、家の内装は完璧に調和していた。

サタースウェイト氏は首をひねった。これはささいなことではあったが、彼を面食らわせた。このために――そう彼は本気で信じていた――自分は、二度、三度とこの家にやって来たのだ。たぶん、女の気まぐれなのだろうが、デンマン夫人のことを考えると、この説明では納得がいかなかった。夫人はきつい顔つきをした、もの静かな女性で、外国人とは思えないほど正確な英語を話した。

車が目的地に着き、車から降りても、彼はまだその中国製の衝立について考えていた。デンマン夫妻の家はアシュミード荘と呼ばれ、ロンドンから三十マイルの距離にあるメルトン・ヒースに、五エーカーの地所を占めていた。このあたりは海抜五百フィートで、住民の多くは豊かな収入のある人々だった。

執事が慇懃にサタースウェイト氏を迎えた。デンマンご夫妻はどちらもリハーサルにお出かけですので、戻ってくるまで、サタースウェイト様はくつろいでいらしてくださいとのことでした。

サタースウェイト氏はうなずき、さっそく庭園を散歩した。花壇の花を眺めてから、木陰の道をぶらつくと、やがて石垣にある戸口の前に来た。鍵がかかっていなかったので、扉を押し開けると、せまい小径に出た。

サタースウェイト氏は左右に目をやった。とてもすてきな場所だ。木陰で、緑の色が鮮やかで、両側に高い生け垣があり――昔風に曲がりくねっていて、風情がある小径だ。彼はスタンプで押された住所を思い出した――ハーリクィンズ・レーン、アシュミード荘――それから、デンマン夫人から一度聞いたことがある、この土地での通称も思い出した。

「ハーリクィンズ・レーン」と、彼はそっとつぶやいた。「はて――」

彼はかどを曲がった。

このとき、あのとらえどころのない友人、ハーリ・クィン氏に会っても、どうして驚かなかったのだろうと、彼はあとになって不思議に思った。二人の男は固い握手をかわした。

「あなたもここにいらしてたんですか」と、サタースウェイト氏は言った。

「ええ」と、クィン氏は言った。「あなたと同じ家に泊まっているんですよ」

「あそこに？」

「ええ、びっくりしましたか？」

「いや」サタースウェイト氏はゆっくり言った。「ただ――あなたはどこにも長くは滞在しないのでしょう？」

「必要なあいだだけです」と、クィン氏は重々しく言った。

「なるほど」

二人はしばらく無言で歩いた。

「この小径は」サタースウェイト氏はそう言いかけてやめた。

「わたしのものです」と、クィン氏が言った。

「そうだろうと思いました」と、サタースウェイト氏は言った。「なぜか、そうにちがいないと思いましたよ。地元の人たちは、ここを〝恋人たちの小径〟と呼んでいるそうですね？」

クィン氏はうなずいた。

「でも」と、彼はおだやかに言った。「〝恋人たちの小径〟というのは、どこの村にもありますよ」

「そうでしょうね」と言って、サタースウェイト氏は小さなため息をついた。

彼は急に老けこんだ気分になり、自分がひからびた、時代遅れの頑固おやじのような気がした。両側には、生け垣が青々と茂っていた。

「この小径はどこまで続いてるんでしょう?」ふいに彼はたずねた。

「ここで終わりです」と、クィン氏が言った。

彼らは最後のかどを曲がった。小径の先は荒地になっていて、すぐ足許に、大きな穴があいていた。そこには、陽光にきらめくブリキ缶や、錆びついてしまったブリキ缶、古靴、破けた新聞紙など、もうなんの役にも立たないさまざまながらくたが埋まっていた。

「ごみ捨て場」サタースウェイト氏はそう叫び、憤然とした顔で深く息を吐いた。

「ごみ捨て場にも、ときには素晴らしいものがありますよ」と、クィン氏は言った。

「ええ、わかっています」と言って、サタースウェイト氏はすこし照れくさそうに、『幸福な王子』の一節を引用した。「〝この町でいちばん美しいものを二つ持っていらっしゃいと、神様はおっしゃいました〟あとはご存知ですよね?」

クィン氏はうなずいた。

サタースウェイト氏は、壁面のような崖のはしに建っている、崩れかかった小さなコテージを見上げた。

「家から見るのに、あまりいい眺めではありませんね」と、彼は言った。

「昔は、ここもごみ捨て場ではなかったのでしょう」と、クィン氏は言った。「デンマン夫婦は、結婚当初、あそこに住んでいたんですよ。老人たちが亡くなってから、今の大きい家に移ったんです。ここから石が切り出されるようになって、あのコテージは取り壊されたんですが――でも見たとおり、そのまま荒れ果てているようですね」

彼らは来た道をひきかえした。

「きっと」サタースウェイト氏は微笑みながら言った。「こんな暖かい夏の晩には、たくさんの恋人たちがこの小径を散歩しにくることでしょうね」

「たぶんね」

「恋人たち」と、サタースウェイト氏はつぶやいた。彼はいつものように照れもせず、思案げにこの言葉をくりかえした。それはクィン氏の影響を受けたせいだった。「恋人たち……あなたは何組もの恋人たちを助けましたね、クィンさん」

相手はだまって頭を下げた。

「あなたは悲しみから――悲しみよりもつらい死から、彼らを救った。あなたは死者のためにも働いた」

「それはあなたのことです――すべてあなたがしたことで、わたしではありません」

「同じことですよ」と、サタースウェイト氏は言った。「あなたもわかっているはずです」相手がなにも言わないので、彼は力説した。「あなたがしたことです——わたしを通して。なんらかの理由で、あなたは直接には行動しない」

「行動するときもありますよ」と、クィン氏は言った。

その声には、今まで聞いたことのない響きがこもっていた。サタースウェイト氏は思わず身震いした。きっと午後になって冷えこんできたせいにちがいない。だが太陽はあいかわらず燦々《さんさん》と光り輝いていた。

そのとき、前方のかどから一人の娘が現われた。金髪でブルーの目をした美人で、ピンク色のコットンの服を着ていた。サタースウェイト氏は、以前にここで会ったことがあったので、彼女がモリー・スタンウェルだとわかった。

彼女は彼に手を振った。

「ジョンとアンナは帰ってきてますすよ」と、彼女は叫んだ。「あなたがいらっしゃるのはわかってたんですけど、あの人たちはどうしてもリハーサルに出なくちゃならなかったんです」

「なんのリハーサルですか?」と、サタースウェイト氏はたずねた。

「こんどの仮装舞踏会——っていうのかしら。歌ったり踊ったり、いろんなことをするんです。マンリーさんを覚えてらっしゃる？　美しいテノールの声の持ち主で、彼がピエロになって、わたしが女性のピエロになるんです。それから、ロンドンからプロのダンサーが二人来て、踊ることになってるんです——ハーリクィンと恋人のコロンバインとして。それに女性コーラスもあるんですよ。レディ・ローシャイマーは、村の女の子たちにとても熱心に歌を教えてくださってるんです。こんどのことも、本当はそのために計画したんです。とてもすてきな曲なんですけど、すごくモダンで、はっきりしたメロディがないんです。作曲はクロード・ウィッカムさんで、たぶんご存知でしょう？」

サタースウェイト氏はうなずいた。なにしろ以前にも言ったように、あらゆるひとを知っているということが、彼の特技だった。あの野心に燃える天才、クロード・ウィッカムのことなら、彼はなんでも知っていたし、レディ・ローシャイマーのこともよく知っていた。彼女は太ったユダヤ人で、芸術家志望の青年たちが大好きだった。またサタースウェイト氏は、レオポルド・ローシャイマー卿についてもくわしかった。卿は妻が喜んでいるのが好きで、世の亭主にしては珍しく、妻が勝手に楽しんでいても気にしなかった。

二人が家に戻ると、デンマン夫妻はクロード・ウィッカムとお茶の時間を楽しんでいた。彼は手近にあるものをかたっぱしから口に詰めこみ、早口にしゃべり、関節が自由に動くように見える白く長い手を振りまわしていた。その近眼の目には、大きなべっこう縁の眼鏡をかけていた。

ジョン・デンマンは、姿勢がよく、顔色がわずかに赤みをおび、ちょっぴり痩せ気味の体型だった。彼はうんざりしながらも、客の話にきちんと耳を傾けていた。サタースウェイト氏が現われると、音楽家は話を彼に向けた。アンナ・デンマンは、ティー・カップを手にして、いつものように静かに無表情にすわっていた。

サタースウェイト氏はさりげなく彼女を観察した。長身で痩せぎすで、高い頬骨のあたりの肌が突っ張っている。黒髪を真ん中分けし、肌はよく日に焼けていた。戸外が好きで、化粧っ気のない女。オランダ人形のようにぎこちなく、生気にとぼしい——それでいて……

彼は考えた——「あの顔の裏に、なにか意味があっていいはずなのに、それがない。そこがおかしい。そう、そこがしっくりこないんだ」そして、クロード・ウィッカムにむかって言った。「失礼、なんの話でしたか？」

自分の声が好きなクロード・ウィッカムは、もう一度話をくりかえした。「ロシアだけですよ」と、彼は言った。「注目に値する国は。彼らは実験をしたんです。人間の命を犠牲にしてではあるものの、とにかく壮大な実験をしたんです。たいしたものですよ！」彼は片手でサンドウィッチを口に押しこみ、つづけて、もう一方の手に持って振りまわしていたチョコレート・エクレアにかぶりついた。「たとえば」と、彼は（口いっぱいに頰張りながら）言った。「ロシア・バレエです」この家の女主人のことを思い出した彼は、彼女をふりかえった。「あなたはロシア・バレエをどう思いますか？」

この質問はあきらかに、クロード・ウィッカム自身がロシア・バレエをどう考えるか、という肝心な点の前置きにすぎなかったのだが、彼女の答えがあまりにも予想外だったので、彼はすっかり調子が狂ってしまった。

「一度も見たことがありませんの」

「なんですって？」彼はあぜんとして彼女を見つめた。「でも――まさか――」

彼女は淡々とつづけた。

「結婚する前、わたしはバレエ・ダンサーでした。でも今は――」

「今でも忘れちゃいないだろう」と、彼女の夫が言った。

「踊りのことは」彼女は肩をすくめた。「なにもかも知っていますから、わたしには新鮮味がありません」

「おお！」

クロードは一瞬で平静をとりもどした。彼の声がつづいた。

「人間の命とか」と、サタースウェイト氏は言った。「それを犠牲にしての実験ということ、ロシア人がやった実験は高くつきましたね」

クロード・ウィッカムはくるりと彼のほうをふりかえった。

「あなたのおっしゃりたいことはわかっています」と、彼は叫んだ。「カルサノーヴァ！　不滅の、唯一無比のカルサノーヴァ！　彼女の踊りを見たんですね？」

「三度」と、サタースウェイト氏は言った。「パリで二度と、ロンドンで一度。一生――忘れません」

彼は尊敬をこめて言った。

「わたしも見ましたよ」と、クロード・ウィッカムは言った。「十歳のときでした。叔父が連れていってくれましてね。ああ、あの踊りは――けっして忘れませんよ」

彼は菓子パンを力まかせに花壇に投げこんだ。

「ベルリンの美術館に、彼女の小像がありますが」と、サタースウェイト氏は言った。「見事なものです。か弱さの感じがよく出ていて――親指の爪ではじいただけで壊れそうです。瀕死の森の精《ニンフ》になった、あのひとのコロンバインを、白鳥座で見ましたがね」

彼は思い出して首を振った。「天才的なところがありましたね。あんな女性がまた誕生するまでには、これから何年もかかるでしょう。それに彼女は若かったんですよ。革命が始まるとすぐ、なにもわからない連中に理不尽に殺されてしまったんです」

「バカどもめ！　イカレた連中が！　猿同然だ！」と、クロード・ウィッカムが言った。

彼は口いっぱいのお茶にむせ返った。

「わたしはカルサノーヴァといっしょに修業したんです」と、デンマン夫人は言った。

「彼女のことはよく覚えています」

「素晴らしい女性だったでしょう？」と、サタースウェイト氏は言った。

「ええ」と、デンマン夫人は静かに言った。「素晴らしい女性でした」

クロード・ウィッカムは帰っていった。ジョン・デンマンがほっとため息をついたので、彼の妻はそれを見て笑った。

サタースウェイト氏はうなずいた。「あなたが考えていることはわかります。それでも、あの男が作る曲は、本物の音楽です」

「そうでしょうね」と、デンマンが言った。

「ええ、間違いありません。いつまでつづくか――それはべつですが」

ジョン・デンマンは好奇心を示した。

「というと？」

「つまりね、成功が早すぎたんです。それは危険なことですよ、どんな場合でも」彼はクィン氏を見た。「あなたも同じ意見でしょう?」

「あなたはいつだって正しいですよ」と、クィン氏が言った。

「二階のわたしの部屋にどうぞ」と、デンマン夫人が言った。「あそこは気持ちがいいですから」

彼女が先に立って案内し、彼らはあとにしたがった。サタースウェイト氏は例の中国製の衝立を目にすると、深く息を吸った。目を上げると、デンマン夫人が彼を見つめていた。

「あなたはいつも正しい方です」彼女は彼にゆっくりうなずいた。「わたしの衝立をどうお思いになります?」

その言葉が自分への挑戦のように感じた彼は、へどもどしながら答えた。

「いや、その——じつに美しい。それに——他に類のないものですね」

「そのとおりです」デンマンが後ろに来ていた。「結婚当初に買ったものなんです。本来の値打ちの十分の一くらいで手に入れたんですがね、そのときでさえ——まあ、一年以上も不自由な思いをしましたよ。覚えているだろう、アンナ?」

「ええ」と、デンマン夫人は言った。「覚えているわ」

「実際のところ、それを買う必要などまったくなかったんです——当時はね。もちろん、今はべつですよ。先日、クリスティーズで上等な漆器が売りに出ていたんです。この部屋の仕上げにぴったりのものでしてね。なにもかも中国風にして、ほかのものをかたづけてしまうんです。ところが、妻はどうしても聞き入れないんですよ、サタースウェイトさん」

「今のままのこの部屋が好きなのよ、わたし」と、デンマン夫人は言った。

彼女の顔に奇妙な表情が浮かんでいた。ふたたびサタースウェイト氏は、挑戦を受けて負けたような気がした。彼は室内を見まわし、個人的な特徴がまったくないことに初めて気づいた。写真も、花も、置き物もない。女性の部屋らしさがすこしもない。中国製の衝立という唯一、不釣合いなものを除けば、まるで大きな家具店のショールームのようだった。

彼女が彼に微笑みかけていた。

「聞いてください」と言って、身を乗り出した彼女は、一瞬、はっきり外国人に見えた。「あなたなら理解してくださるでしょう。わたしたちはお金以上のもので——愛情で、あの衝立を買いました。美しくて他に類のない、あの品がとても気に入ったので、わたしたちはほかの必要なものはなしですませたんです。主人が買いたがっているほかの中国品は、買うとしても、ただお金で買うだけのことで、本当に大事なもので支払うわけではありません」

彼女の夫は笑った。

「まあ、きみの好きなようにしたらいい」と、彼は言ったが、その声にはかすかに苛立ちがこもっていた。「しかし、あれはこの部屋のイギリス風の家具とは、まるで合ってないよ。ほかの調度は、どれも由緒のある値打ち品で、まやかし物なんかじゃない――ありきたりの物ではあるが、正真正銘の後期ヘップルホワイト様式の家具だ」

彼女はうなずいた。

「上等で由緒のある、本物のイギリス製ね」と、彼女はそっとつぶやいた。

サタースウェイト氏は彼女をじっと見つめた。彼は今の言葉の裏の意味をとらえた。英国風の部屋――中国製の衝立の燃えるような美しさ……だめだ、またとらえそこなってしまった。

「小径でスタンウェルさんに会いましたよ」と、彼はうちとけた調子で言った。「彼女は今夜のショーで、女ピエロをやると言ってました」

「ええ」と、デンマンは言った。「それに彼女はとてもうまいんです」

「足が不器用だわ」と、アンナが言った。

「ばからしい」と、彼女の夫は言った。「女というのはみんないっしょですね、サタースウェイトさん。ほかの女が褒められるのに我慢がならないんだ。モリーはきれいな娘だから、女はみんな彼女にけちをつけたがるんですよ」

「わたしは踊りのことを言ったんです」アンナ・デンマンはすこし驚いたように言った。「あの娘はきれいだけれど、足の動きがまずいわ。踊りについては、わたしのほうがよく知っています」

サタースウェイト氏は上手に割って入った。

「プロのダンサーを二人招くそうですね？」

「ええ、本物のバレエ・ダンサーを。オラノフ大公が、自分の車で連れてくるんです」

「サージャス・オラノフのこと？」

この問いは、アンナ・デンマンが発したものだった。夫が彼女をふりかえった。

「知ってるのか？」

「昔ね——ロシアで」

サタースウェイト氏の目には、ジョン・デンマンが動揺したように見えた。

「今でもきみがわかるかな？」

「ええ、わかるでしょう」

彼女は笑った——勝ち誇ったような低い笑い声だった。もう彼女の顔には、オランダ人形の無表情さはなかった。彼女は夫にむかって、安心させるようにうなずいた。「サージャス。彼が二人のダンサーを連れてくるのね。あのひとは昔から踊りに興味を持っていたわ」

「覚えてる」

ジョン・デンマンはぶっきらぼうにそう言うと、そのまま部屋から出ていった。クィン氏があとにつづいた。アンナ・デンマンは電話のところに行き、番号を問い合わせた。ほかの二人のように出ていこうとしたサタースウェイト氏を、彼女は手ぶりで引き留めた。

「レディ・ローシャイマーはいらっしゃいますか？　あら、あなたでしたの。アンナ・デンマンです。もうオラノフ大公はお着きになりまして？　なんですって？　そんな、まさか！　なんて恐ろしい」

彼女はさらにしばらく話を聞いてから、受話器を戻した。彼女はサタースウェイト氏をふりかえった。

「事故が起きたんです。サージャス・イヴァノヴィッチの運転では、事故も起きるでしょう。まあ、何年たっても変わってないわ。女性は重傷ではないけれど、打ち身があるし、ショックもひどいので、今晩は踊れないわ。男性のほうは腕を骨折したの。サージャス・イヴァノヴィッチ自身は無傷なの。まったく、悪運の強いひとね」

「それじゃ、今夜の公演はどうなるんです？」

「そうね。なんとかしなくては」

彼女はすわって考えていた。やがて彼女は彼を見た。

「ごめんなさい、サタースウェイトさん。あなたをお招きしておきながら、わたしったらなんのおもてなしもしていないわ」

「お気遣いなく。でも一つだけ、おききしたいことがあるんですが、デンマンさん」

「なんでしょう？」

「クィンさんとは、どうして知り合ったんです？」

「あの方はよくこちらにいらっしゃるんです」と、彼女はゆっくり言った。「このあたりに土地をお持ちらしくて」

「ええ、そうですよ。さっきもそう言っていました」と、サタースウェイト氏は言った。

「あのひとは――」と言いかけて、彼女はサタースウェイト氏を見つめた。「彼のことは、あなたのほうがよくご存知でしょう」

「わたしが？」

「そうじゃありませんの？」

彼は困ってしまった。小心な彼には、彼女が厄介になってきた。彼女は予期せぬところまで彼を押しやろうとし、彼自身ですら認めるつもりのないことまで、言葉に出して言わせたがっているように思えた。

「あなたは知っているんでしょう！」と、彼女は言った。「あなたはたいていのことをご存知だわ、サタースウェイトさん」

これはお世辞だったが、今回ばかりは彼はいい気になれなかった。いつもの彼らしくもなく、彼は謙虚に首を振った。

「人間になにがわかるでしょう？」と、彼は問いかけた。「ほんのわずか――ごくわずかなことだけですよ」

彼女は同意するようにうなずいた。やがて彼女は妙に沈んだ声で、彼を見ずに言った。

「わたしがこんなことを言っても、あなたは笑わないかしら？　きっとあなたなら笑わずに聞いてくださるわね。もしも……」――すこし間があった――「自分の仕事をつづけるために、空想を用いなければならないとしたら――存在しないものがあるふりをしなくてはならないとしたら――ある人物を想像しなくてはならないとしたら……そんなのは真似ごとで、ごっこ遊びにすぎないわ。ところが、ある日――」

「ある日、どうしたんです？」と、サタースウェイト氏はうながした。

彼はものすごく知りたかった。

「その空想が実現したんです！　ただの想像にすぎない——不可能なこと、ありえないことが——現実のものになったんです！　これって、頭がおかしくなったのかしら？　おしえて、サタースウェイトさん、わたしの頭がおかしいの——それともあなたも信じてくださるかしら？」

「わたしは——」どうしたのだろう——言葉が出てこない。まるで言葉がのどの奥に貼りついたみたいだった。

「ばかげてるわ」と、アンナ・デンマンは言った。「ばかげたことだわ」

彼女はさっと部屋から出ていき、サタースウェイト氏は自分の信仰告白をすることなく、あとに取り残された。

彼が夕食に降りていくと、デンマン夫人は長身で黒髪の、中年ちかい男性客をもてなしていた。

「オラノフ大公——こちらはサタースウェイトさん」

二人の男は挨拶した。サタースウェイト氏は、自分が来たことで、それまでの会話が中断された印象を受けたが、ぎこちない雰囲気はなかった。そのロシア人は、サタースウェイト氏にとって身近な話題をさりげなく持ち出した。彼はひじょうにこまやかな芸術的センスの持ち主で、二人には共通の友人がたくさんいることがわかった。ジョン・デンマンも会話に加わり、地元の話題になった。オラノフは事故の件に触れた。

「わたしの過失ではなかったのですよ。スピードを出すのは好きですが、わたしは模範ドライヴァーです。事故は運命——偶然だったんです」——彼は肩をすくめた——「われわれを支配している運命です」

「いかにもロシア人らしい台詞ね、サージャス・イヴァノヴィッチ」と、デンマン夫人が言った。

「あなたも共感するでしょう、アンナ・ミハイロヴナ」と、彼はすぐにやり返した。

サタースウェイト氏は彼ら三人を見比べた。ジョン・デンマンは金髪で、よそよそしく、いかにもイギリス人らしいが、あとの二人は、黒髪で痩せていて、驚くほどよく似ている。はて、この取り合わせはなにかと似通っているな——なんだろう？　ああ、そうだ。ワルキューレの第一幕だ。ジークムントとジークリンデ——二人はよく似ている——そして、外国人のフンディンク。彼は憶測をはたらかせた。これが、クィン氏がいる意味なのだろうか？　とにかく、これだけは確かだった——クィン氏が現われるところには、かならずドラマがある。今回は、これがそうなのだろうか？　古臭い、陳腐な三角関係が？

彼はなんとなく失望した。もっとましなものを期待していた。

「それでどうなったんだ、アンナ？」と、デンマンがたずねた。「ショーは延期だな。きみがローシャイマーのところに電話しているのを聞いたが」

彼女は首を振った。

「いいえ――延期する必要はないわ」

「しかし、バレエなしではまずいだろう」

「ハーリクィンとコロンバインがいなければ、もちろん道化芝居はやれないわ」と、アンナ・デンマンはそっけなく言った。「わたしがコロンバインをやるのよ、ジョン」

「きみが？」彼は仰天し、うろたえている――と、サタースウェイト氏は思った。

彼女は平然とうなずいた。

「心配はいらないわ、ジョン。あなたに恥はかかせないから。忘れているのね――わたしが昔、プロのダンサーだったことを」

サタースウェイト氏は考えた――「声というのは不思議なものだ。声に出して言うことと、言わずに匂わせること！　それを知りたいものだが……」

「そうか」と、ジョン・デンマンはしぶしぶ言った。「それで問題の半分は解決だな。でもあとの半分はどうする？　ハーリクィンをどこで見つけてくるんだ？」

「もう見つけたの——ほら、そこにいるわ！」

彼女が開いているドアのほうを手ぶりで示すと、ちょうどそこにクィン氏が現われた。彼は夫人に微笑を返した。

「驚いたな、クィンさん」と、ジョン・デンマンが言った。「あなたにそういう素養があったとは、夢にも思いませんでしたよ」

「クィンさんは専門家の折り紙つきです」と、彼の妻が言った。「サタースウェイトさんが保証してくださるわ」

彼女がサタースウェイト氏に微笑みかけると、小男はいつのまにかつぶやいていた。

「ええ、それはもう——保証しますとも」

デンマンの関心はほかに移った。

「あとで仮装舞踏会をやることになってるんですよ。厄介だな。あなたの扮装も考えなくてはなりませんね、サタースウェイトさん」

サタースウェイト氏はきっぱりと首を振った。

「この歳に免じて、勘弁してください」と言ってから、彼は名案を思いついた。テーブル・ナプキンをこわきに抱えるのだ。「そうだ、昔はけっこう羽振りがよかった、年配のウェイターになりますよ」

彼は笑った。

「面白い職業ですね」と、クィン氏が言った。「いろんなことを見られますから」

「わたしは珍妙なピエロの扮装をしなくちゃならないんですよ」と、デンマンは憂鬱そうに言った。「まあ、涼しいのだけが取り柄ですが。あなたはどうするんです？」彼はオラノフに言った。

「ハーリクィンの衣装を持ってるんです」と言って、ロシア人はこの家の女主人の顔をちらりと見た。

一瞬、気まずい空気が流れた気がしたのは、自分の思い違いだったろうか、とサタースウェイト氏は思った。

「われわれ三人とも、同じ衣装になってしまうところでしたね」と、デンマンは笑いながら言った。「結婚してまもない頃に、なにかのショーのために妻が作ってくれた、古いハーリクィンの衣装があるんですよ」彼はシャツに包まれた自分の幅の広い胸を見下ろした。「あれはもう、きつくて着られないかもしれないな」

「そうね」と、彼の妻が言った。「あなたにはもう着られないわ」

またしても、彼女の口調には言葉以上の意味がこめられていた。

彼女は時計に目をやった。

「モリーはどうしたのかしら？　早く来てくれないと、いつまでも待てないわ」

だがそのとき、娘がやって来た。彼女はもう白と緑の女性ピエロの衣装をつけていて、とても似合っていて可愛らしい、とサタースウェイト氏は思った。

彼女は今夜のショーのことで、すっかり興奮して張りきっていた。

「すごく緊張してるんです」食後のコーヒーを飲みながら、彼女が言った。「きっと声が震えて、台詞も忘れてしまうわ」

「あなたの声はとてもきれいよ」と、アンナは言った。「わたしだったら、そんな心配はしないわ」

「それでも心配でたまらないんです。踊りのほうは自信がありますけど。だってステップとかを、そんなに間違えるはずがありませんから。そうでしょう？」

彼女はアンナに話しかけたが、年上の女は返事をせず、かわりに言った。

「サタースウェイトさんになにか歌ってあげて。きっとあなたを安心させてくれるわ」

モリーはピアノにむかった。古いアイルランド民謡を歌う彼女の声は、みずみずしく、美しく響き渡った。

シーラ、黒い髪のシーラ、なにを見ているの？

なにを見ているの？　炎のなかになにが見えるの？
わたしを好きな男の子――わたしを捨てた男の子
そしてもう一人、幻の男の子――その子がわたしを悲しませるの

歌が終わると、サタースウェイト氏は大きくうなずいた。

「デンマン夫人のおっしゃるとおりです。あなたの声は素晴らしい。鍛えあげられた声ではないが、自然で美しい声ですね。それになによりも、潑剌とした若さにあふれていますよ」

「そのとおり」と、ジョン・デンマンが言った。「気おくれせずに、堂々とステージに立ちなさい、モリー。さあ、もうローシャイマーのところに出かけよう」

彼らはそれぞれ外出の身支度をした。心地のよい晩だった。目的の家は、ほんの二、三百ヤードの距離だったので、歩いていくことになった。

サタースウェイト氏は、いつのまにか友人のそばにいた。

「妙なんですが」と、彼は言った。「あの歌を聞いて、あなたのことを考えましたよ。もう一人――幻の男の子――謎めいてますね。そしてなにか謎があるときは、いつもわたしは――そのう、あなたのことを考えるんです」

「そんなにわたしは謎めいてますか？」と、クィン氏は微笑んだ。

サタースウェイト氏は勢いよくうなずいた。

「ええ、謎だらけです。今晩まで、あなたがプロのダンサーだとは思いもよりませんでした」

「そうですか」

「じつを言いますとね」サタースウェイト氏はワルキューレの恋の主題歌をハミングした。「夕食のテーブルであの二人を見ていたとき、このメロディが頭のなかで響いていたんです」

「あの二人とは？」

「オラノフ大公とデンマン夫人ですよ。今晩の彼女は、いつもと違っていませんでしたか？　まるで――まるでよろい戸が急に開いて、なかの輝きが見えたかのようです」

「ええ」と、クィン氏は言った。「そうかもしれませんね」

「昔からよくあるドラマです」と、サタースウェイト氏は言った。「そうじゃありませんか？　あの二人は結びついているんです。同じ世界の人間で、同じことを考え、同じ夢を見ているんです……どうしてこうなったかは、わかります。十年前は、デンマンもハンサムで、若くて精悍で、女が夢中になるような男だったにちがいありません。それに、あの男は彼女の命を救ったのだから、恋が生まれるのは当然の成り行きでしょう。ところが今では――どうなったか？　裕福で、成功はしている――しかし、平凡でつまらない男だ。上品でまっとうな英国製――二階のヘップルホワイト様式の家具そっくりですよ。英国風で、ありきたりという点では、あのみずみずしいが未熟な歌声の、可愛らしいイギリス娘と変わりません。やあ、クィンさん、あなたはにやにや笑っているけれど、わたしの言っていることはそう間違ってはいないはずですよ」

「わたしはなにも否定していません。あなたが見ていることについては、つねに間違ってはいませんが――」

「が、なんですか？」

クィン氏は身を乗り出した。愁いをおびた彼の黒い目が、サタースウェイト氏の目を覗きこんだ。

「あなたは、人生をそれぐらいしかご存知ないんですか？」と、彼はささやいた。

彼が去ったあと、サタースウェイト氏はなんとなく気持ちが落ち着かず、すっかり考えこんでしまったので、首に巻くスカーフ選びに手間どっているあいだに、ほかの人たちは彼をおいて先に出かけてしまった。彼は庭から出ていき、昼間と同じように扉を通り抜けた。例の小径は月明かりに照らされ、戸口近くからでも、抱き合った男女の姿が見えた。

一瞬、彼は考えた――

それから、彼は見た。ジョン・デンマンとモリー・スタンウェルだ。苦悩に満ちた、デンマンのかすれた声が聞こえてきた。

「きみなしでは生きていけない。どうしたらいいんだ？」

サタースウェイト氏は来た道をひきかえそうとしたが、だれかの手が彼を押しとどめた。べつのだれかが、彼のそばに立っていた。その人物もやはり同じものを見ていた。

サタースウェイト氏は、その女の顔をちらりと見たとたんに、自分の結論がいかに見当違いだったかに気づいた。

苦悩に震える手で、彼女は恋人たちが小径を遠ざかっていくまで、彼をそこに引き留めていた。彼は彼女に声をかけ、慰めのつもりでつまらないことをしゃべったが、そんなことで相手の苦悶がやわらぐはずもなかった。彼女はひとことだけ言った。

「お願い。わたしを一人にしないで」

彼には、それが妙にいじらしかった。自分はいくらかでもだれかの役に立つのだ。彼はなんの意味もないが、黙っているよりはいくらかましなことを、しゃべりつづけた。

そんなふうにして、二人はローシャイマー邸にむかった。ときどき彼女の手が彼の肩をぎゅっとつかんだので、彼は自分がつき添っていることを彼女が喜んでいると理解した。なんとか目的地に着くと、ようやく彼女はしがみついていた手を離した。彼女は顔を上げ、胸を張った。

「さあ」と、彼女は言った。「わたし、踊るわ！　もうだいじょうぶだから心配しないで。これからわたし、踊ります」

そう言い残し、彼女はその場から立ち去った。残された彼は、ダイヤモンドをごてごてとつけ、悲嘆にくれているレディ・ローシャイマーにつかまり、そのつぎには、クロード・ウィッカムの相手をさせられた。

「だいなしだ！　せっかくのぼくの作品が！　いつだってこんなひどい目にあうんだ。こういう田舎の連中は、みんな自分が踊りの名人だと思ってる。ぼくにはなんの相談もなかった――」彼の愚痴はいつまでもつづいた。道理のわかる、理解ある聞き手を見つけた彼は、思う存分、自己憐憫にひたった。音楽の演奏が始まると、ようやく彼はおしゃべりをやめた。

サタースウェイト氏は夢想から目覚めた。彼は神経をとぎすまし、ふたたび批評家となった。ウィッカムは救いようのないバカだが、音楽は書ける――クモの糸のように繊細で、妖精の織物のようにとらえどころがない――それでいて、こぎれいで安っぽいところはまったくない。

舞台装置は見事だった。レディ・ローシャイマーは後援する者たちのためには金を惜しまなかった。照明効果で、アルカディアの谷には夢幻の雰囲気が出ていた。大昔から踊っていたように、踊りつづけている二人の人物。魔法の杖を持ち、仮面をつけた、ほっそりしたハーリクィンは、月明かりを受けて、衣装のスパンコールをきらめかせている……白い衣装姿のコロンバインは、終わらぬ夢のようにくるくる回っている……

サタースウェイト氏はすわり直した。これはどこかで昔、目にした光景だ。うん、たしかに……

今や彼のからだは、レディ・ローシャイマーの居間を遠く離れ、ベルリンの美術館の、不朽のコロンバイン像の前にあった。

ハーリクィンとコロンバインは踊りつづけた。広い世界は、二人が踊る舞台だった……

月の光——一人の人物が現われる。森のなかをさまよいながら、月に歌うピエロ。コロンバインの姿を見て、ピエロは歌いつづける。不滅の二人は消えていくが、コロンバインはふりかえる。彼女は人間の心の歌を耳にしたのだ。

ピエロは森のなかをさまよいつづける……暗転……彼の声が遠くに消えていく……村の広場――村の娘たちが踊っている――ピエロや女ピエロたちだ。モリーが女ピエロになっている。踊りがわかっていない――その点は、アンナ・デンマンの言うとおりだ――だが、のびやかな声で〝広場で踊る女ピエロ〟を歌っている。

いい曲だ――サタースウェイト氏は満足げにうなずいた。ウィッカムも、必要があれば、歌を作曲するのだ。村娘たちの多くは歌も踊りもお粗末だったが、彼はレディ・ローシャイマーが本物の博愛主義者であることを知った。

彼女たちはいっしょに踊ろうとピエロを誘う。ピエロはそれを断わり、蒼白な顔でさまよいつづける――彼は理想の女性を探しつづける、永遠の恋人だった。夜のとばりがおりる。ひとの目には見えないハーリクィンとコロンバインは、なにも気づかない人々の輪に加わって踊り、また出ていく。舞台に人はいなくなり、ピエロだけが、疲れて、土手に眠りこむ。ハーリクィンとコロンバインが、彼のまわりで踊る。ピエロは目覚め、コロンバインを見る。彼はひたすら彼女に求愛し、懇願する……

彼女はためらう。ハーリクィンはあっちに行こうと手招きする。しかし、彼女にはもはや彼の姿が目に入らない。彼女は、ピエロの恋の歌に聞き入っている。ついに彼女は彼の腕のなかに飛びこみ、幕が降りる。

第二幕は、ピエロの小屋である。コロンバインが炉辺にすわっている。彼女は蒼ざめ、疲れている。彼女は耳をすます――なにを聞いているのか？ピエロは彼女に歌いかけ――彼女の気持ちをもう一度自分のほうに引き寄せようとする。宵闇が深まる。雷の音が聞こえる……コロンバインは紡ぎ車をかたわらに押しやる。彼女の目が輝きだす……もうピエロの歌には耳を貸さない。彼女自身の音楽が、ハーリクィンとコロンバインの音楽が夜空に響く……彼女は目覚め、彼女は思い出す。

雷鳴がとどろく！　ハーリクィンが戸口に立っている。ピエロには彼の姿は見えないが、コロンバインは立ち上がり、嬉しげに笑う。子供たちが駆け寄るが、彼女は彼らを押しのける。ふたたび雷鳴がとどろくと、壁が崩れ落ち、コロンバインはハーリクィンと踊りながら、荒れ狂う夜の闇に消えていく。

暗闇のなかから、女ピエロが歌っていた曲が響いてくる。ゆっくり光が射してくる。ふたたび小屋の場面。ピエロと女ピエロが、白髪頭になって、炉辺のアームチェアにすわっている。軽やかだが、単調なメロディが流れている。女ピエロは、椅子にすわったまま、うとうととまどろむ。窓から月の光が射しこみ、長く忘れられていたピエロの歌のメロディが聞こえてくる。彼は椅子のなかで身じろぎをする。

かすかな音楽――妖精の音楽……ハーリクィンとコロンバインが外にいる。ドアが開き、コロンバインが踊りながら入ってくる。彼女は、眠っているピエロの上にかがみ、その唇にキスをする……

ゴロゴロ！　雷鳴がとどろく。彼女はまた外に出る。舞台の中央には、明かりのついた窓があり、そこからハーリクィンとコロンバインの姿が見える。二人は踊りながら静かに去っていき、やがて姿が見えなくなる……

薪が落ちる。女ピエロが憤然と立ち上がり、窓に駆け寄り、ブラインドを下ろす。突然の不協和音で、幕となる……

拍手喝采のなかで、サタースウェイト氏は身じろぎもせずにすわっていた。ようやく彼は立ち上がり、出ていった。モリー・スタンウェルが、頬を紅潮させ、目を輝かせて、人々の賛辞を受けていた。ジョン・デンマンが、人込みを掻き分けて進んできた。彼の目には、新たな情熱の炎がともっていた。近寄ってきたモリーを、彼は無意識にわきに押しのけた。彼が捜しているのは、モリーではなかった。

「妻はどこです？」

「庭に出ていかれたようですが」

しかし、彼女を見つけたのはサタースウェイト氏だった。彼女は糸杉の木の下の、石のベンチにすわっていた。彼は彼女のそばに行き、奇妙なことをした――ひざまずき、彼女の手にキスをした。

「ああ！　わたしの踊りに満足なさったんですね？」

「あなたの踊りは——昔とすこしも変わっていません、マダム・カルサノーヴァ」

彼女ははっと息を飲んだ。「では——お気づきになったのね」

「カルサノーヴァは、この世に二人といません。一度見たら、あなたの踊りは一生忘れられません。でも、なぜ——なぜです？」

「ほかに方法がありますか？」

「というと？」

彼女はこれまで率直に話をしてきた。今も、その態度は変わらなかった。「あら、でもおわかりでしょう。あなたは世故に通じていらっしゃるから。世に知られたバレリーナの場合——恋人をつくることはできても、夫となると話はべつです。でも彼は、結婚することを望んだんです——わたしが、カルサノーヴァとしてではなく、一人の女として、彼一人のものになることを」

「なるほど」と、サタースウェイト氏は言った。「それであなたはバレエをあきらめたのですね？」

彼女はうなずいた。

「あなたは彼を深く愛していたのですね」と、サタースウェイト氏は優しく言った。

「そんな犠牲を払うほどに？」彼女は笑った。

「そうではなく、その犠牲を、そんなにあっさりしてしまうほどに、ですよ」

「ああ、そうね――そのとおりかもしれません」

「今はどうなんです？」と、サタースウェイト氏はたずねた。

彼女は真面目な顔になった。

「今ですか？」彼女は答えず、物陰にむかって話しかけた。

「あなたなの、サージャス・イヴァノヴィッチ？」

オラノフ大公が月明かりのなかに出てきた。彼は彼女の手をとり、悪びれた様子もなく、サタースウェイト氏に微笑みかけた。

「十年前、わたしはアンナ・カルサノーヴァの死を悲しみました」と、彼は正直に言った。「彼女は、わたし自身の命と同じくらい大切なものだったのです。今日、わたしはふたたび彼女を見つけました。わたしたちは、もうけっして離れません」

「十分後に、小径の先で」と、アンナは言った。「かならず行きます」

オラノフはうなずくと、ふたたび去っていった。バレリーナはサタースウェイト氏をふりかえった。彼女は口もとに笑みを浮かべていた。

「あなたは満足していないんですね？」

「ご存知ですか？」だしぬけに、サタースウェイト氏は言った。「ご主人があなたを捜していることを？」

彼女の顔がかすかにこわばったが、声はしっかりしていた。

「ええ」と、彼女は真顔で言った。「ありうることだわ」

「彼の目を見ましたが、あれは――」そこで彼は、ぷっつりと黙った。

それでも彼女は動じなかった。

「ええ、たぶんね――一時間ほどは。過去の思い出と、音楽と、月の光から生まれた、ほんの一瞬のマジック……それだけのことだわ」

「では、わたしがなにを言っても、もう無駄なんですね？」彼はすっかり意気消沈した。

「十年間、わたしは愛する男と暮らしてきました」と、アンナ・カルサノーヴァは言った。「こんどは、十年間、わたしを愛してくれた男性の許に行きます」

サタースウェイト氏はなにも言わなかった。もう返す言葉がなかった。それに、これが最も簡単な解決法に思えた。ただ――ただ、これは彼が望んでいた解決法ではなかった。彼女は彼の肩に手をおいた。

「わかっています。わかっているの。でもほかに方法はないのよ。いつだって、人間が求めるものはただ一つ――完璧な、永遠の恋人なんです……聞こえるのはハーリクィンの音楽なの。人間はどんな恋人にも満足しない。だって恋人はみんなはかない人間だから。そしてハーリクィンは神話のなかの――目に見えない存在……ただし――」

「ただし――なんです？」

「その名が――死、の場合はべつですけど」

サタースウェイト氏は身震いした。彼女はその場を立ち去り、闇のなかに消えていった……

どのくらいそこにすわっていたのだろうか――突然、彼は貴重な時間を無駄にしていると感じ、立ち上がった。そして、なにかに急《せ》きたてられるように、ある場所にむかって走った。

小径に出ると、そこは現実の世界ではなかった。魔術――魔術と月の光！　二つの人影が彼のほうにやって来る……

ハーリクィンの衣装をつけたオラノフ。最初、彼はそう思った。だが二人とすれ違ったとき、彼は間違いに気づいた。あのしなやかな身のこなしは、クィン氏しか考えられない……

彼らは小径を進んでいった――まるで宙に浮いているかのように、軽やかな足どりで。

クィン氏がこちらをふりかえると、サタースウェイト氏はどきっとした。それは、彼が知っているクィン氏の顔ではなかった。それは見知らぬ男の顔だった――いや、見知らぬ男ではない。そうか、わかった！　それは、人生がとんとん拍子にいく前は、たぶんこうだったろうと思われる、ジョン・デンマンの顔だった。意欲と野心にあふれた、若者と恋人の顔……

彼女の笑い声が聞こえてきた――幸せそうな、明るい笑い声が……二人を見送ると、遠くに小さなコテージの明かりが見えた。夢のなかの光景のようだった。

だれかにいきなり肩をつかまれ、彼はわれに返った。引っ張られてふりかえると、サージャス・オラノフが、蒼ざめ、ひきつった顔で立っていた。

「彼女はどこだ？　どこにいる？　約束したのに――彼女が来ないんだ」

「奥様は小径のむこうに歩いていかれました――お一人で」

後ろの扉の陰にいた、デンマン夫人のメイドが答えた。彼女は女主人のコートを抱えて、そこで待っていたのだった。

「奥様はここを通っていかれました」

サタースウェイト氏はぶっきらぼうにたずねた。

「一人で？　一人で、と言ったね？」

メイドは驚いて目を見開いた。

「はい。お姿をご覧になりませんでした？」

サタースウェイト氏はオラノフの腕をつかんだ。

「急いで」彼は小声で言った。「ど――どうも心配だ」

サタースウェイト氏と小径を急ぎながら、ロシア人はとぎれとぎれにまくしたてた。

「彼女は素晴らしい女性だ。ああ、今夜の踊りは最高だった。それにあなたの友だちも。あのひとはだれですか？　ああ、それにしても彼の踊りは素晴らしかった――じつに独創的だ。昔、彼女がリムスキー・コルサコフのコロンバインを踊ったとき、完璧なハーリクィンがいつも見つからなくて。モルドロフ、カスナイン――どちらも完璧とまではいかなかった。彼女は空想する癖があって、いつか、わたしに言ったことがあるんですよ。いつも夢のハーリクィンと踊っているんだって――実際には存在しない男といっしょに。ハーリクィン自身がやって来て、いっしょに踊るのだと言ってました。彼女のコロンバインが素晴らしかったのは、その空想のせいなんですよ」

サタースウェイト氏はうなずいた。彼の頭には一つの考えしかなかった。

「急いで。間に合えばいいが。ああ、間に合うといいんだが」

最後のかどを曲がり――深い穴のそばに行くと、そこには、以前にはなかったものがあった。両腕をひろげ、頭を後ろにそらしたポーズで横たわる、女のからだ。命のかよわぬ顔とからだは、月光を浴びて、神々しいほどに美しかった。

サタースウェイト氏はぼんやりと思い出した——クィン氏が言った言葉を——〝ごみ捨て場にも、素晴らしいものが〟……今、ようやくその言葉の意味を理解した。

オラノフは支離滅裂な言葉をつぶやいていた。彼の頬を、涙がつたい落ちていた。

「彼女を愛していた。ずっと愛していた」サタースウェイト氏がさっき言ったのとそっくりな言葉を、彼はくりかえした。「彼女とわたしは、同じ世界の人間だった。わたしたちは同じことを考え、同じ夢を持っていた。わたしなら、ずっと彼女を愛しつづけたのに……」

「どうしてそう言い切れるんです？」

彼の苛立った口調に驚いて、ロシア人は彼を見つめた。

「どうしてそんなことがわかるんです？」サタースウェイト氏はつづけた。「恋人たちはみんなそう思って、そう言うんです……恋人はたった一人しかいないと——」

ふりむいた彼は、あやうくクィン氏とぶつかりそうになった。サタースウェイト氏はあわてて彼の腕をつかみ、わきに引っ張っていった。

「あなたでしたね。さっき彼女といっしょにいたのは、あなたでしたね？」

クィン氏はすこし間をおいてから、静かに言った。

「まあ、そうとも言えますね」

「でもメイドにはあなたが見えなかったんですね？」

「メイドには見えませんでした」

「しかし、わたしは見ましたよ。どうしてですか？」

「たぶん、そのために努力したからでしょう。ほかのひとには見えないものを、あなたは見ることができるんです」

サタースウェイト氏は当惑した表情で、彼をしばらく見つめていた。それから急に全身をぶるぶると震わせた。

「ここはどういう場所なんですか？」と、彼はささやいた。「ここはなんですか？」

「昼間、話したように、わたしの小径です」

「恋人たちの小径」と、サタースウェイト氏はつぶやいた。「そして人々が通っていく」

「いずれ、たいていのひとがね」

「その先には――なにがあるんです？」

クィン氏は微笑んだ。彼の声は優しかった。彼は崖の上にある、崩れかけたコテージを指差した。

「自分たちが夢見た家――それとも、ごみ捨て場か――だれにもわかりませんね」

サタースウェイト氏はさっと彼を見上げた。相手に反発したくなった。騙されているような気がした。

「しかし、わたしは――」彼は声が震えた。「まだ一度もあなたの小径を通ったことがありません……」

「後悔していますか?」

サタースウェイト氏はひるんだ。クィン氏の姿がぬっと大きくなった気がした……サタースウェイト氏の前方に、危険で恐ろしい光景が見えた……喜び、悲しみ、絶望。

とたんに、小心な彼はすくみあがった。

「後悔していますか?」クィン氏は同じ質問をくりかえした。どこか威圧的な口調だった。

「いいえ」サタースウェイト氏はどもりながら言った。「い、いいえ」

しかし、すぐに彼は反論した。

「でも、わたしにはいろんなことが見えるんです」と、彼は叫んだ。「わたしは人生の傍観者にすぎないかもしれませんが、でも、ほかのひとには見えないことが、わたしには見えるんです。あなたもそう言ったじゃないですか、クィンさん……」

けれども、クィン氏の姿はもう消えていた。

トリックスターが演出する、愛と救いにみちた一夜の夢

書評家
川出正樹

「我ら役者は影法師、
皆様方のお目がもし
お気に召さずばただ夢を
見たと思ってお許しを」
ウィリアム・シェークスピア「夏の夜の夢」小田島雄志訳

「ぼくは自動的なんだよ。周囲に異変を察知したときに、
浮かび上がってくるんだ」
上遠野浩平『ブギーポップは笑わない』

これは、贖罪《しょくざい》と救済とが通奏低音のように響き渡る十二の作品からなる、珠玉の連作

短篇集です。愛ゆえに生じる哀しくも心温まる犯罪の謎を、人生の機微に通じた探偵が解きほぐす。美しく切ない大人の男女の愛の物語であると同時に、人生の厳しさ、残酷さを実感させられる小説であり、探偵の存在意義という、ちょっと堅い命題にまで思いをはせてしまう、そんなミステリでもあります。その訳は、実は探偵役の設定と密接に絡んでいるのです。

一

ポアロやマープルを筆頭に、トミー&タペンス、パーカー・パインといった、クリスティーが生んだ個性的な主人公たちはおろか、古今東西の名探偵と比べてみても一際《ひときわ》異彩を放つ不思議な「探偵」、それがハーリ・クィンです。

なぜか。それは彼がこの世の人ではないからです。といっても、幽霊や生き霊、ましてや異星人などではありません。そういうある意味で、わかりやすい存在ではないのです。長身痩軀。浅黒い肌に黒い髪が、やや外国人ぽい印象を与えますが、見た目はごく普通の英国人青年です。外見的にはなんら変わったところはありません。

問題は中身。事件現場に、常に突然現われては、事態が収束するやいなや、唐突に退場してしまうのです。それも、海からあがってきたかのように断崖絶壁の端に立ったり（「海から来た男」）、つい今しがたまで誰も座っていなかったはずの椅子から立ち上がったり（「死んだ道化役者《ハーリクイン》」）というように、およそ物理的に不可能なはずの場所から現われ、消える。まさに時空を超越した超自然的存在。それが本書の「主人公」、ハーリ・クィンなのです。

　そんな不思議な存在ですから、彼には通常の意味での依頼人はいません。ではいったいどんな時に登場するのかというと、そこには明確な条件があります。それは、〝愛し合うものたちが危機に陥り、ほっておけば破局が訪れることが避けられない場合〟です。しかも、事件が発生する前に、舞台に登場することも珍しくありません。どう考えても、予知能力があるとしか思えない摩訶《まか》不思議な存在なのです。

　ここまで読んできて、なるほど、恋人たちが窮地に陥ると、どこからともなく現われて、見事な推理で快刀乱麻を断ち、真相解明して彼らを救う、愛の救済者的超人名探偵なのか、と思った方がいたとしたら、残念ですが間違い。なぜならハーリ・クィンは、推理ということをしないからです。それどころか、探偵ならば最低限すべき具体的な行動――証言を聞き、証拠を集め、真相を解明し、犯人を指摘する――を、まったくと言っていいほど行ないません。一体じゃあ何をするのか。彼が行なう唯一のこと、それは

〝示唆〟です。

二

人生というドラマにおいて、舞台の隅から、俳優たちにあれこれと指図し、男女の愛憎劇を彼らにとって最善と思われるクライマックスへと導く、時空を超越した演出家。それこそが、ハーリ・クィンなのです。そして、その際、彼が自らの代理人として目を付けたのが、初老の英国紳士サタースウェイト氏でした。

氏は、美術と演劇のパトロンであり、上流階級に顔が利き、英国のみならず欧州各国の社交界でも名の知られた一角《ひとかど》の人物ですが、決して華やいだ存在ではありません。むしろ地味なタイプ。主立ったハウスパーティーの招待客リストに常に名前が載っているものの、最後の一行が指定席です（人気週刊誌の巻末広告みたいなものですね）。誰でも親しいけれども、ある限度を超えた深いつきあいには至らず、相手もそうなることを期待しない安全パイ。

仮に神がいたとして、人間たちを使ったドラマを愉しもうと思ったときに、外すわけにいかないのでとりあえず登場させるけれども、決してスポットライトをあてることのない、いわば、永遠の脇役とでもいいましょうか。

そんな目立たない氏に、一体なぜクィンは、探偵役をやらせようとするのか。それには、サタースウェイト氏の嗜好《しこう》が大きく関係してきます。

氏の一番の愉しみ、それは、人間ウォッチングです。自らが主役をはることはないと悟っている彼ですが、それ故に、他人の演じる悲喜劇に異様に興味を持ち、〝人生というドラマの熱心な研究家〟をもって任じています。

有名人と知り合い、ともにリヴィエラで過ごすのが好きと認めているように、英国社会特有の所謂《いわゆる》〝俗物《スノッブ》〟なのですが、その一方で、若い人たちに興味があり、恋に悩んだり、窮地に陥っている若者たちを見ると、なにかしてやりたくてたまらなくなります。

長年、「面前にくりひろげられる、さまざまの人生ドラマを間近に見物して」きた、いわばプロの観客である氏は、〝特別な勘〟を持っていて、芝居の種になるもの、即ち、男女の愛憎劇が身近で進行していると、本能的にわかるのです。この特別な勘は、長い人生経験により培われた、人間性に対する鋭い判断力と観察力に根ざしたものです。その上、ミステリ愛好家でもある氏は、まさに、ハーリ・クィンにとって、うってつけの代弁者だったのです。

三

この二人が初めて出会ったのは、大晦日の晩（「クィン氏登場」）のことでした。ロイストンの友人宅でのパーティーに招待されたサタースウェイト氏。新年が間近に迫る中、やがて話題は、彼らの友人で、謎の拳銃自殺を遂げた館の前の持ち主へと移り、なにやら緊張した空気が漂い始めます。そんなおり、車が故障して立ち往生したハーリ・クィンが、一時の暖を求めて、屋敷を訪れました。たまたま話題の人物と知り合いだったクィンの示唆に従い、当時の状況を思い起こす招待客たちは、徐々に、前当主の謎めいた行動の理由を理解し、ついに事件の裏に隠された真相に行き当たります。

この真相を解明するのがサタースウェイト氏です。前述したように、″特別な勘″を持っている氏は、

　「クィン氏の到来は、けっして偶然ではなく、出番が来た役者が舞台に上がったようなものだった。今夜、ロイストン荘の大広間では、一幕の芝居が演じられていた（中略）これはクィン氏のしわざだ。彼がこの芝居を演出し、役者たちに出番の合図を出しているのだ。彼がこの謎の中心にいて、糸を引き、人形を操っている。彼

はなにもかも知っている」（傍点引用者）

というように、謎の人クィンの存在意義を的確に見抜き、また逆に、サタースウェイト氏が理解したことに満足したクィンは、彼を自らの代弁者と認め、氏に的確な示唆を与えて、記憶を呼び起こし、推理力を活性化させて、真相を告げる役をあてがったのです。

その瞬間のサタースウェイト氏の心境は想像に難くありません。それまでの人生で、常に他人の引き立て役に徹してきた人間が、遂に主役となったのです。まさに天にも昇る気持ちだったでしょう。

以後、様々な場所で、サタースウェイト氏はハーリ・クィンと、都合十四回遭遇し、そのたびに不幸な恋愛絡みの犯罪の謎を解き、愛の奇蹟を起こします。

その活躍の舞台は、イギリス国内に留まらず、無実の罪で死刑台に昇る若者を助けるためにカナダまで飛んだり（「空のしるし」）、冬のモンテ・カルロで、因縁深き女と男――公爵夫人とクルーピエ――が背負ってきた十字架を降ろすのを手助けしたり（「クルピエの真情」）、コルシカの断崖に立つ別荘で、不幸な三人の男女の誤解を解き、過去を精算したり（「海から来た男」）と、バラエティーに富んでます。

もちろんミステリとしての趣向もないがしろにされてはいません。中でも、アリバイ崩しの決め手が秀逸な「空のしるし」、クィンやサタースウェイト氏らが観劇する、レオンカヴァロのオペラ〈道化師《パリアッチ》〉が、事件と二重写しとなる「ヘレンの顔」、当時としてはかなり先鋭的な動機が、異様な迫力で読者に迫る「翼の折れた鳥」は、ミステリの女王の名に相応しい優れた短篇ミステリです（余談ですが、「翼の折れた鳥」の犯人は、同時期にアメリカ人作家が書いた某有名作品の犯人と同じ実在の人物をモデルとしているに違いありません。当時の人々にとって、〝彼〟がいかに衝撃的であったかがうかがえます）。

さらに本書未収録の「愛の探偵たち」（『愛の探偵たち』所収）では、後のクリスティーのある長篇の先駆けとなるトリックが見事に決まっています（再び余談になりますが、本短篇集が刊行される四年前の一九二六年に本国で雑誌掲載されていた「愛の探偵たち」が、どうして本書に収録されなかったのかは謎です。これはわたしの想像ですが、前述した中心となるトリックの相似性に問題があるような気がします。二年後にミス・マープルもの十三篇を収めた短篇集『火曜クラブ』を出したクリスティーが、まさか、十三という数を嫌った、などということがあるとは思えませんし……）。

閑話休題。こうして、クィンと出会うたびに、ドラマの主役となり、探偵として心躍る経験をしてきたサタースウェイト氏ですが、最終的には真実の愛を追い求めるものがたどり着く究極の選択の前に、大きなダメージを受けることになります（「道化師の小径」）。

それは、異性に対して一度として激しい感情を抱くことなく生きてきた身には、対処しようのない、あまりに残酷な現実でした。そしてまた、その瞬間、彼にかけられた魔法は解け、サタースウェイト氏は、舞台を降り、本来いるべき場所——平和で安定しているものの、冒険とは無縁の傍観者としての日常——に戻るのです。

四

クリスティー自身が、少女時代、クリスマス・シーズンになると夢中になって見たというパントマイム。その主役であるハーリクィンに触発されて生まれたハーリ・クィンは、本家同様その本質は、神話やおとぎ話の中で活躍するトリックスターです。

この世とあの世、現実と空想、この二つの世界の境界線上にあって、両者の間を自由に行き来し、現世を活性化させて去っていく不思議な存在トリックスター。恋人たちの危機を救うために現われ消えるハーリ・クィンですが、このトリックスターによって最も救われたのは、永遠の脇役サタースウェイト氏だったのかも知れません。

なぜならこれは、ドラマの主役、即ち探偵になりたいというワトスンの夢が現実となったおとぎ話なのですから。

•追記：「道化師の小径」のラストで、クィンと別れたサタースウェイト氏は、その後ポアロと出会い、『三幕の殺人』で、探偵であるポアロを食うほどの名脇役ぶりを発揮します。また「死人の鏡」にもちょい役で登場。あいかわらず人間ウォッチングにいそしんでいます。

そして、本書刊行から四十年以上経った後、ついにクィンと再会を果たします。「クィン氏のティー・セット」（『マン島の黄金』所収）と名付けられたこの短篇は、サタースウェイト氏にとって、辛い体験となった「道化師の小径」とはうって変わって、希望と癒しに満ち、シリーズを締めくくるに相応しい未来を予感させる救済の物語です。

自伝のなかで、ハーリ・クィンの物語について、

「これらはわたしの大好きなものである。わたしはこんな短篇をそうしばしばでは

なく、三ヵ月か四ヵ月の間をおいて——もっと長いこともあるが——書く。雑誌でこういう短篇が好まれるらしいし、わたし自身好きだが、どんな定期刊行物からの連載申し入れもすべてお断わりしていた。クィン氏の連続物は書きたくない——ただ、これはわたしが書きたいと思った時だけに書きたいのである。クィン氏はわたしが若いころに書いた一連の〝ハーレクィンとコロンバイン〟の詩から引き継いでいるものである」（乾信一郎訳）

と、語るように、クリスティーは、このシリーズを特別なものと考えていました。精緻なミステリで読者を欺し続けた天才が最後に書いた短篇が、このシリーズのエピローグだったのは、決して偶然ではないのです。

訳者略歴　青山学院大学文学部英米文学科卒，英米文学翻訳家　訳書『アリバイのA』『獲物のQ』グラフトン，『バニー・レークは行方不明』パイパー，『Dr.ハンディーマン』ニコルズ（以上早川書房刊）他多数

Agatha Christie

謎《なぞ》のクィン氏《し》

〈クリスティー文庫 53〉

二〇〇四年十一月二十日　印刷
二〇〇四年十一月三十日　発行

（定価はカバーに表示してあります）

著者　アガサ・クリスティー

訳者　嵯《さ》峨《が》静《しず》江《え》

発行者　早川浩

発行所　株式会社 早川書房

郵便番号一〇一 - 〇〇四六
東京都千代田区神田多町二ノ二
電話　〇三 - 三二五二 - 三一一一（大代表）
振替　〇〇一六〇 - 三 - 四七七九九
http://www.hayakawa-online.co.jp

乱丁・落丁本は小社制作部宛お送り下さい。
送料小社負担にてお取りかえいたします。

印刷・三松堂印刷株式会社　製本・株式会社川島製本所

Printed and bound in Japan

ISBN4-15-130053-8 C0197